정철훈

1997년『창작과비평』에「백야」등 6편의 시를 발표하며 작품 활동 시작.
시집으로『살고 싶은 아침』『내 졸음에도 사랑은 떠도느냐』『개 같은
신념』『뻬쩨르부르그로 가는 마지막 열차』『빛나는 단도』등이 있으며,
장편소설로『인간의 악보』『카인의 정원』『소설 김알렉산드라』『모든
복은 소년에게』등이 있고, 그 밖에『뒤집어져야 문학이다』『소련은
살아있다』『김알렉산드라 평전』『옐찐과 21세기 러시아』『내가 만난
손창섭』등이 있다.
국민일보 문화부장, 논설위원, 문학전문기자 등을 역임하고, 현재 국제한
인문학회 부회장, 한국근대문화연구소 대표 연구원으로 활동하고 있다.

21^c

감각의 연금술

21^c

감각의 연금술

21세기 젊은 시를 말하다

정철훈 지음

도서출판 b

21세기 한국시단의 풍경은 어떤 모습일까. 두드러진 논쟁은 아니지만 서정시의 위기, 리얼리즘의 자기갱신, 비성년 화자^{話者}의 강세, 국·영문 혼용을 통한 한국어 실험 등을 거론할 수 있을 것이다. 이런 실험과 현상은 첨예한 개성의 목소리를 지닌 젊은 시인들에 의해 추동되고 있다.

젊은 시인들은 누구인가. 이 질문 뒤에 떠오른 건 프랑스 작가 모리스 블랑쇼(1907~2003)의 말이다. 그는 "말할 수 없는 그 무엇을 향해 끊임없이 말을 거는 것이 문학이자 글쓰기"라고 규정했다. 나는 '첨예한 개성의 목소리를 지닌 젊은 시인들'을 '말할 수 없는 그 무엇을 향해 끊임없이 말을 거는' 자^者라고 상정해 보았다.

반세기 전, 김수영 시인은 '시작 노우트 4'(1965)에서 "요즘 시론으로는 조르주 바타이유의 『문학의 악^惡』과 모리스 블랑쇼의 『불꽃의 문학』을 일본번역본으로 읽었는데, 너무 마음에 들어서 읽고 나자마자 즉시 팔아 버렸다"고 털어놓았다. 김수영도 이런 대목을 읽었을 것이다.

'그녀'라고 말을 해 본다. 횔덜린, 말라르메, 그리고 시의 본질을 주제로 삼은 모든 시인들은 이름 짓기가 으스스하게 떨리는 불가사의한 행위라고 느꼈다. 어떤 말이 내게 그 의미를 전해 주더라도, 그보다 앞서 말은 의미를 억누른다. 나는 '그녀'라고 말할 수는 있다. 그러나 나는 그녀에게서 살과 피로 이루어진 현실을 얼마간 빼앗아 와야 한다. 그녀가 부재하니

까, 그녀를 소멸시키니까. -모리스 블랑쇼 「불의 몫」에서

김수영이 책을 팔아버린 것은 일종의 반동이었을 것이다. 분명히 존재하지만 그것을 호명하는 순간, 사라지고 마는 부재와 소멸을 견디는 일이야말로 김수영이 직면한 언어적 환멸이었을 것이다. 그는 환멸을 견디기 위한 반동으로서 일찌감치 책을 팔아치운 것이다. '시작 노우트'는 이렇게 이어진다.

> 나는 한국말이 서투른 탓도 있고 신경질이 심해서 원고 한 장을 쓰려면 한글사전을 최소한 두어서너 번은 들추어 보는데, 그동안에 생각을 가다듬는 이득도 있지만 생각이 새어나가는 손실도 많다. 그러나 시인은 이득보다도 손실을 사랑한다. 이것은 역설이 아니라 발악이다.

김수영뿐 아니라, 생각이 새어나가는 손실을 견뎌야 하는 건 시인의 운명이다. 흥미로운 점은 우리 시대 젊은 시인들도 모리스 블랑쇼를 즐겨 읽으며 인용하고 있다는 사실이다. 그들은 '말할 수 없는 그 무엇을 향해 끊임없이 말을 걸기' 위해 불온한 꿈을 꾸는 자이다. 그들은 얼핏 장르의 순결성마저 지향하지 않는 듯하다.

그렇기에 그들은 기성 시단으로부터 '그걸 시로 볼 수 있는가'라는 의문과 함께 '난해하다'는 눈 흘김을 받아야 했다. 그들의 시가 문제적인 것은 기성세대의 미학을 초과하는 '감각의 폭주'에 있다. 그들은 기존 상징 질서의 전복을 꿈꾼다.

그들에게 있어 전통적인 가부장적 부권은 미약했고 상징적 아버지라고 할 이데올로기도 위력적이지 않았다. 그들은 개별적 자아의 눈을 뜨기

시작했지만 미디어의 영향력으로 인해 그 개별적 자아마저 균질화되었다. 그들은 하루하루 증발하는 '나'를 확인해야 했고 타인과 구별되지 않는 '나'를 증명해야만 했다. 그들 세대의 이런 환경은 새로운 시를 촉발시켰다. '나에 대해 말할 수 없다'는 불가능의 상황이 역설적이게도 '나'를 다르게 말하는 새로운 가능성을 열었다고 할 수 있을 것이다.

이 글은 <국민일보>에 연재한 '감각의 연금술'을 보완한 것이다. 연재를 하는 동안 이메일 질문서에 일일이 답변해준 시인들과 이 코너에 졸지에 불려나온 48인의 시인들에게 감사의 말을 전한다. 나이 분포를 보면 거개가 1970~80년대생이다. 이이체 시인은 1988년생, 김승일 시인은 1987년생, 오은 시인은 1982년생이다. 새로운 감성을 놓고 볼 때 한국 시단은 1980년대생 중심으로 급속하게 재편되고 있다.

아쉬운 것은 오늘 이 순간에도 새로운 감수성의 시를 생산하고 있는 그들 모두를 초대하지 못했다는 점이다. 따는 모두를 초대할 수 없었기 때문에 '감각의 연금술'에는 유보의 괄호가 존재한다. 생각해보니 여기 수록한 시들은 내가 시 쓰기에 대한 자신감을 잃고 좌절했을 때 시에 대한 새로운 추동력을 얻게 해주었다. 이 시들을 통해 나는 내가 미처 상상할 수 없었던 미지의 땅을 여행할 수 있었으니 언어의 미지에 먼저 도착한 이 시들을 나는 사랑한다. 수많은 괄호들과 조우할 미지의 시간을 기다리며 시인들이여, 부디 걸음을 재촉하시라.

2016년 봄
정철훈 씀

제1부

모독된 자아를 견디는 힘

김경주

몸속에 떠도는 시차時差라는 문양

    김경주는 2003년 〈대한매일〉(현 서울신문) 신춘문예로 문단에 나왔는데 우연히도 그가 10대 때 신문배달을 하다가 월급을 떼인 적이 있는 매체였다고 한다. 훗날 신춘문예 당선으로 1면에 보란 듯이 이름을 실었으니 기막힌 우연이 아닐 수 없다. 그는 시상식 직후 1년 일정으로 인도와 동남아 일대를 떠돌기 위해 출국하지만 3개월 만에 홍콩발 사스 사태로 인해 중도 귀국한다. 하지만 유목민적인 기질은 여전해서 그는 요즘도 일 년에 서너 달 해외를 떠도는데 그 자신이 세계를 주유한다기보다 세계가 그의 몸을 통과하는 과정을 통해 시를 숙성시킨다.

    저녁에 무릎, 하고 / 부르면 좋아진다 / 당신의 무릎, 나무의 무릎, 시간의 무릎, / 무릎은 몸의 파문이 밖으로 빠져나가지 못하고 / 살을 맴도는 자리 같은 것이어서 / 저녁에 무릎을 내려놓으면 / 천 근의 희미한 소용돌이가 몸을 돌고 돌아온다 / (중략) // "내가 당신에게서 무릎 하나를 얻어오는 동안 이 생은 가고 있습니다 / 무릎에 대해서 당신과 내가 하나의 문명을 이야기하기 위해서는 / 내 몸에서 잊혀질 뻔한 희미함을 살 밖으로 몇 번이고 떠오르게 / 했다가 이제 그 무릎의 이름이 당신의 무릎 속에서 흐르는 대기로 / 불러야 하는 것을 압니다 요컨대 무릎이 닮아서 사랑을 하려는 / 새들은 서로의 몸을 침으로 적셔주며 헝겊 속에서 인간이 됩니다 / 무릎이 닮아서 안 된다면 이 시간과는 근친 아닙니다"

―「무릎의 문양」 부분

몸이 언어의 주제이자 형식이라는 생각이 이 시에 들어 있다. 몸을 관통하지 못하는 언어는 어디로든 데려갈 수 없다는 게 김경주의 문제의식이다. 그는 몸의 유기적 관계성보다는 무릎이라는 부위 자체가 지닌 개별성에 주목한다. 그의 화법에 따르면, 무릎은 "몸의 파문이 밖으로 빠져나가지 못하고 / 살을 맴도는 자리"이다. 따라서 이것은 무릎에 관한 시가 아니라 '무릎'이라는 음성기호가 발화되는 순간 불러일으키는 섬광, 혹은 "무릎 속으로 가라앉는 모든 연약함", 그 희미한 이미지들에 관한 시다. 그의 산문집 『밀어―몸에 관한 시적 몽상』에 따르면 무릎은 살 속에 숨어 있는 마을이다.

"무릎을 만질 때마다 마을은 살 속에서 둥글둥글 움직인다. 사람들은 살아가면서 자신의 무릎 속에 존재하는 이 마을이 몸에서 조금씩 사라져간다는 사실을 잘 이해하지 못한다. 무슨 소리인가 싶겠지만 나는 오래전부터 그렇게 믿고 사는 편이다."(『밀어―몸에 관한 시적 몽상』)

인체에서 가장 큰 관절 중의 하나로서 중력과 체중 부하를 담당하고 일상생활이나 운동수행에 중요한 역할을 하는 무릎은 슬관절과 연골들로 이루어진 우리 몸의 한 부위에 해당하지만 무릎이라는 단어를 몇 번만 천천히 발음해보아도 금방 알 수 있는 사실이 하나 있다. 그건 무릎이라는 단어 속에도 아주 작은 연골들이 숨 쉬고 있다는 것이다. 모음에 해당하는 음성(ㅜ, ㅡ)과 자음(ㅁ, ㄹ, ㅍ)으로 이루어진 '무릎'이라는 발음 속에 음성의 연골이 들어 있다고 할 때 단어가 의미의 세계에 닿기 전, 말의 리듬만으로 도달할 수 있는 지점을 그는 '언어의 해발'이라고 지칭한다.

그래서 '무릎'이라고 발음하는 순간, 무릎이라는 단어가 가지는 해발로 놀러온 새들을 문득 만나게 되는 것이다.

이 시에 등장하는 새들은 무릎이라는 발음이 만들어낸 해발이라는 고도에서 놀고 있는 그리움일 수 있고 슬픔일 수도 있다. 그런데 그것을 촉발시키는 연음 현상에서 그가 주목하고 있는 것은 '모음의 골'이다.

그는 이렇게 썼다. "다소간 격차는 존재하더라도 '연음'은 나라마다 언어의 독특한 '모음의 골'을 형성하는데, 이 모음의 골에 해당하는 골짜기를 정확히 발음할 수 있을 때, 그 언어는 비로소 그의 모어(母語)가 된다. 그때 가서야 그 단어로 이루어진 마을의 주민이 된다. 무릎이라는 단어를 처음 발음했을 때를 기억할 수 없을지 몰라도 무릎이라는 단어를 아주 오랜 기간 발음하는 사람의 편에서 단어의 연골들에 무심하지 않을 수 있게 된다. 사람 하나 찾아오지 않는 저녁에 찾아오는 무릎의 멍을 문득, 다른 이름으로 바꾸어 불러보고 싶어지는 순간도 맞이할 수 있게 된다. 무릎이 조금씩 약해지기 시작해서야 사람들은 무릎이 얼마나 소중한 것인지 깨닫게 된다. 생리학적으로 '무릎을 버린다'는 말에는 더 이상 멀리 걷기가 힘들어진다는 뜻이 담겨 있지만, 저녁의 편에 서서 '무릎을 버리는' 일은 사라지고 연약한 것들을 명명하는 데 자신의 언어를 출현시키겠다는 의지가 담겨 있다. 새들이 저녁의 가지에 앉아 부어오른 자신의 무릎을 핥고 있는 것을 오래 바라보겠다는 거다."

(김경주, 『밀어-몸에 관한 시적 몽상』에서)

김경주의 몸에 대한 관심은 전체와 상응하는 듯하면서도 개별적 목적성을 지닌 신체의 각 단어들, 지칭들에 주목하고 각각의 이름들이 왜 그렇게 불리게 되었는지 그 시원을 상상하면서 기존 언어가 가 닿지 못한 파격적인 은유와 상징으로 몸의 언어와 감각의 무한 확장을 꾀한다.

산문집 『밀어』에 따르면 그에게 목선은 "잠자는 육신을 공중으로 데려갈 때 필요한 선"이다. 핏줄은 "고독해서 몸속으로 숨어버린 살"이자 "아직 발견되지 못한 채 물속 깊이 떠다니는 슬픈 대륙의 이미지"이다.

몸에 대한 다양한 담론이 나오고 있는 가운데 김경주의 작업이 눈길을 끄는 것은 우리 몸이 가진 태곳적 아름다움을 복원하는 지난한 과정을 보여주고 있기 때문이다. 귓불, 솜털, 뺨, 입술, 쇄골, 유두, 항문, 불알, 복사뼈 등 마흔여섯 가지 우리 몸의 부분들을 하나하나 짚어 언어의 산책로를 내고, 깊이 응시하는 김경주의 인문학적 고찰은 우리 몸을 한 발짝 떨어진 곳에서 객관적으로 응시하고 성찰하는 한편, 그 생생한 감각과 아름다움을 새로운 언어의 힘을 빌려 깨우치고 있다.

그는 이렇게 들려준다. "내 시에 표현한 것은 인체의 작은 부분에 대한 나의 매혹이에요. 쇄골, 귓불, 손톱, 발목…. 나는 발목이라는 단어의 질감이 너무 좋아요. 우울할 때 발목이라는 단어만 열 번 말하면 기분이 좋아져요."

그의 상경기 역시 언어와 관련된 에피소드이다. 서울에 처음 올라온 광주 촌놈이 거나하게 취해서 편의점에 들어간다. 그리고 점원 앞에서 핸드폰을 꺼내들고 "이것 좀 달궈 주세요"라고 말을 했다. 당연히 점원은 '달궈 주세요'라는 말을 알아들을 수 없었다. 그는 핸드폰을 충전해 달라는 말을 '달궈주세요'라고 말했던 것이다. 지나가는 말이었겠지만 그에게 일어난 이 소소한 사건에서 상호 간 소통의 한계는 절실하게 드러난다. 그 한계는 소통 불가능한 언어적 기호로 남겨지고 그 당시의 불능상태는 하나의 기형으로 기억되었던 것이다.

그는 자신의 등단기를 이렇게 진술했다. "필력의 시작이 언제냐는 애매한 문제예요. 시를 쓰겠다고는 24, 25살부터 결심했어요. 강력계

형사반장이었던 아버지가 IMF 때 명퇴를 했는데, 유일하게 타자기 하나를 집에 들고 오셨어요. 아버지는 죄의 기록을 평생 타자로 치셨죠. 아버지가 타자기를 잘 두드리면 그 사람은 감방 문을 열고 들어가는 거고, 내가 타자기를 잘 치면 내가 꿈꾸는 문을 열고 들어갈 수 있을 것 같았죠. 저의 정체성은 아버지에 대한 반항으로부터 형성됐어요. 평생 누군가를 의심하는 직업 때문에 아버지는 식구들도 의심했고 사랑의 방법을 잘 모르는 사람들이 그렇듯 때리기도 했어요. 자연스레 저는 아버지에게 거짓말 잘하는 데에서 삶의 정체성을 찾았고요. 근본적으로 제가 관심 있는 주제는 기형奇形과 시차예요. 시차는 여러 가지 '기형'의 한 형태죠.

「비정성시」라는 내 시를 보면 "사진 속으로 들어가 사진 밖의 나를 보면 어지럽다"는 구절이 있어요. 제 시의 화자는 죽은 줄 모르고 이승에도 저승에도 머물지 못하며 떠도는 자이고, 저는 그가 목소리를 가지면 어떤 말을 할까 상상한 것이죠. 시는 모든 언어예술의 최전방에 항상 서 있어야 해요. 모국어가 썩지 않게끔 고유성을 찾아내야 해요. 시가 제도화, 평면화되면 그 순간 끝나는 거예요. 그래서 한 나라의 문화를 평가할 때 시인이 얼마나 있느냐는 중요한 척도죠."

마지막으로 그 방의 형광등 수명을 기록한다 아침에 늦게 일어난다는 건 손톱이 자라고 있다는 느낌과 동일한 거 저녁에 잠들 곳을 찾는다는 건 머리카락과 구름은 같은 성분이라는 거 처음 눈물이라는 것을 가졌을 때는 시제를 이해한다는 느낌 내가 지금껏 이해한 시제는 오한에 걸려 누워 있을 때마다 머리맡에 놓인 숲, 한 사람이 죽으면 태어날 것 같던 구름 // (중략) // 오늘 중얼거리던 이방異邦은 내가 배운 적 없는 시제에서

피는 또 하나의 시제, 오늘 자신의 수명을 모르는 꽃은 내일 자신의
이름을 알게 된다

─「연두의 시제」 부분

　그는 해외여행을 떠나는 이유에 대해 "돌아왔을 때의 여진 즉 '시차'에
의한 여독을 느끼기 위해서"라고 말한다. 시차時差를 겪고 나면 시차視差가
생김으로써 세상을 다르게 볼 수 있는 것이다. 그에게 있어 중요한 화두는
바로 '사이間'이다. 여행이 주는 시차와 멀미, 현기증 같은 '사이'의 느낌이
모여 시가 이뤄진다. 그는 여행을 통해 '시차'를 배우고 있는 것이다.
궁극적으로 주체 안에 존재하는 간극으로 밝혀질 이 '시차'야말로 김경주
시의 비밀을 여는 열쇠다. 그는 '시차'에 대해 이렇게 들려준다.
　"벽에 박힌 못을 이쪽에서 보면 벽에 박혀 있지만 벽 뒤쪽의 시선으로
보면 시간 속에 떠 있는 것이죠. 즉, 기이한 형태예요. 기형은 왜 인간으로
하여금 연민, 아름다움, 서글픔을 느끼게 할까. 그것을 찾는 게 저의
미학이에요. 여행과 공연도 '시차'의 연장이죠. 무대에서 배우들은 페르
소나 속에서 시차를 겪는 것이고요. 지휘자가 연주를 마쳤을 때, 거대한
울음을 상기시키는 공연장 안의 침묵 또한 시차예요. 제 시의 중요한
코드 중에 휘파람이 있는데요. 어린 시절 대중탕에 갔다가 돌아오는
길거리에서 아버지가 불던 휘파람 소리가 신기했어요. 어떻게 노래를
부르지 않는데 사람의 입술에서 가락이 나올까. 언젠가 타이의 시골로
여행을 갔는데, 화장실에서 취해 휘파람을 불다가 이런 생각이 들었어요.
이국의 골목에서 그 옛날 아버지가 분 휘파람을 만날 수 있겠구나. 휘파람
은 바람이고 호흡이니 문명이 사라진 뒤에도 지상을 흘러 다닐 거잖아요.
그런데 제가 아버지의 휘파람을 만나고도 못 알아보면 너무 억울해

오열할 것 같았어요. 그것이 제가 말하는 시차이고 거기서 비롯된 연민이
지요.”

  우리의 짧은 생애는 그가 발견한 차이, 우리 자신의 동일성을 깨뜨리며
내면에 나 있는 깊은 시차로부터 위로받는다. 그가 말하는 ‘시차’란
다른 시간과 공간의 흐름이 만들어낸 몸의 낯선 기운이라고 할 수 있을
텐데, 그 기미는 다양한 형태로 우리 앞에 놓인다. 그 가운데 하나인
시차에 따른 현기증은 우리가 무언가 다른 언어로 말하고 싶었던 순간,
다른 언어가 필요했던 바로 그 순간의 욕망에서 빚어지는 언어적 멀미라
고 할 수 있을 것이다. 우리가 그의 시를 읽는 동안 모국어의 낯선 현기증을
느끼는 것은 입안의 이물감으로 시를 쓰는 그의 개성 덕분일 것이다.

김승일

부정(否定)의 힘으로 던지는 돌직구의 언어

　김승일은 교육도시를 표방한 경기도 과천 태생이다. 어머니는 386세대의 심금을 울린 <찬비>의 가수 윤정하이고 아버지는 KBS PD였다. 뿐만 아니라 증조부는 일본에서 활동한 조각가, 할아버지는 교육철학 교수였다. 그의 혈관엔 4대에 걸친 지성과 예술의 피가 흐르고 있는 것이다.

　한국예술종합학교 극작과를 졸업하고 2009년 『현대문학』으로 등단한 그의 첫 시집은 『에듀케이션』(2012)이다. "할아버지는 제가 한 살 때 돌아가셨어요. 교육에 열정을 바치신 할아버지에 대한 여러 가지 미담도 참 많았지요. 얼굴도 모르는 할아버지지만, 시집 제목을 『에듀케이션』으로 정하고 교육, 학교에 대해 제가 관심을 갖는 것을 보면 정말 핏줄이란 게 있나 싶고 놀랍기도 합니다."

　대학 시절, 이 세상에서 가장 굳센 여자애가 등장하는 「마녀의 딸」이라는 희곡을 쓰기도 했던 그는 플롯과 캐릭터 구성의 중요성을 깨닫고 자신만의 독특한 시 세계를 가꾸기 시작한다.

　　친구들이 모두 집에 돌아간 뒤에도 나는 학교에 남아 침을 뱉는다.
　　구령대에서, 나는 침을 멀리 뱉는 애. 부모가 죽고 세 달이 흐르자, 부모가
　　죽고 네 달이 흐른다. 그리고 // 운동장을 가로지르며 동생이 뛰어온다.

변기에서 쥐가 튀어나왔어. 괜찮아. 내일부터 학교에 오자. 똥은 학교에
서 누면 되지. 그래 그러면 된다.

-「부담」 부분

"그래 그러면 된다"로 끝나는 이 시는 상황이나 의미 같은 것을 압축하
고, 단순화시킨 돌직구의 발화를 보여준다. 언어의 직진성이 바로 그것.
이런 발화의 태도는 학습된 것이 아니라 거의 생래적이라고 할 것이다.
"한국 사람들은 인맥을 중요하게 생각하지만 나는 인맥이 싫습니다.
한국 사람들은 돈을 좋아하고 윤리는 입으로만 떠들지요. 시인들도 다
똑같아요. 사기꾼들이죠. 그래서 저는 시인들을 동경하지 않지요."
그는 수사修辭나 이미지마저도 표현의 위선으로 보는 혈기왕성한 전위
이다. 수사나 이미지를 떠올리면 뭔가 멋들어지는 것 같지만 대부분의
수사나 이미지는 이미 만들어져 있는 것이기에 혐오감이 든다는 것이다.
그렇다면 그는 무엇을 쓰고 싶은 것일까.

나는 무인도다. 나의 왕은 최원석이다. 나, 무인도는 아직 최원석의
것이 아니지만 어차피 언젠가는 최원석의 것이 되지 않겠는가? // 지금은
// 벌레들의 것이구나. 울퉁불퉁한 지면과 폐에 나쁜 바닷바람의 것이구
나. / 나는 아직 나의 왕의 악몽이구나. // 그리고 // 나는 다시 무인도가
되었다.

-「무인도의 왕 최원석」 부분

그는 다른 시인들이 쓰지 못하는 것을 쓰려고 한다. 무인도의 시점으로
무인도의 왕을 다룬 이 시가 적절한 예이다. 그는 항상 새로운 곳에

위치하고 싶다. 지금도 그렇다. 그러나 거의 대부분이 써놓고 보면 그렇게 새로운 것도 아니기에 그는 새로운 걸 더 많이 쓰고 싶어 한다.

그는 시 창작교실에서 강의할 때 가장 행복하다고 말한다. 무한한 가능성들과 함께 하는 것이 즐겁기 때문이라는 것인데, 근미래의 자화상에 대해 물었더니 이런 답변이 돌아온다. "근미래요? 근미래엔 인터뷰를 잘 받지 않을 것입니다. 점점 사생활이 중요하다는 생각이 들어서죠. 사생활은 제 작품에서만 볼 수 있게 되길 바랍니다."

1) 어떤 성장기를 보냈는지요?

—과천에서 오래 살았어요. 과천엔 들도 많고 개천도 있고 계곡도 있었지요. 어딜 가나 나무가 많았지요. 초록이었죠. 혼자, 그것도 자주, 과천 밖으로 나가본 것은 중학생 때였던 것 같아요. 그렇게, 버스 타고 10분만 가면 서울인데도 나는 항상 동네에서만 놀았죠. 등단작인 「조합원」, 내가 꽤 좋아하는 작품인 「사마귀 박스」가 동네의 기억으로 쓴 시죠. 아, 그냥 초록색이 등장하는 시는 거의 다 과천의 기억으로 쓴 시라고 보면 되겠군요.

어머니는 나랑 내 여동생을 낳고 사실상 가수활동을 거의 하지 않으셨지요. 집에서는 내가 글 쓰는 것을 별로 좋아하지 않았어요. 부모님이 예술 방면에서 일 해본 탓일까? 얼마나 힘든지 알아서? 그건 아닌 것 같아요. 그냥 다른 부모들과 똑같은 마음이었을 거예요. 시인이 별로 편하게 살 것 같아 보이지는 않았으니까요. 나는 어머니가 활동하던 시절의 가요들을 좋아해요. 가끔 어디서 듣고 어머니한테 그 노래 진짜 좋지 않느냐고 하면 어머니가 연습해서 치고, 불러주시죠. 그러면 어머니가 가수라는 걸 깨닫죠. 나는 어머니가 노래를 무척 잘 부른다는 걸 알아요. 음색도 맑고. 그리고 아버지는 정의로운 사람이시죠.

증조부는 조각가, 할아버지는 교육 철학과 교수셨어요. 증조부는 일본에서 사셨고 할아버지는 내가 한 살 때 돌아가셨어요. 교육에 열정을 다 바치셔서 할아버지에 대한 여러 가지 미담도 참 많았지요. 나는 부모님보다는 할아버지를 닮고 싶은데 어떻게 닮아야 할지는 모르겠어요. 교육철학의 시작은 '애증'이라는 단어에서부터라고 하는데.

2) 예컨대 시 「방관」엔 "샤워를 할 때마다 바닥에 오줌을 누는 동생, 치약 거품을 천장에 뱉는 형, 바닥은 노란색, 천장엔 파란 얼룩, 형제는 일주일 전부터 소원해지기 시작했다"라는 구절이 있는데 이런 상황은 어떤 설정에서 비롯된 것인가요? 행위 하는 자로서의 어떤 이야기의 발생 지점에 관심이 있는지요?

—목욕탕에 갔는데 남자들이 샤워를 하면서 오줌을 누고 있었지요. 술을 마시고 집에 와서 양치질을 하는데 천장에 거품을 뱉고 싶었지요. 그 두 경험을 합쳐서 시를 썼어요. 형제들, 남자들이 실제로 그러고 사니까. 그렇게 썼지요.

나는 광인을 좋아합니다. 특별히, 가슴에 시를 품은 광인들 말이죠. 윤동주가 그렇고 이상이 그렇죠. 무모한 사람을 좋아해요. 가슴에 시를 품은 미친 사람들은 무모한 사람들이죠. 무모한 선택을 자주 하는 사람들이죠. 대부분의 사람들은 그런 선택을 자주 하지 않지요.(자주 하지 않을 뿐이다. 다들 무모한 선택을 한다.) 무모한 선택은 시선을 끌지요. 그리고 시를 환기시키지요.

3) 안양예고 당시의 습작 시절에 꿈꾸었던 시인 상과 현재 기성 시인이 된 입장에서 추구하는 게 달라졌다면?

—습작 시절에는 시인들을 동경했지요. 지금은 동경하지 않아요.

예고 학생들은 백일장에서 상을 받으려고 시를 쓰지요. 수상 실적으로
대학에 가기 때문인데, 나도 똑같이 백일장 상을 받으려고 썼지요. 그런데
나는 하나도 받지 못했어요. 나는 항상 죽음에 대해 다루었지요. 죽음은
지금도 잘 다루지 못하지만 그래서 그때도 잘 못 다뤘던 것 같아요.
그래도 나는 항상 올곧게 죽음에 대해서만 썼지요. 수상 실적이 하나도
없었지만 실기를 잘 봐서 대학도 들어갔지요.

　4) 한예종 극작과에 진학해 희곡도 많이 썼을 텐데, 이런 경험이 일종의
무대적 설정 안으로 시적 화자를 이끈다고도 할 수 있을까요?

　―나는 극작과에 진학한 것을 행운이라고 생각해요. 연극 수업을
듣지 않았으면 캐릭터가 무엇인지 무대라는 게 어떤 의미인지 알 수
없었을 테니. 문창과에서는 쓸데없는 합평 수업을 중단하고 연극 수업을
해야 해요. 연극을 전공하다 보면 우리들이 그냥 알고만 넘어갔던 플롯
구성의 중요성, 캐릭터 구성의 중요성을 절감하게 되죠. 또 연극은 다른
여타 장르의 예술보다 어려운 예술이지요. 나는 연극을 보고 감동했던
적이 별로 없어요. 거의 대부분의 연극이 재미가 없었어요. 외국에서
온 거장들의 연극도 거의 다 재미가 없었어요. 이렇게 만들기 어려운
거구나 싶더군요. 나는 시보다 소설을 잘 쓰죠. 시는 너무 어려워요.
그래서 나는 시를 쓰지요. 도전하고 싶기 때문이죠. 연극도 나한테 그런
매력적인 어려움이죠. 「마녀의 딸」이라는 시 작품으로 희곡도 썼지요.
애초에 희곡을 쓰려고 아껴두었던 아이디어였는데 그 시에는 세상에서
가장 굳센 여자애가 등장하지요.

　5) 첫 시집 『에듀케이션』을 통해 세상에 들려주고자 한 것은 무엇이었는
지?

　―나는 그냥 사람들이 슬퍼하길 바라면서 뭔가를 썼어요. 쓰면서

내가 슬펐기 때문이죠. 사람들은 열심히 잘, 지적으로, 이성적으로, 감정적으로 살아보려고 하지만… 나는 사람들이 자기가 의도한 것처럼 이상적인 모습으로 살아가는 꼴을 본 적이 한 번도 없어요. 웃기고 슬픈 일이죠.

6) 첫 시집에 대해 평론가 함돈균은 이렇게 분석합니다. "목소리의 표면에서 돌출하고 있는 것은 한국 시사를 통틀어서도 희귀한 종류의 비성년 화자의 희극적 아이러니"라는 해석이 그것인데, 이와 관련해 자신의 지적 지향에 대해 설명해주기 바랍니다.

— 나는 비성년이 아니에요. 사람들은 나보고 너는 뭐다, 너는 뭐다 많이들 그러지요. 그들이 틀렸어요. 나는 그런 것이 아니지요. 내 목소리가 직진성을 가지고 있다는 말은 좋은 말이지요. 하지만 지금 가지고 있는 것으로는 부족하죠. 더 가지겠어요. 비성년을 표출하려고 쓴 시는 없어요. 슬픔을 표출하려고 쓴 것이지. 소년성을 강조하려고 쓴 시도 정말로 없어요. 「부담」이라는 시의 마지막 구절을 좋아하긴 해요. "이제부터 학교에서 똥을 누자. 그래 그러면 된다."로 끝나는 시지요. "그래 그러면 된다"라는 구절이 좋아요. 모든 것을 압축하고, 간단하게 만들어버리는 말 같아요. "그래 그러면 된다."

7) 함돈균은 "김승일의 시는 '시적'이지 않다. 어느 한 구절을 떼어내도 아포리즘의 흔적은 찾을 수가 없다"라고도 지적했는데 왜 '의미의 배후를 감춘 채 직시와 직설만이 있는 시를 추구하게 되었는지요'. 다시 말해 "비극적 경험이 희극적으로 발화되는 특징"이란 무엇인지요.

— 내가 수사나 이미지를 사용하지 않으려고 노력하는 이유는, 그냥 내가 옷을 잘 못 입는 사람이며, 잘생겼거나 키가 크지도 않고, 모델이 아니기 때문인 것 같아요. 행동도 마찬가지죠. 내 행동들 중에 멋들어진 것은 거의 없어요. 수사나 이미지를 떠올리면 뭔가 멋들어진 것 같은데

나는 멋있는 걸 별로 좋아하지 않지요. 시인은 '만드는 사람'이지만 대부분의 수사나 이미지는 이미 만들어져 있지요. 그래서 혐오감이 들어요. 비극적 경험을 희극적으로 발화한 것이 아니라 비극적 경험들이 애초에 희극적이기 때문에 비극적 경험이 희극적인 것이죠. 베르그송의 「웃음」에도 쓰여 있는 얘기지요.

8) 자신의 시에 어떤 사회성이 내재되어 있기를 바라는지?

—내 시는 부정하죠. 자기편도 부정하고 남의편도 부정하죠. 애초에 편이라는 게 없어요. 나는 나중에 낳을 내 딸 이름을 "김아니"라고 지을 거예요. 부정하는 이름이죠. 누가 돈을 많이 벌어야 한다고 하면 나는 그 말을 부정할 것이고. 누가 누구한테 투표를 하라고 하면 나는 그 후보를 부정할 거예요. 나는 그렇게 부정으로 점철된 인간이에요.

강정

랭보가 되고 싶은 심미주의자

강정의 고향은 부산이다. 초등학교는 부산에서 나왔지만 이사를 많이 다녔다. 중학교는 서울, 고등학교는 다시 부산, 이런 식이다. 그는 다양한 언어 영역에 둘러싸여 성장기를 보냈다. 어머니는 충청도 사람이어서 밖에 나가면 충청도 사투리를 썼지만 가족끼리는 서울 표준말을 썼다.

하지만 강정의 말은 완전한 표준말도 아니었다. 그의 말은 경상도도 충청도도 표준말도 아닌 그만의 독특한 방언에 가깝다. 일부러 다른 지역의 방언으로 말하면서 언어의 질감을 바꿔보곤 하던 그는 친구가 별로 없어 혼자 책 보고 음악 듣는 시간이 많았다. 중학교 때 미국의 싱어 송 라이터인 짐 모리슨을 좋아했다. 짐 모리슨이 랭보를 좋아했다는 얘기를 듣고서 그 이름이 딱 박혀버렸다. 그래서 랭보를 멋모르고 읽기 시작했다.

랭보의 영혼을 담아낸 글자들을 보며 거기서 떠오르는 어떤 분위기와 드러나지 않는 영혼의 표상 같은 것에 빠져들었다. 혼자만 아는 세계가 생긴 것 같았고, 자연스럽게 랭보를 흉내 내서 시를 끼적거리게 됐다.

얼결에 재수하면서부터 철학이나 인류학 같은 걸 전공하고 싶었지만 내신 성적 때문에 추계예대 문예창작학과에 입학한 그는 2학년 때인 1992년 『현대시세계』를 통해 문단에 나왔다. 그러나 스물둘 새파란 시인에게 청탁은 오지 않았다. 군대에서 제대한 1996년, 그가 첫 시집

『처형극장』을 펴냈을 때조차 문단 반응은 냉랭했다. 너무 앞서 나간 것이다.

> 저들이 산을 넘보는 것에 대해 / 나는 아무 말도 하지 않을 것이다
> / 아무렇게나 부려놓은 짐들을 저들은 개의치 않는다 / 홀연히 가벼워진
> 어깨와 그 없는 무게의 / 끝없는 진공 속에서 / 거꾸로 자라는 이무기처럼
> 소리 없이 / 등짝에 들러붙는 기억 // (중략) // 그러나 내가 무언가?
> 몸을 걸러내는 수단으로 저들은 / 가장 더러운 형태의 배설을 익혔을
> 뿐이다 / 가장 훌륭한 짐이더라도 몇 개의 아슬아슬한 구멍들을 피해
> 뛰면서 / 가장 먼 곳에서 시드는 먼지의 켜가 될 뿐이다
>
> ─「구멍에 대하여」 부분

첫 시집 『처형극장』은 "망신을 무릅쓴 진짜배기 탐미주의를 맛보기 위해 한국 문단은 강정의 『처형극장』을 기다려야 했다"(고종석) 등의 뒤늦은 호평을 받았다. 「구멍에 대하여」는 그로부터 16년이 지난 2012년 6월엔 프랑스 문예지 『포에지PO&SIE』와 대산문화재단이 프랑스에서 공동 주최한 낭독회에서 낭송되기도 했다. 청중들은 "이미지 사용법이 신선하다", "배가 뒤틀리는 듯 강한 감정이 느껴졌다"는 등 호평을 쏟아냈다.

실제로 강정은 이 시를 포함해 80여 편의 시를 제대 후 복학하기까지 넉 달 동안 한꺼번에 쏟아냈다.

당시 그는 굉장한 에너지 덩어리를 느꼈다고 한다. 컴퓨터만 켜면 시가 나왔다. 그러면서 이 순간이 지나면 이런 시를 앞으로 쓸 수 없을 거라는 예감이 들었다고 한다. 두 번째 시집 『들려주려니 말이라 했지만』 을 묶은 건 그로부터 10년이 지난 2006년이었다.

그가 내게 처음 한 말은 / 물이 모자라 거죽이 붉게 부르튼 어느 짐승에 관한 얘기다 / 듣고 보니 말이라 했지만, / 그 짐승의 존재를 알게 된 건 사람의 입을 통해서가 아니다 / 비이거나 혹은 바람이거나 / 아직도 살 만큼 물이 충분한 내 몸에 파충류의 피륙 같은 / 돌기가 솟았던 걸 보니 / 짐짓 실체가 없는 무슨 진동 같은 거였는지 모른다 / 말이거나 비이거나 바람이거나 / 생각해보니 그것은 내 촉수를 자극해 조금씩 부풀면서 / 존재를 확인하려 하면 사라지고 만다

　　　　　　　　　　　　　　　　　　　-「들려주려니 말이라 했지만」 부분

　그의 시에는 프랑스 상징주의가 필터링 되어 있다. 그는 랭보나 보들레르처럼 들끓는 아름다움에의 순교를 마다하지 않는 언어의 산책자가 되고 싶은지도 모른다. 그는 2010년 결성된 록 밴드 The Ask의 리드보컬이기도 하다.

　"음악을 했다기보다 음악 하는 시늉을 했다고 생각해요. 지금도요. 전에는 조연호 시인이 작곡을 많이 해놓아서 제가 가사를 붙여서 녹음도 하곤 했었지만 서로 집도 멀고 바쁘기도 하고 그래서…. 밴드라는 게 예민한 사람이 모여서 하는 일이라 하다 보면 연애하는 거랑 많이 비슷해요. 괜한 긴장이 생길 때도 있고 불쑥 예민해져서는 삐치고 헤어졌다가 다시 만나기를 반복할 때가 있어요. 심정적으로 힘들 때가 많죠.

　요새는 본격적인 밴드 공연보다는 주로 낭독회 같은 데서 행사 뛰는 정도예요. 제대로 각 잡아서 공연을 해 보고 싶은 마음은 늘 있지만….

　난 어렸을 때부터 이사를 많이 다녔어요. 중학교 때 서울에 있다가 고등학교 때 다시 부산으로 내려갔어요. 그런 배경도 있고, 부모님께서

서울에서 만나 결혼하신 까닭에 약간은 다양한 언어 영역에 둘러싸여 있었다고 봐도 될 거예요. 어머니는 충청도 분이시니까. 어릴 때는 주로 어머니한테 언어적 영향을 받게 되잖아요.

그래서 밖에 나가면 사투리를 쓰기는 했지만, 가족들이랑은 표준말에 가까운 말을 썼었어요. 그러다가 사춘기 시절을 부산에서 보내게 되면서 부터는 일부러 사투리를 안 썼어요. 서울에서 온 전학생에다가 다른 애들한테 기죽기 싫고 비슷하게 놀기 싫어서 끝끝내 표준말을 고수했죠. 게다가 친구관계가 원만하지 않은 탓에 혼자 있는 시간이 많았고, 책을 많이 읽는 편이라 표준말이 유지됐던 것 같아요. 하지만 무엇보다 부산에 서는 남자애가 서울말을 쓰면 여학생들에게 인기가 많았거든요. 아마 그게 가장 큰 이유일 거예요.

그런데 제 말이 완전 표준말도 아니에요. 요즘엔 술 취하면 전라도 말이 나오기도 하고 그러는데 누구는 강원도 사람 아니냐고 할 때도 있어요. 온갖 잡다한 팔도 방언이 뒤섞여있는 것 같아요. 가령 연애할 때 여자 친구 고향이 강원도다 그러면 그 친구가 은연중에 내뱉는 강원도 말씨를 따라하다가 입에 밸 때도 있고 하다 보니 잡다하게 뒤섞인 말투가 됐겠죠. 흡수력이랄까 이런 게 좀 빨랐던 것 같아요. 술 먹고 한번 장난삼아 경상도 사투릴 쓴 적이 있는데 누가 말하기를 "형은 형 방언이지 그게 무슨 부산 말이냐"고 하더라고요. 그런 건 되게 재미있는 것 같아요. 일부러라도 다른 지역의 말을 하면서 언어의 질감을 바꿔보고 하지요."

그가 막 제대한 1996년엔 문화비평 잡지 창간 바람이 불었다. 문학과지 성사에서도 『이다』라는 잡지를 창간했다. 그는 창간호에 작품을 발표한 다. 정작 그의 등단지인 『현대시세계』는 폐간되어 의기소침하던 차에 제대하고 나오니까 시가 마구 써졌다. 그때 시들을 모아 문학과지성사에

쳐들어갔고 시집이 나오게 되었다.

"시집 제목은 정하지를 못하고 있었는데 그 당시 여자 친구가 시집 원고를 쓰윽 훑다가 「처형극장」이란 시를 보더니 대뜸 '이거네'하는 거예요. 그리고 보니까 저도 대뜸 '어, 그러네' 하면서 그걸로 결정하게 되었어요. 제대 직후 두어 달 동안 80편 정도를 한꺼번에 썼는데 혼자 신이 나서 완전히 세상 꼭대기에서 노는 기분이었어요. 시에서 드러난 건 대체로 어둡고 암울한 분위기지만 그것들을 만들어내고 탐닉하는 과정 자체는 어떤 굉장한 에너지덩어리 속에서 탄탄해지는 느낌이었어요. 어떤 불합리하지만 파워풀한 설정 속에서 혼자 가면을 쓰고 노는 기분이었죠. 이 세상의 드러나지 않은 질서랄까요, 세상이 감추고 있는 질서를 들춰내서 유린한다는 나름의 착각 속에서 신나게 놀았던 거죠. 밤에서 새벽까지 클럽 가서 놀면 모종의 망아 상태로 탈진하게 되듯 그렇게 마구 쏟아내면서 놀았던 거죠. 그렇게 에너지를 최고로 올렸다가 방전되는 그 기분을 흠뻑 즐겼던 것 같아요. 그리고 나서 첫 시집 이후에는 시 쓰기가 힘들었죠. 그 느낌이 안 오니까 재미도 없고, 잘 된 건지 아닌지 판단도 못하겠고, 스스로 쇼했다는 걸 알고 있는 상태였으니까 다시 비슷한 쇼를 반복하는 건 스스로 신물 나는 짓이라는 생각을 했고…"

그는 첫 시집에 대해 이렇게 들려준다. "어릴 때 랭보, 보들레르, 로트레아몽의 스타일을 워낙 좋아했어요. 탐미주의를 중심 테마로 염두에 두진 않았지만 영향을 받은 바운더리가 자연스럽게 드러났다고 봐요. 시든 음악이든 어떤 파이오니어들이 있는데 프랑스 시인들에게서 그런 걸 느꼈던 거예요. 어떤 질적인 오리지널리티를 원형으로 두고 그것을 공격적으로 모사하고 파괴하는 방식으로 자기 목소리를 내보려고 했던 거죠. 감히 말하지만, 랭보나 보들레르를 내 멋대로 따와서 흉내 내다보니까 그런 세계가 나도 모르게 만들어졌다고 생각해요. 저는 그런 따라하는 행위를 그들이랑 한번 같이 놀아봐야지 하는 마음에서 출발했던 거예요. '선생님 한 수 가르쳐 주세요'가 아니라 '어, 저런 거 멋있는데, 나도 한 번 해봐? 내가 못할 게 뭐 있나?' 그러면서 덤벼든 거죠."

두 번째 시집 『들려주려니 말이라 했지만』은 '과도기적 성격을 가진 시집'이라는 평을 받았다. 새로운 말을 향해 걸어가고 있는 시집이라는 것이다.

"첫 시집 내고 나서 완전 방전 상태가 왔었어요. 그 무렵 IMF도 터지고, 전체적으로 공허하게 붕 떠있던 느낌이었다고 할까요. 그러다가 우연찮게 직장생활하다 보니 숨어있던 갈증이 터졌던 것 같아요. 시도 잘 안 쓰던 때였는데, 뭘 끼적대고 나서도 이게 된 건가 안 된 건가 저는 판단을 못하겠더라고요. 어쩌다 보니 10년이 됐는데, 시집을 내면 내가 어떻게 변하는가 한번 두고 보자는 심정이었어요. 그때는 그 시집이 2집이 아니라 1.5집이다, 라는 생각을 했어요. 확신이 없었으니까요. 그러다가 우연히 어느 후배 시인의 첫 시집 출판기념회에 갔다가 약간 놀랐었어요. 김경주, 신동옥, 신용목 등을 그 자리에서 처음 만났던 것 같아요. 황현산 선생님, 김혜순 선생님도 계시고 아무튼 굉장히 사람이 많았어요. 그때 문득 '이 친구들이랑 놀고 싶네', 이런 생각이 들더라고요. 시를 쓰고 시집 내고 하는 일 전반에 대해 심드렁했던 참인데, 그런 분위기를 보니 자연스럽게 '나도 시집을 내야 되겠다'라는 생각을 하게 된 거죠. 마침 출판사에서 몇 년 전부터 자꾸 원고 달라고 꼬드기기도 했고, 그렇게 내놓고 나니 첫 시집 때보다 반응은 조금 더 있었어요. '10년 동안 부랑하던 건달 시인이 돌아왔다'는 식으로."

21c 시인

조연호

무의식에서 발원하는 음악적 비문非文

왼발을 저는 미나, 미나는 지금 페리호를 타고 3시간 남짓 떠나는 물 위의 어떤 여행. 미나의 허무한 이름들은 늦여름까지 계속 산등성이를 뒤덮는다. 백사장 끝에 서서 미나가 구토한다. (중략) 방문을 열면 죽은 미나가 흉한 냄새로 사람을 반기곤 했다. 아무도 네 어린 딸이 울고 있다고 미나에게 말해 주지 않았다.

–「왼발을 저는 미나」 부분

조연호의 초기 시이다. 왼발을 저는 미나를 찾아 떠도는 남편의 목소리가 산등성이를 뒤덮는 이 비극적인 사랑엔 환상적 요소가 가득하다. 그가 1994년 <한국일보> 신춘문예에 당선됐을 때 심사위원들은 이렇게 평했다. "조연호의 시는 환상과 언어를 긴밀히 엮어냄으로써, 환상에 삶으로서의 깊이와 무게를 얹어주고 있다. 살아서, 삶 속에서 유효하게 가동되는 환상의 모습은 아름답고, 그 아름다움은 더 이상 환상의 영역에만 머무는 아름다움이 아닐 것이다."

조연호는 서울예대 문예창작과를 졸업하고 부천시청 공보실에서 10년가량 근무하다가 직장을 접고 전업 시인의 길로 들어섰다. 수천 장에 이르는 음반 수집가이자 클래식 애호가이기도 한 그의 시는 난해하기로 유명하지만 그는 이런 평가에 대해 이렇게 항변한다.

"불확정적인 세계에 대해 명확하게 말하는 것이 옳다고 생각하지 않아요. 현대시는 음악이나 그림을 감상하듯 뉘앙스를 읽어내면 되는 것 같아요. 음악이나 그림을 감상할 때 의미를 분석하지는 않잖아요. 뉘앙스가 쌓인 뒤에 남는 것이 '의미'인 것이지, 정답은 없어요. 단지 관점만 있을 뿐이죠."

그는 음악 감상 외에 대부분의 시간을 독서와 글쓰기라는 극히 단조로운 작업으로 보낸다. 스피노자, 니체는 물론 기독교, 물리학, 음악 등을 두루 섭렵하는 인문철학서의 열독자로서의 독서 체험은 그의 시작詩作에 상당한 영향을 미친다. 예컨대 그는 빨강과 파랑이라는 두 가지 색의 문장이 충돌해 빚어지는 보랏빛 유사색들의 새로운 뉘앙스를 창출해가고 있다. 이런 단조로운 일상과 늘 꽁지머리를 하고 있는 모습으로 인해 그에게서는 고전주의자나 수도승이 연상되기도 한다.

여름밤은 납작했다 / 아내는 화재로 타버렸기 때문에 / 사슴이 울었다 가끔 큰 소리를 내며 항문으로 기체를 뿜던 그들이 / 숲마다 얇은 실의 천적을 걸어놓고 자기 귀를 부흥하고 있었다 / 최근最近이 없는 사람을 따라 거미가 가라앉은 가족묘 언덕길을 오른다 / 그래, 최근에 없어진다, 발음기發音器 안쪽에 잘 접힌 내가 / 자기 노래의 짐승됨에 잘 마른 풀밭을 얹어주었다 / 아내의 여름밤에 남김없이 물이 부어졌기 때문에 / '네가 옳을 경우에만 대답은 고통을 갖고 있다'는 구령口令이 들려왔다

―「행려시行旅屍」 부분

2011년 '현대시학상' 작품상 수상작인 「행려시行旅屍」는 일정한 거처 없이 객지로 떠돌아다니다가 외롭게 죽은 사람의 주검을 지칭한다. 조연

호는 주검을 염하는 염장이의 입장에서 무의식을 바탕으로 모국어를 해체했다가 재조립하는 언어실험을 보여준다. 구문과 문맥은 국어의 일상적 관점으로는 도저히 종잡기 어렵다.

"'네가 옳을 경우에만 대답은 고통을 갖고 있다'는 구령ᴗᴗ令이 들려왔다"에서 구령은 '입으로 행하는 명령'이므로 앞의 문장인 '대답은 고통을 갖고 있다'와 어울리지 않는다. 의미는 고사하고 낱말들의 기표 자체마저 온전히 휘발해 버린다. 어떤 분위기만 남는다. 이런 비일상적 혹은 일탈적 언어 현상은 최근작에서 빈번히 반복된다. 그는 언어실험실에 자신을 가둔 채 모국어와 시의 비의秘儀를 탐험하고 있다.

그는 형식 파괴와 난해함으로 지칭되는 자신의 시 세계에 대해 이렇게 말한다. "보들레르나 랭보 같은 시인들도 당대에는 이상하고 퇴폐적인 시인으로 취급을 당했으나 당대의 낭만주의적 한계를 뛰어넘어 미래에 오게 될 상징주의, 초현실주의 현대시에 길을 터놓은 시인으로 평가를 받지 않았던가요. 시가 아름다움을 추구하지만 아름다움은 결코 고정적이지도 않고 아름다움에 대한 시각도 상대적임을 인식하여야 합니다. 제2차 세계대전 중에 독일 병정이 당시 피카소의 그림을 보고 그림의 뜻이 무어냐고 물어 왔답니다. 피카소는 장병의 물음에 즉답을 하지 않고 '독일 숲속에서 우는 종달새 울음소리가 아름답다면 그 울음에 뜻이 있어서 아름다운 것이냐?'라고 되물었다고 하지요. 종달새가 괴로워서 우는 것인지 또는 좋아서 우는 것인지 울음의 의미를 모를 뿐더러 종달새 울음소리도 서글픈 사람, 기쁜 사람, 기분 나쁜 사람, 잠자고 싶은 사람 등에게 상대적 의미를 부여할 뿐 고정적이지 않다는 것이죠."

시는 이해 각도에 따라 해석이 모두 달라지므로 의미, 형식, 생각의 틀을 버리고 그대로 받아들이면서 읽으면 된다는 것이다. 예컨대 '여름이 흔들렸기에 나는 웃었다'라는 시구詩句가 있다면 여름에 흔들리는 것은 나뭇잎, 바람, 긴치마, 머리카락, 혹은 눈물 등 여러 가지 상상이 가능하고 웃음의 종류도 행복해서, 슬퍼서, 또는 비웃거나 썩소 등의 씁쓰레한 웃음 등을 연상할 수 있을 것이다. 이를 조연호의 시에 적용하면 그의 시도 여러 가지로 읽힐 수 있고 때로는 읽는 사람의 오독이 더 재미있는 경우도 있다는 것이다.

현대시는 의미가 아닌 이미지로 읽어야 하는 경우가 대부분이기에 읽는 사람에 따라 뉘앙스를 달리 해석함으로써 감흥도 틀려지게 되므로 '즐기듯이' 읽어야 한다. 독자들은 현대시를 읽는 순간 자기 안의 설득이 가능해야 최대한 납득이 되기 때문이다.

> 결별을 배운 아이는 오늘의 빈방과 그의 병정들을 뛰어 넘는다 // 내가 또다시 나를 헤매는 신노神怒라면 / 저토록 힘없는 것들이 물방울에서 물방울로 옮겨가는 것처럼 / 내일의 빈방과 오늘의 빈방을 봉합할 것이다 // 아무것도 건너뛰지 못한 아이 때문에 결국 / 가족의 대폭소가 터졌다 겨울마다 한 사람씩을 헤매곤 하던 별에서 / 사람들은 여전히 재롱이 병정들의 결심이란 걸 모르고 / 양심이 생긴 괴물은 마지막 입고 가는 옷 한 벌과 / 얼싸안고 울어버렸다 // (중략) // 내일의 빈방과 오늘의 빈방에서 온 당신만큼 / 내 가려움은 수세변소들이 그립다 / 하지만 그러지 말라고 손을 비는 불과 몇 분 / 엄마는 겨우 신神의 일만 하다가 세계로 돌아왔다 / 또 오지 않으면 국수처럼 / 찬물로 내 머리를 헹구기 위해
>
> —「천문」 부분

구태여 의미를 좇아 읽자면 한 아이의 탄생에 뒤얽힌 묵시록 같은 느낌을 받는다. 하지만 요즘 거의 쓰지 않는 한자어나 전문용어에 가까운 단어들이 빈번히 출현하고, 단어들이 놓이는 맥락도 불분명하다. 문장들은 어떤 서사를 품고 있는 듯하지만, 그것은 다음 문장과 잘 이어지지 않는다. 그 다음 문장으로 나아가도 그 같은 난해는 반복된다.

하지만 하나하나의 문장들은 그 자체로 유려하고, 비유와 이미지는 정교하게 짜여 있다. 그것들이 서로 맞물리고 엇갈리면서 파생되는 효과는 낯설지만 매력적이다. 그래서 그것들을 읽어나가는 사이, 우리는 실체를 알 수 없는, 한 번도 본 적 없지만 생소하지 않은, 묘하게 아름다운 무언가를 만나고 있는 것 같은 느낌에 빠지게 된다.

한편으로 그의 시는 우리에게 인상적인 현대음악을 떠올리게 한다. 그는 언어를 음표처럼 사용하면서, 단순한 멜로디나 화성이 아닌 다른 어떤 것을 끊임없이 환기시킨다. 그건 우리에게 익숙한 경험의 우주가 아니라 경험하지 않은 '우주적 음악의 무늬'에 해당한다.

겨울, 꿈에게 다짐한다. 밤의 모호한 흔들림에 맺힌 핏방울처럼, 떠오르는 별로부터도 검게 윤이 나도록 너희는 배회로 허공을 치장하고 있었다. 내 작은 껍질을 자르기 위해 어버이는 물 양동이 하나 가득 아름다운 선율을 가져왔다. 가라앉은 부유물의 맛이라고 쓴 달력의 식후감은 매번 물통에 목마름을 쏟아 부은 사람의 것이었다. 그간 너는 떠나는 집을 모아왔다. 또 하루가 부엌의 작은 칼에게 고드름처럼 녹는 나를 쥐어주고 있었다. 신체는 전신상을 비우는 데 쓰여야 했다. 겨울, 반박이 없는 꿈을 꾼다. 오늘 밤은 귀신에게서 나의 가루를 묻혀오게 될 것이다.

-「농경시 1」 부분

시집 『농경시』(2010)는 장편소설에 버금가는 2만여 단어로 이루어졌다. 게다가 49개의 일련번호를 붙여 모두 174연으로 구성되어 있다. 만연체 문장으로 써진 시집은 낯선 어휘들이 난무하고 의미의 상식적인 연결을 방해하는 난해성으로 점철된다.

거대한 미로처럼 보이는 장시 앞에서 당혹감을 느낄 독자들을 위해 조연호 자신이 일러준 이 작품의 큰 골격을 요약하면 『농경시』는 "어린 시절 거세, 할례 당한 사람의 기억과 그 사람이 '선생'과 그의 아들을 만나면서 그들의 관계와 자신, 가족의 관계를 대비시키는 불투명한 이야기"이다.

'농경시 1'이라고 번호가 매겨진 이 도입부는 농경족 남자아이의 할례를 그리고 있다. '할례'는 기독교적 출생의 제의이다. 도입부를 축약하면 이렇다. 태어나면서 비자발적으로 할례를 받아 떨어져나간 살점은 그 자체로 지상에 난파된 생명체의 비극을 함축하는데, 이는 실패할 수밖에 없는 농사로 환치된다는 것이다.

이런 류의 텍스트가 우리 문학에 없지 않았다. 『죽음의 한 연구』를 필두로 『소설법』, 『잡설품』 등의 대작을 쏟아낸 소설가 박상륭 역시 만연체 문장에 우주적 사유와 생로병사의 질곡을 담아냈다. 그렇다면 조연호는 이 난수표 같은 시집을 통해 무엇을 보여주고자 한 것일까.

"신의 동산에서 쫓겨나 인간이 처음 한 일은 물론 농경이겠지요. 씨를 뿌리고 이제는 스스로 따먹을 수 있는, 먹어도 벌 받지 않는 과일을 소유하게 됩니다. 그러나 그 모든 행위가 이미 죄를 내포하고 있어서 그 열매와 곡식은 항구적으로 질병적일 수밖에 없지요."

할례에 깃든 임상적인 측면, 말하자면 인간 존재 자체가 질병이라는 원죄 의식의 확장이 『농경시』에 담겨져 있다. 다시 조연호의 말을 들어보자.

"할례는 어버이의 입장에서는 청결의 의미로, 아이에게는 떼어낸 살 조각 너머 육신 전체가 가진 불결의 의미로 서로 다르게 해석됩니다. 멀쩡한 살을 떼어내는 행위는 제의를 행하는 사람에게는 청결이지만, 제의 의식을 이해하지 못하는 사람에게는 그저 엄청난 고통일 뿐이고, 육체에 대한 부정을 고집하게 만듭니다. 이걸 좀 더 확대해석하면 신이 제 형상을 빗대어 만든 인간의 육신은 신의 판단과 제의에 의존하지 않으면 불결할 수밖에 없다는 말이 될 것이고, 나아가 이웃을 사랑하라거나 살인하지 말라거나 하는 계율들의 청결은 한편에서는 청결, 위생관념을 부정해야만 가능해지는 청결일 겁니다. 죄가 없으면 용서가 형성되지 않는 것과 마찬가지 이치로 말입니다. 할례를 통해 청결을 선고 받았지만 스스로는 그것에 대해 육체의 흠집일 뿐이라고 믿는 자에게 청결의 시작은 결국 불결의 시작과 같은 지점인 것이지요."

김성대

모스부호를 치는 토끼의 발명

김성대의 성장기는 짧은 발신 전류(점·dot)와 긴 발신 전류(선·dash)로 이루어진 모스부호 같다. 그는 모스부호의 점과 선처럼 이어질 듯 끊어지는 분절된 시기를 보냈다. 태어난 곳은 강원도 인제이다. 직업 군인인 아버지의 군부대는 인제에 있었다. 하지만 그곳은 그의 탯줄이 끊어진 곳일 뿐, 그는 중학교 입학 전까지 아버지의 부임지를 쫓아 무수히 이사를 다녔다.

대구, 부산을 찍고 강원도 화천으로, 조치원, 광주를 찍고 다시 인제로 귀환했으되 그것도 잠시. 초등학교를 네 군데나 다녔기에 그는 친구를 깊이 사귈 기회가 없었다. 아무리 이어 붙이려고 해도 모스부호처럼 분절된 초등학생 시절을 끝으로 서울에 정착, 중고교를 졸업했지만 그는 유목민적 습성을 떨쳐버릴 수 없었다.

대개 고교를 졸업하면 대학, 재수, 취업 중 어느 하나를 선택해야 되지만 그는 스스로 전국을 떠돌았다. 어디가 좋다 싶으면 그리로 훌쩍 떠났고, 여비가 떨어지면 임시로 일을 구했다. 그렇게 일 년 반의 시간을 보내고 입시 공부에 매진한 끝에 한양대 국어국문학과에 들어갔고, 곧바로 대학원에 진학해 석사학위를 받았다. 그게 2005년이다. 그해 계간 『창작과비평』 신인문학상을 수상하며 등단했으나 그것도 잠시, 그는 등단 직후 잠적하다시피 모습을 드러내지 않았다.

그의 등단은 신혼 생활과 겹친다. 2007년부터 2009년까지 꼬박 3년을 생활인으로 사는 동안 시를 쓰지 않았다. 시가 다시 찾아온 것은 2009년 가을 무렵. 밤하늘을 수놓는 유성의 무리를 보았을 때 그는 마치 스위치가 켜지듯 다시 '시 쓰기 모드'에 들어갔다.

> 기나긴 결빙을 지나…… 결빙의 순간들을…… 나누고 나누면……
> 여기가 바다였다는 걸… 알기나 할까…… 자네의 머나먼 복귀 또한……
> 어쩔 수 없이 빈약한… 재구성이겠지…… 실종이라고… 단정 짓지 말
> 게……… 공기가 얼어 가는 소리…… 지상의 마지막 데시벨일지도 모르
> 겠네……… 자네가 거기…… 없더라도 괜찮네…… 전할 말이……
> —「우주선의 추억」 부분

지상과 주고받는 우주선의 모스부호를 나열하고 있는 김성대의 시적 의도는 '어쩔 수 없이 빈약한… 재구성이겠지'에 압축되어 있는 듯하다. 이는 시인으로 다시 돌아왔으되 과거 행적 따위를 빈약하게 재구성해 내놓지 않겠다는 의지를 표명한 것으로 읽힌다. 더구나 "실종이라고… 단정 짓지 말라"고 항변하고 있지 않은가. 그는 이 작품을 포함해 데뷔작과는 완전히 다른 새로운 시 세계를 담은 전작 시집 『귀 없는 토끼에 관한 소수의견』으로 2010년 제29회 김수영문학상을 수상한다. 그가 발명한 것은 '귀 없는 토끼'였다.

> 밤의 소리들이 만질 수 없는 귀를 음각한다 / 귀 가득 무엇이 이리
> 무거울까 / 귀가 뜨거워질 때까지 / 언제까지 이러고 있어야 하는지
> / 귀는 말라가고 우는 토끼, / (중략) / 이 밤을 모으고 있는 눈은 누구의

것인지 / 우는 토끼 속의 우는 토끼 / 돌아보는 눈까지 멈추고 / 한
벌 귀로 남은 밤

-「귀 없는 토끼에 관한 소수의견」 부분

이 연聯엔 '납굴증'이라는 소제목이 붙어 있다. '납굴증'이란 밀랍 인형
처럼 굳어버린 자세로 멈춰 있는 정신분열증의 일종이다. 실제로 우리
주변엔 납굴증을 앓고 있는 소수자가 의외로 많다. 그는 타인과의 소통은
커녕 자기 자신의 정체성조차 확정하지 못하는 우리 시대의 수많은
'귀 없는 토끼'들을 호출한다.

김성대의 시는 우리가 너무나도 자연스럽게 받아들이는 존재조건인
'듣는다'는 일이 사라졌을 때 어떤 일이 벌어지는지를 보여주는 하나의
실험이기도 하다. 그는 '귀 없는 토끼'라는 치명적인 결함을 지닌 존재를
전면에 내세움으로써 자기 정체성을 인식하는 경로를 무자비하게 차단해
버린다. 그가 쏟아낸 시편들은 '귀 없는 토끼'들이 눌러대는 모스부호
그 자체이며 이는 외국인 노동자의 경우처럼, 혹은 납굴증 환자처럼
'말하는 것'과 '듣는 것'이 동일하지 않은 상태가 지속될수록 여전히
유효한 기호이다.

"두 가지 정도 말할 수 있을 것 같아요. 하나는 우리가 직접 감각하지는
못하지만, 휘어져 있다고 하는 시간과 공간의 실재에 대해서 말해보고
싶었습니다. 다른 하나는 감각의 왜곡 혹은 착란에 관한 것인데, 과잉일
수도 있고 결핍일 수도 있는 감각, 그 사이의 낙차 같은 것들을 다뤄보고
싶었습니다.

제가 주목했던 것은 그런 감각을 다루는 과정에서 이미지와의 싸움이
었는데요. 감각의 과잉이나 결핍 사이에서 얼마만큼 이미지를 드러내야

하고 또 감추어야 하는가에 대한 고민 때문이었습니다. 공이라고 하면 아주 느린 직구라고 할 수 있겠는데요…. 대상이나 행위가 아닌 감각, 시간과 공간에 휘어져 있는 감각 자체를 보여줄 수 있으면 소통이 되지 않을까 생각했습니다. 조금 이상한 소통이겠지만요. 감각의 과잉과 결핍을 말하다보니까, 그것이 혹시 직접적으로 발현하는 게 아니라 수동적인 감각은 아닐까, 하는 생각이 들었습니다.

귀 없는 토끼도 그런 경우인데요. 듣고자 하는데 못 듣는 것이 아니라, 아예 듣고자 하는 의지나 내면이 없어서일 수도 있고, 혹은 너무 많이 들려오거나 밖이 지나치게 많아서일 수도 있다는 것입니다. 그래서 자신이 말한 것조차 듣지 못하는 현상, 자신의 음성과 귀가 서로 어긋나는 현상이 일어나는 것 같습니다."

그렇게 말한 그의 두 귀 역시 어떤 소수자의 말처럼 머리카락 사이에 보일 듯 말 듯 달려 있다. 그의 시집을 읽고 있자면 무중력의 공간에 떠있는 느낌이 들기도 한다. 마치 태양의 거대한 질량이 시공간을 휘게 하고 그 휘어짐을 따라 행성들이 배치된 무중력의 궤도 말이다.

그 궤도에 떠 있는 상태가 일종의 '마임' 같기도 하다. 소리의 파동이 없는, 귀 없는 마임 말이다. 「귀 없는 토끼에 관한 소수 의견」을 읽을 때 구겨진 귀처럼, 웅크린 태아처럼 가장 원초적인 자세가 떠오르는 것은 이 때문이다.

"언젠가 '타자에게 신성이 있다면 나 또한 영성을 가질 수 있다'는 생각을 해본 적이 있습니다. 시는 언어, 즉 말하는 방식이 중요하다고 생각합니다. 그것으로 자신을 벗어날 수 있고, 또 세계와의 현재적, 미래적 접점을 만들어 볼 수 있는 게 아닐까, 생각해 봅니다. 감각의 과잉과 결핍을 말하다보니까, 그것이 혹시 직접적으로 발현하는 게 아니라 수동적인 감각은 아닐까, 하는 생각이 들더군요. 말을 하려고 하면 할수록, 들으려고 하면 할수록 자기 자신에게서 멀어지는 것이지요. 죽음 같은 침묵의 세계나 소리 없는 마임의 세계로 이탈하는 것도 그 때문인 것 같고요. 감각을 통해 일어나는 어떤 현상이 아닌 감각의 매개체, 즉 눈이나 귀의 마임 같은 것을 생각해 보게 되었습니다. 저에게는 소리가 매우 중요합니다. 있는 그대로 듣기, 그런 것을 하고 싶어요."

그의 시에서는 눈으로 듣는 소리, 귀의 역할까지 해야 하는 눈, 그러면서 어떤 잦은 반복을 통한 새로움의 상실, 빠르지만 똑같은 궤도를 반복적으로 도는 데서 오는 지루함, 기시감, 디지털의 비슷비슷한 컷을 반복하며 살아야 하는 아날로그적 인간의 이미지 같은 게 떠오른다.

하나가 아니라 여러 생각들을 해보게 만드는 게 김성대 시의 매력이기도 하다. 시계視界는 넓은 반면 입체감과 거리감을 인식하는 기능이 저하되어 똑바로 달리지 못하고 지그재그로 달리며 뒤를 돌아보는 토끼의 눈 같은 게 떠오르기도 한다. 어쩌면 소리 없는 한 컷 무성영화의 세계가 김성대의 시는 아닐까.

박진성

병病이라는 경보장치가 울린 시

박진성에 따르면 '공황장애'는 자동차 도난경보장치와 같다. 골목에서 노는 아이들의 공에 맞거나 지나가는 사람이 슬쩍 건드리기만 해도 도둑이 차문을 뜯기라도 한 것처럼 요란하게 울어대는 도난 경보 센서 말이다. 공황장애는 두려움과 공포로 인한 호흡곤란, 발작, 자해를 유발한다.

공황장애가 박진성을 찾아온 것은 고3 진학을 앞둔 1996년 2월이었다. 그의 표현대로라면 아무런 이유 없이 쓰러져 입원을 했고 어머니는 울었다. 병원 신세를 졌음에도 그는 공부 잘하는 모범생이어서 이듬해 고려대 서양사학과에 진학하지만 다시 병이 악화되는 바람에 1학년 1학기만 마치고 휴학한 후 대전 집으로 내려왔다.

집 근처 도서관에서 빌려온 책 가운데 이성복과 기형도 시집도 있었다. 시집을 읽으면서 그는 자신의 증세와 비슷한 불안과 공포와 소멸의 징후들을 발견하고 문학으로 급격히 기운다. 그해 겨울까지 200권 이상의 시집을 읽고 이듬해 복학했을 때 시를 써야겠다는 생각에 국문과 수업을 듣고 문예반에서 활동한다.

자신의 병에 대해서도 공부한다. 권력이나 지식이 정상과 비정상을 구분 짓는 경계선을 설정하고 여기에서 벗어나고자 하는 사상이나 행동들을 억압하고 있다고 말하는 『광기의 역사』의 저자 미셸 푸코를 알게 됐고 한쪽 귀를 잘라버린 고흐의 광기에 대해서도 알게 됐다. 푸코와 고흐를 읽는 동안 그는 광기가 내뿜는 환한 빛을 느낄 수 있었다. 끊어질 듯 이어지는 신경증의 울분, 그 울분의 폭발과 발작을 언어로 끄집어낸 그는 대학 4학년 때인 2001년 『현대시』를 통해 등단한다. 그의 초기 시들은 뜨겁다. 뜨거움은 병 체험에서 왔다.

> 응급실에 누워 달을 보네 어떤 검사도 病병의 속까지 닿을 수는 없네 팽팽하게 당겨진 신경선 위에서 어머니 울고 있네 동서울병원 응급실에 누워 어머니 자궁 같은 보름달을 보네 // 나는 나쁜 피가 터져 나오는 혈관, 자라지 말아야 할 나무 어머니 나무들은 그래서 봄이 오면 비명 소리 내지르는 건가요 물관 흐르는 물은 언제쯤 가지 밖으로 나갈 수 있을까요 어떻게 나무들은 예쁜 상처를 갖게 되는 걸까요
>
> -「나쁜 피-응급실」 부분

우리 사회에서 정신병은 멸시와 기피의 대상이다. 그래서 그는 더 드러내고자 했다. 병에 대한 편견과 오해를 씻고 싶었고, 환자와 의사 간의 권력관계를 해체하고 싶었다. 병은 싸워 이겨내야 할 대상이 아니라 함께 공존할 수 있는 동반자일 수 있음을 알리고 싶었다.

2002년 8월 대학을 졸업한 그는 대학원 진학과 취업 사이에서 고심하다가 다시 대전 집으로 내려간다. 자신을 추락 직전에 살려낸 시의 운명을 따라 전업시인의 길로 접어든 것이다. 대전에 집필실을 마련한 그는 두 권의 시집을 내면서 홍역을 치른 것처럼 홀가분해졌고 병세도 경미한 우울증 정도로 호전됐다.

2009~2010년엔 시를 놓아버렸다. 이른바 '병시病詩'를 자기 복제식으

로 뽑아내는 게 마뜩치 않았다. 하지만 2년여의 공백을 두고 그는 다시 돌아왔다. 근래 발표한 시들은 '나'라는 1인칭으로 시작하는 예전의 방식이 아니라 '너'라는 2인칭에 관한 상념으로 점철된다.

> 그래 그날 풀밭에 / 네가 귀를 잘라두고 간 / 그날부터였어 // 호주머니에 네 귀를 넣고 / 기차를 타고 해변에 다다를 때까지 / 모든 소리가 호주머니로 기어들어왔지 // 밀랍으로 만든 귀마개를 / 네 귀에 채워두었는데 / 밀랍은 녹고 네 귀가 자라기 시작했어 // (중략) 모든 사물은 귀에서 쏟아지고 / 새로 배치된 것들은 / 소리들을 뱉으며 앓기 시작했지
> ─「이명」부분

  우리 문학이 방기한 정신질환적 영역을 확장하고 있는 박진성의 작업은 자신의 경험을 통해 얻어진 것이기에 더욱 소중한 문학적 자산이다. "모두가 미쳐 있는 상태에서 모두가 맨정신으로 버텨야 하는 상태, 이것이 지금의 젊은 시인들이 지고 있는 짐이라고 생각한다"라고 말하는 그의 시에서 정신질환적 시대의 징후를 읽어내는 건 어렵지 않다.
  "2월은 제게 특별한 달입니다. 1996년 2월 7일 이후로, 삶의 모든 것이 바뀌었으니까요. 생물학적 의미에서의 생일은 3월이지만 사회학적 생일(만일 그러한 것이 가능하다면)은 2월일 겁니다. 2월의 기후를 좋아하기도 하지만 대체로 불안감과 쓸쓸함이 먼저입니다. 굳이 날짜에 의미 부여하는 것을 좋아하진 않지만, 어쨌든 2월 7일에서 8일로 넘어가는 그 밤의 시간들은 매년, 제게 어떤 근원적인 것을 물어옵니다. 대체로 당혹스러운 질문들이죠."
  2월은 동백꽃이 가장 붉게 여무는 계절임을 상기할 때, 그의 시 「동백

신전」에 등장하는 동백은 다름 아닌 박진성 자신과 닮아 있다.

> 동백은 봄의 중심으로 지면서 빛을 뿜어낸다 목이 잘리고서도 꼿꼿하
> 게 제 몸 함부로 버리지 않는 사랑이다 (중략) 붉은 혀 같은 동백꽃잎
> 바닥에 떨어지면 하나쯤 주워 내 입에 넣고 싶다 내 몸 속 붉은 피에
> 불 지르고 싶다 다 타버리고 나서도 어느 날 내가 유적遺蹟처럼 남아
> 이 자리에서 꽃 한 송이 밀어내면 그게 내 사랑이다 피 흘리며 목숨
> 꺾여도 봄볕에 달아오르는 내 전 생애다
>
> ―「동백 신전」 부분

"미친 사람에게는 미친 상태가 곧 현실입니다. 정신과 병동에 입원해
있는 환자에게 착란이나 분열은 현실입니다. 환상이 아니라는 말이죠.
다소 거친 말이지만, 이 시대는 전체가 정신과 병동이 아닐까요. 이러한
시대를 예민하게 감각하고 고민하는 사람들이 저는 여전히 시인들이라고
생각합니다. 젊은 시인들이 분열적 상상력에 매료되는 것은 그들이 '통각'
에 예민하게 반응하기 때문이라고 생각합니다. 모두가 미쳐있는 상태에
서 모두가 맨정신으로 버텨야 하는 상태. 이것이 지금의 젊은 시인들이
지고 있는 짐이라고 생각합니다.

이성복 선생님이 1980년에 "모두가 병들었는데 아무도 아프지 않았
다"라고 썼지만 그 구절은 오히려 1980년대의 상황보다 현재의 상황에
더욱 들어맞는다 생각합니다. 현재의 젊은 시인들이 분열적 상상력에
매료되어 시를 전개해 나가는 원인을 저는 그들의 내면보다는 시대적
상황에서 찾고 싶은 거죠.

주체의 자명성이나 분열, 복원과 같은 문제들은 젊은 시인들에게

있어 여전히 중요할 수밖에 없는 문제라고 생각해요. 주체의 분열과 주체의 계속적인 파편화 양상에 주목하는 시인들이 있을 테고 그 반대로 주체의 복원이나 주체의 입지를 확인하는 작업에 힘을 쓰는 시인이 있을 테지요."

대학 시절 그는 어떤 고민과 꿈이 있었을까. 그는 이렇게 들려준다.

"대학 들어가서는 혁명가가 되고 싶었습니다. 진짭니다. 서울에 친척이 있는 것도 아니고, 서울에 갈 일이 그리 많지 않았는데, 1997년, 대학에 입학하던 해, 구석구석 살펴본 서울은 제게 좀 충격이었습니다. 거리에는 부랑자가 넘쳐났고 최루탄에 맞아 사망한 대학생들도 있었지요. 전공이 서양사학이다 보니, 자연스럽게 마르크스니 레닌이니 그런 것을 공부하는 학회에 가입해 처음엔 사회과학을 공부했습니다. 그다지 깊게 공부한 것은 아니고요. 지금 생각해보면, 피 끓는 이십 대 초반의 객기겠지요. 그러다 내가 살고 있는 이 세계에서의 혁명은 불가능하다는 것을 어렴풋이 알게 된 후, 시를 접했습니다. 우연히 기형도의 시집을 읽었는데 충격이었습니다.

두 가지 의미에서 충격이었죠. 분명히 한국어로 씌어져 있는데 그것이 이해하기가 상당히 난해하다는 것이 첫 번째 이유였고, 이해가 불가능한 상태에서도 그 시집이 뿜어내는 어떤 마성 같은 것에 제가 열광하고 있다는 것이 두 번째 이유였습니다.

그때 읽은 시집들이 기형도를 비롯해 이성복, 황지우, 송재학, 송찬호, 대략 그렇습니다. 그렇게 읽다보니, 쓰고 싶어졌고, 원래의 계획은 1년 정도 아예 쉬거나 재수를 하는 것이었는데, 정식으로 시 수업을 받아야겠다는 생각이 들더군요. 그래서 1998년 1학기엔 대전에서 통학을 했습니다. KTX도 없던 시절이었지요. 집에서 안암동까지 딱 3시간이 걸리더군요."

그의 공황장애 증후들은 직간접적으로 시에 반영되었다. 하지만 그렇게 되기까지 쉽지 않은 과정을 거쳐야 했다. 자신의 상처를 남들에게 꺼내 보인다는 건 진정한 용기가 없으면 불가능한 일이다.

"첫 시집 나왔을 때, '병'으로 범벅이 된 시집을 보고 하얗게 얼굴이 질리신 아버지의 표정이 지금도 선연합니다. 그리고 무엇보다도, 제가 정신이 아프다는 걸 누가 아는 게 싫었어요. 합평회에 가져간 시들을 지금도 파일로 가지고 있는데, 지금 보면 사실 얼굴이 화끈거립니다. 수사나 어떤 세계의 문제도 있겠지만, 변죽만 울리고 있는 제 자신이 너무 부끄러운 거죠. 습작기의 어느 순간을 지나다보니, 종국엔, 내가 가장 아픈 것, 내가 가장 잘 쓸 수 있는 것을 꺼내야겠더군요. 대략 2001년부터 병에 대해서 쓰기 시작했던 것 같습니다."

그에게 자신의 병을 시적 제재로 삼은 이유를 물었다.

"공황장애는 그 증후와 그 양상이 참, 겪어보지 않은 사람은 상상할 수 없을 만큼 힘들어요. 이렇게 생각하시면 쉽습니다. 자동차 경보기는 원래, 자동차 도난 우려 시, 울리는 경보 장치지요. 그런데 이 경보 장치가 잘못 작동되는 것이 공황장애의 메커니즘과 비슷합니다. 가령, 아이들이 가지고 노는 공에 닿아, 경보기가 울린다거나 하는. 우리의 몸이란 게, 정신이 어떠한 공포 감정에 직면하면 몸에 신호를 보내죠. 그런데 그 신호체계가 교란된 것이 바로 공황장애입니다. 시시로 때때로 경보장치가 울려요. 사소한 자극에도 호흡곤란 증상이 온다거나 마비감이 오고, 비현실감이 신체와 정신을 사로잡죠. 꼼짝 못하고 당할 수밖에요. 이때의 비현실감은 끔찍하기도 하지만, 어떤 의미에서는 참 재미있기도 해요. 별별 생각을 다 할 수 있거든요. 기차를 타고 가다가 공황발작이

오면 가령 이런 생각을 하게 됩니다. 기관사를 납치할까. 뛰어내리면 어떻게 될까. 숨을 못 쉬겠는데 내가 기차에서 죽어버리면 어떤 상황이 벌어질까. 현실이 환상이고 환상이 현실이죠.

제정신일 때, 그러한 비현실감을 소환해보면, 상상력이 그야말로 천변만화입니다. 분명히, 제 시의 어떠한 부분은 그러한 병적 증상이 주는 천변만화와 광대무변의 상상력에 빚지고 있는 것이 사실일 겁니다. 19살은 감수성이 예민할 나이죠. 정신이 아파서 들어간 병원, 그리고 그곳에서 바라본 세상은 온통 아팠습니다. 병원에서 퇴원하고 나서도, 제게 세상은 병원처럼 보였으니까요. 트라우마라면 트라우마고 기원이라면 기원일 것입니다. 어느 순간부터, 세계를 병원으로 인식하다보니, 시선 닿는 것들이 죄다 아파보였고, 멀쩡한 사물들도 어딘가가 아픈 게 아닌가 하는 생각이 은연중에 스며들었지 않나 싶습니다."

그의 눈에 세계는 좀 다르게 보인다. 눈雪을 뒤덮고 있는 겨울나무는 가운을 입은 의사, 빗방울은 링거액, 새벽에 반짝이는 간판은 응급실 입구, 이런 식이다. 어떤 의미에서든 '병동 체험'은 그 시적 출발점이지만 이제 그는 어떤 질환과 싸우고 있는 투병으로서가 아니라, 병이란 그 자체로 병을 끌어안고 동시에 거느려야 할 뿌리임을 알고 있다. 그는 그걸 공병共病이라고 명명한다. 그에게 병은 자신의 살아있음을 강력하게 환기시키는 매개였던 것이다. 그의 시는 병과 고통이 어떻게 언어와 예술로 치환되었는지를 보여주는 단적인 예이다. 그의 시 세계는 그와 비슷한 증후군에 빠져있는 젊은이들뿐만 아니라 이 질환적 세상을 살아가고 있는 현대인들에게도 훌륭한 처방전이 될 것이다.

이장욱

세계의 끝에서 태어나는 시적 예감

이장욱은 시, 소설, 평론이라는 세 가지 작업을 수행한다. 언어는 그에게 있어 수단이며 목적인 것인데 이 세 작업의 역설을 견디는 게 그에겐 관건이다.

시는 서정의 집이므로 서정을 효과적으로 전달해야 하고, 소설은 서사의 집이기에 이야기를 효율적으로 전달해야 한다. 여기에 평론까지 가세하면 세 꼭짓점의 역학은 더 복잡해진다. 자칫 서사와 서정의 빈곤에 더불어 평론의 빈곤까지 초래할 수 있다. 이장욱은 어느 쪽도 놓치지 않는다. 그의 시 사용법엔 세 가지가 다 들어있다. 현재를 반성하고 미래를 연습한다는 의미에서다. 그에게 언어는 부단히 가야 할 목적지이 자 다시 시작해야 할 출발점이기도 하다.

식빵 가루를 / 비둘기처럼 찍어먹고 / 소규모로 살아갔다. / 크리스마스 에도 우리는 간신히 팔짱을 끼고 / 봄에는 조금씩 인색해지고 / 낙엽이 지면 / 생명보험을 해지했다. / 내일이 사라지자 모레가 황홀해졌다. / 친구들은 하나 둘 / 의리가 없어지고 / 밤에 전화하지 않았다. / 먼 곳에서 포성이 울렸지만 / 남극에는 펭귄이 / 북극에는 북극곰이 / 그리고 지금 거리를 질주하는 사이렌의 저편에서도 / 아기들은 부드럽게 태어났 다. / 우리는 위대한 자들을 혐오하느라 / 외롭지도 않았네.

이장욱은 소규모의 인생을 설계한다. 그는 21세기를 거시적으로 전망하는 것을 원치 않는다. 오히려 일상 속 소규모 인생으로 살아가는 것이 우리 시대의 미적 전망이라고 말하고 있는 듯하다. '먼 곳에서 포성이 울렸지만' 아랑곳하지 않고 자연은 늘 그래왔듯 소규모만으로도 제 할 도리를 다하고 있다.

하지만 '내일이 사라지자 모레가 황홀해졌다'는 말에는 한 치 앞만 내다보는 소규모 인생이 아니라 오히려 대규모 인생 전망이 숨겨져 있다. 대체 그가 말하는 '소규모 인생'이란 무엇일까.

> 동사무소에 가자 / 왼발을 들고 정지한 고양이처럼 / 외로울 때는 / 동사무소에 가자 / 서류들은 언제나 낙천적이고 / 어제 죽은 사람들이 아직 / 떠나지 못한 곳 // (중략) 동사무소란 무엇인가 // 동사무소는 그 질문이 없는 곳 / 그 밖의 모든 것이 있는 곳 / 우리의 일생이 있는 곳 / 그러므로 언제나 정시에 문을 닫는 / 동사무소에 가자 // 두부처럼 조용한 오후의 공터라든가 / 그 공터에서 혼자 노는 바람의 방향을 / 자꾸 생각하게 될 때 / 어제의 경험을 신뢰할 수 없거나 / 혼자 잠들고 싶지 않을 때 / 왼발을 든 채 / 궁금한 표정으로 / 우리는 동사무소에 가자

-「동사무소에 가자」 부분

이장욱은 동사무소를 우리에게 불쑥 내민다. 그곳은 서류 한 장으로 우리의 살아있음을 손쉽게 확인할 수 있는 곳이다. 동사무소란 유족들이

망자의 사망 신고를 하지 않는 한 서류상으로 어제 죽은 사람들이 '아직 떠나지 못한 곳'이다.

이 시에서 시적 화자가 동사무소를 찾는 동기는 무엇보다 중요하다. '어제의 경험을 신뢰할 수 없을 때' 동사무소에 가자는 것이다. 문제는 왼발을 든 불편한 자세로 찾아가야 한다는 것이다. 왼발이란 이데올로기가 세계를 좌우로 양분했던 20세기의 좌파일 수도 있고, 아닐 수도 있다. 어쩌면 그가 동사무소를 왼발을 든 채 찾아간 실제 상황일 수도 있다. 왜 하필 동사무소인가. 그곳은 출생신고에서 사망신고에 이르기까지 우리 삶이 집약된 곳이다. 인생의 시작과 끝이 서류 한 장에 간결하게 기록되어 있는 곳이 동사무소이다.

게다가 인생에서 제기되는 모든 질문들이 없는 곳, 다시 말해 '왜 살아가는가'라는 질문 자체가 성립하지 않는 장소이기도 하다. 질문이 없는 세계란 다름 아닌 세계의 끝이다. 여기에 반전이 있다. '동사무소란 무엇인가'라는 구절엔 거기서 떼어주는 호적등본, 주민등록등본 같은 게 세상의 내면을 담보할 수 있느냐, 라는 반성과 질문이 숨어 있는 것이다. '동사무소란 무엇인가'는 무수한 모조품(시뮬라크르)과 다양성을 생산하고 소비하는 우리 시대의 증상적인 질문에 다름 아니다.

이장욱은 유머러스한 화법으로 동사무소라는 '세상의 끝'에서 다시 질문을 시작해야 한다고 말한다. 흔히 이장욱을 두고 '미래파의 이론가'라고 말할 때 미래파란 자아와 세계의 동일성으로 인식되는 지금까지의 '서정'과는 '다른 서정'을 내세우며 등장한 시인들을 일컫는다. 이들은 언어와 사물의 경계를 허물고, 환상과 현실 사이의 미궁을 들여다본다. 서정성 자체를 낯설게 표현하는 전혀 다른 문법이 그것이다.

예컨대 「동사무소에 가자」처럼 내면 없는 화자를 등장시킨 것 자체가 서정성을 낯설게 하는 하나의 장치이고 기존과는 다른 문법인 것이다. 그는 일견 아무 관련이 없어 보이는 것들을 병치시킴으로써 한국의 전통 서정시가 지향해온 것을 거슬러 다른 지점의 서정시가 가능하다는 것을 보여주고 있다.

그는 이렇게 들려준다. "사실 미래파 시인들의 시가 어렵다는 말을 듣는데, 어려운 것이 아니라 감각을 풀어내는 방법이 독특한 것이죠. 감각의 미세한 측면에 집중해서 시를 쓰기에 이들의 시에 과잉이 없는 것은 아니지만 그것을 문제시하는 것은 또다시 문제예요. 시를 쉽게 쓰면 시가 팔릴 것인가에 대해서는 회의적이지요. 시가 쉬워지면 독자와의 소통도 쉬워지겠지만 시의 매력과 활기는 반감되지요. 문학이란 가상 공간이지만 삶의 리얼한 중력장이 만들어놓은 것을 빌려옴으로써 오히려 자유로울 수 있어요. 그들이 건드리는 삶의 감각은 표현의 극과 극에 닿고 있지요."

사실 모든 시대의 모더니스트들은 시대의 상식과 관례를 끝끝내 조롱하며 도시의 뒷골목을 헤매거나 술과 데카당스로 지탱하면서 안전한 세계의 거주민이 되기를 거부해오지 않았던가. 이장욱이 스스로를 대중 영합주의에서 멀찌감치 떼어놓으며 문학적 일탈을 꿈꾸는 이유는 여기에 있다. 왜 그는 전위로 나아갔을까. 고전적인 서정이 아니라 현대의 옷을 갈아입은 서정, 그것이 서정의 갱신일진대 그는 조금 더 미래의 서정 쪽에 닿아 있는 것이다. 이장욱의 생경한 언어조합이 주는 시어들을 읽다보면 묘한 정서적 감동을 느낄 수 있다.

등 뒤의 세계는 어디에나 있구나. 매일 잠에서 깨어나기를 반복했는데
도 다시 밤. 흩날리는 빗방울들을 기준으로 나는 중얼거리네. 궁금한

목소리로. / 의심하는 목소리로. / 돌이 되기 위해 고개를 돌리는 사람은
아름다운 사람인가. / 모든 사람인가. // 뒤라는 곳은 무한해. 내내 타오르
고 있구나. 나는 자꾸 무너지면서 또 / 발생하는 세계를 바라보았다.
/ 빗줄기는 팔이 세 개였다가 다리가 열 개였다가 무수한 팔과 다리를
모아 못 박힌 채로 / 무한이 되는 사람 // 너는 나에게 무슨 말을 했다.
나는 걸음을 멈추고 뒤를 돌아보았다. 내가 오래 살아온 도시가 재가
되어 있었다. 빗방울 하나하나가, / 처음 하는 이야기를 시작했다.

-「뒤」 부분

　　시적 화자는 당신이 누구이든, 무엇을 하든, 무엇을 바라보든, 무엇을
생각하든, "걸음을 멈추고 뒤를 돌아보"는 순간이 있을 것이라고 말한다.
그 순간, 당신은 "등 뒤의 세계는 어디에나 있"다는 사실을 문득, 깨닫게
될 것이라고 한다. 뒤는 "내내 타오르고 있"거나 "자꾸 무너지면서 또
발생하는 세계"라고 그는 말한다. 그런데 과연 "빗줄기는 팔이 세 개였다
가 무수한 팔과 다리를 모아 못 박힌 채로 무한이 되는 사람"이란 무슨
뜻일까.
　　『시인수첩』 2012년 봄호에 실린 그의 산문에 이에 대한 단서가 있다.
"누군가에게 글쓰기는 저수지가 아니라 우물에 가까운 것이다. 저수지와
달리 우물은 계속 퍼내야만 물이 차오른다. 퍼내지 않으면 차오르지
않는다. 그것은 불행인가, 행운인가? 해탈이란 실재계-상징계-상상계
의 도식에서 실재에 특권적 지위를 부여한 결과는 아닌가? 실재와 상징과
상상의 한가운데서 그 셋의 팽팽한 긴장을 견디는 것, 그것이 문학의
가능한 불가능은 아닌가? 해탈하지 않고 자신을 견디는 것, 그것이 문학의
전제는 아닌가?"(이장욱, 「내 시의 비밀」)

우리는 여기서 '해탈하지 않고 자신을 견디는 것, 그것이 문학의 전제는 아닌가'라는 말에 주목할 필요가 있다. 해탈의 단계로 들어가 버리면 세계는 다시 태어나지 않는다. 그 지점은 희로애락과 생로병사가 없는 곳이다. 그러므로 해탈을 간신히 참아내면서, 비록 성경 속 소돔과 고모라의 한 장면처럼 뒤를 돌아보는 순간 돌이 될 수밖에 없는 운명임을 알면서도 뒤를 돌아다보아야 하는 게 시인의 역할이자 할 일이라는 것이다.

"억압된 것들은 반드시(다른 모습으로) 귀환한다. 그러나 귀환한 것은 반드시 자신이 아닌 무언가를 억압함으로써 자신의 귀환을 완성한다. 그것이 현존의 원리다. 아마도 그것을 가능하게 하는 것은 억압 자체의 외부에 존재하는 무엇일 것이다, 내부로부터는 언제나, 부족하거나, 불가능하다. 이것은 아마도 비관적인 생각일 것이지만, 나에게는 이 비관이 불가피한 것으로 느껴진다."(「내 시의 비밀」)

우리가 살아온 도시가 잿더미가 되더라도 잿더미 위에 내리는 빗방울이 새로운 전망이 될 수 있다는 말. 세계의 끝에서 내리는 빗방울의 말을 이장욱은 듣고 있는 것이다.

심보선

1.5인칭 공동체 언어

  심보선은 서울대 사회학과를 졸업하고 미국 컬럼비아대학에서 사회학 박사 학위를 받았다. 유학 시절, 그는 미국인 친구들 사이에서 '한국에서 온 좌파 급진주의자'로 불렸다. 그뿐 아니다. 그의 시편에서 찾아낸 자기 자신에 대한 진술에 따르면 그는 '지상에서 태어난 자가 아니라 지상을 태우고 남은 자'이며 '키 크고 잘생긴 회계사가 될 수도 있었던', '크게 웃는 장남'이자 '해석자'이며 '고독한 아크로바트'이다. 그리고 이 모든 호칭과 술어에 대해 '나는 나에 대한 소문이다'라고 슬쩍 꼬리를 빼기도 한다. 바로 이 지점, 그러니까 '나'에 대한 모든 호칭과 술어 속으로 '사라지기'에 심보선의 시는 위치한다.

  나는 어제 산책을 나갔다가 흙 길 위에/ 누군가 잔가지로 써 놓은 '나'라는 말을 발견했습니다. / 그 누군가는 그 말을 쓸 때 얼마나 고독했을까요? / 그 역시 떠나온 고향을 떠올리거나 / 홀로 나아갈 지평선을 바라보며 / 땅 위에 '나'라고 썼던 것이겠지요 / 나는 문득 그 말을 보호해주고 싶어서 / 자갈들을 주위에 빙 둘러 놓았습니다. / (중략) / 하지만 내가 '나'라는 말을 가장 숭배할 때는 / 그 말이 당신의 귀를 통과하여 / 당신의 온몸을 반 바퀴 돈 후 / 당신의 입을 통해 '너'라는 밀로 내게 되돌려질 때입니다.

-「'나'라는 말」 부분

'나'라는 1인칭 언표 자체를 제목으로 한 시이다. 이 시는 '나'라는 1인칭을 '너'라는 2인칭으로 돌려줄 수 있는 '당신'의 존재에 주목한다. '당신'은 '나'를 생의 고독과 슬픔에서 벗어날 수 있는 가능성에 눈뜨게 하는 존재이다. 그러니 '나'에 대한 시라기보다는, 1인칭을 2인칭으로 바꿔줌으로써 존재의 전이를 가능하게 하는 '당신'이라는 존재에 눈뜨는 '타자에 관한 시'인 것이다. 자기중심이 아닌 타자 중심으로 영혼을 옮겨가는 것. 이를 두고 그는 "다른 감각, 다른 추구를 통해 일상 속에 내가 있을 또 다른 자리를 마련하는 일, 그것은 타인과 맺는 '비밀의 나눔'이다"라고 말한다.

'비밀의 나눔'은 프랑스 소설가 모리스 블랑쇼가 '공동체'를 설명하는 개념이기도 하다. "가장 개인적인 것은 한 사람이 간직한 자신만의 비밀로 남아 있을 수 없다. 왜냐하면 가장 개인적인 것은 개인이라는 테두리를 부수고 나눔을 요구하며, 나아가 나눔 자체로 긍정되기 때문이다."(모리스 블랑쇼, 『문학의 공간』, 이달승 옮김, 그린비, 2010) '비밀의 나눔'은 홀로 있을 때는 얻어지지 않는다. 개인적 테두리를 부수고 타인에게 나아가야만 '비밀의 나눔'은 비로소 가능하다.

시 역시 개인적인 테두리 안에서는 의미가 없다. 늘 '누군가'의 공감을 수반해야 하는 게 시의 운명이다. 하지만 한 발짝 더 들어가면 목적에 종속되고 한 발짝 더 밖으로 나가면 다시 개인이 되니까, 그런 긴장을 안고 경계에 선 사람들을 일컬어 1.5인칭 공동체라고 지칭할 수 있을 것이다.

심보선은 세상이란 혼자가 아니라 너와 나, 그들과 나, 타인과 나라는 관계 속에서 지탱된다는 사회학적 원리를 문학으로 실천해보이고 있다.

> 내가 아직 태어나지 않았을 때, / 천사가 엄마 뱃속의 나를 방문하고는 말했다. / 네가 거쳐 온 모든 전생에 들었던 / 뱃사람의 울음과 이방인의 탄식일랑 잊으렴. / 너의 인생은 아주 보잘것없는 존재부터 시작해야 해. / 말을 끝낸 천사는 쉿, 하고 내 입술을 지그시 눌렀고 / 그때 내 입술 위에 인중이 생겼다. // (중략) // 나는 어쩌다보니 살게 된 것이 아니다. / 나는 어쩌다보니 쓰게 된 것이 아니다. / 나는 어쩌다보니 사랑하게 된 것이 아니다. / 이 사실을 나는 홀로 깨달을 수 없다. / 언제나 누군가와 함께…
>
> —「인중을 긁적거리며」 부분

심보선은 초중고 시절 글짓기대회 수상경력도 문예반 활동경력도 없었다. 글재주가 남다르다는 얘기도 듣지 못했다. 그러다가 고등학생 때 국어과목 여선생님을 좋아했는데 그 선생님이 아끼는 아이가 글을 잘 썼다는 것이다. 그 아이가 선생님과 각별했는데 그게 부러웠고 은근히 질투가 나서 그는 밤마다 일기장에 시를 썼다.

이후 대학에 들어가 전공인 사회학에만 매달리는 친구들을 보며 내심 "나는 너희들처럼 사회학만 공부하는 게 아니다. 나는 시라는 백일몽에 빠져있다"는 자의식이 들었다고 한다.

시에 매료된 그는 빈 강의실에서 시어를 찾아 헤맸고 군대에 가서도 틈틈이 시를 썼다. 그걸 당시엔 청춘의 낙서라고만 생각했는데 시가 낭자하게 적힌 노트를 고참이 훔쳐보았다. "재능 있으니 잘 써보라"는 고참의 격려를 받고 군대에서 신춘문예에 응모했다. 결과는 낙방이었다. 하지만 그는 스물네 살 때 〈조선일보〉 신춘문예에 「풍경」으로 등단한다.

그는 시란 기괴한 리얼리티 만들기라는 생각을 갖고 있다. "소설가는 일정한 시간 책상에 앉아서 노동하듯이 일정량씩 글을 쓰지만 시인은 그런 노동에서 시를 얻는 게 아니라는 생각을 했지요. 책상에 앉으면 아무 생각도 안 나는 종목이 시인데 오히려 일상에서 스치는 이미지와 느낌들, 영화 자막으로 지나가는 묘한 느낌의 단어들, 스포츠 중계를 보다가 영감을 받기도 하고, 길거리 고양이라든지 개 등등에 어떤 말들이 흩뿌려져 있다고 생각했는데 그중에 하나가 눈에 들어와서 백지에 옮겨놓았을 때 시가 되는 거 같아요. 그 느낌이 쇄도할 때 시가 써지지요."

마치 화가가 물감을 이용해 그림을 그리듯 그는 말을 사물처럼 다룬다는 생각으로 시를 쓴다. '뭔가 설명할 수 없는 정념', 그 정념에 대응하는 말들을 찾아서 감각의 질량을 달고 어순의 배치를 바꿔 논리 외부의 세계를 만드는데 이것이 그만의 기괴한 리얼리티가 된다.

> 내 언어에는 세계가 빠져 있다 / 그것을 나는 어젯밤 깨달았다 / 내 방에는 조용한 책상이 장기 투숙하고 있다 // 세계여! // 영원한 악천후여! / 나에게 벼락같은 모서리를 선사해다오! // 설탕이 없었다면 / 개미는 좀 더 커다란 것으로 진화했겠지 / 이것이 내가 밤새 고심 끝에 완성한 문장이었다 // (그러고는 긴 침묵) // 나는 하염없이 뚱뚱해져간다 / 모서리를 잃어버린 책상처럼 // (중략) // 그렇다면 이제 / 인간은 어떤 종류의 가구로 진화할 것인가? / 이것이 내가 밤새 고심 끝에 완성한 질문이었다 // (그러고는 영원한 침묵)
>
> −「슬픔의 진화」 부분

첫 시집 『슬픔이 없는 십오 초』(2008)에 실린 첫 시이다. 첫 시는 대개 시인의 시에 대한 태도, 시인이 시와 맺는 관계를 말해준다는 의미에서 일종의 서시라고도 할 수 있다. 그는 이렇게 말한다.

"다른 시선, 다른 감각, 다른 추구. 그걸 통해 일상 속에서 내가 있을 또 다른 자리를 마련하는 거예요. 그것은 만들어지는 순간 공적인 지평에 나오게 돼요. 엄밀히 말하면 더 이상 내 말이 아닌 거죠. 그래서 시는, 제가 시를 쓸 때 관객을 의식하지는 않지만 관객과 관계를 맺는 '비밀의 나눔'인 거죠. 무슨 메시지를 전달하거나 소통을 통해서가 아니라 타인들의 비밀과 내 비밀이 연결되고 감응되는 사건을 통해서 말이에요."

이 시에서도 그가 말한 미학이 읽혀진다. 첫 연은 "내 언어에는 세계가 빠져 있다"라며 세계와의 관계 맺기에 대한 심리적 기제를 노출하고 있다. 이 시에서 말하는 '세계'란 무엇일까. 그리고 "모서리를 잃어버린 책상처럼"에서 '모서리'란 무엇일까.

여기엔 세계에 참여하지 않고 다만 관찰자로 바라본 현실과 세계에 하나의 주체로 참여해 대응하는 현실은 다르다는 생각이 들어 있다. 생의 참상은 관념이 아니라 실제인 것인데 '내 언어에는 세계가 빠져 있다'고 발언하는 화자는 '조용한 책상'에서 존재의 실상을 발견한다. 모난 구석 하나 없이 원만하고 둥근, 그리고 긴 침묵으로 일관하는 '책상'은 세계에 참여하지 않은 시적 화자의 최초의 초상이기도 하다. '세계'는 '영원한 악천후'이지만 '나'는 그저 하나의 사물로 죽은 듯 살아 있을 뿐이라는 각성은 그 최초의 초상을 자극한다. 화자가 갈구하는 것은 '벼락같은 모서리'이다.

모서리는 '나'가 세상으로 나아갈 수 있는 근원적인 힘이요, 현실

초극의 충일한 에너지지만 현실은 '설탕'이라는 생의 미끼로 시적 화자를 모서리 없는 둥근 책상으로 만들어버린다. '개미'에게 필요한 것은 눈앞의 한 줌 설탕이 아니라 '진화'에 대한 의지라는 것이다. 시인은 진화의 의지에 대해 결심하고 있는 것이다. '인간은 어떤 종류의 가구로 진화할 것인가?'라는 마지막 질문에 상응하는 '긴 침묵'. 침묵은 생의 변혁을 추동하는 가장 강력한 숨결이라는 생각이 담겨 있다. 지금까지 관찰자나 방관자로만 살아온 시적 화자가 세계에로의 참여를 갈구하고 있는 것이다. 그렇다면 어떤 언어로 세계에 참여할 것인가.

그의 육성을 들어보자. "민중시를 써보았지요. 잘 안 써지더군요. 충분히 투신하지 않은 탓이라 여겼지요. 항상 투쟁의 무리에 들어있었지만 노래할 때 같이 따라하지 못했어요. 입이 떨어지지 않았지요. 그래도 거기 있어야 한다고 생각했지요."

'거기 있어야 한다'는 말은 돌멩이를 던지고 구호를 외치는 시위 현장 속에서 자기만의 환상과 지성이 만나는 '다시 혼자 되기'를 의미한다. 다시 말해 '세계와의 거리 두기'를 통해 세계에 참여하는 방식, 즉 공동체와 개인의 언어가 충돌하는 지점에서 발생하는 '기괴한 리얼리티'가 심보선의 시 세계를 형성하는 주된 흐름일 것이다.

하나의 이야기를 마무리했으니 / 이제 이별이다 그대여 / 고요한 풍경이 싫어졌다 / 아무리 휘저어도 끝내 제자리로 돌아오는 / 이를테면 수저 자국이 서서히 사라지는 흰죽 같은 것 / 그런 것들은 도무지 재미가 없다 // (중략) // 착한 그대여 / 내가 그대 심장을 정확히 겨누어 쏜 총알을 / 잘 익은 밥알로 잘도 받아먹는 그대여 / 선한 천성(天性)의 소리가 있다면 / 그것은 이를테면 / 내가 죽 한 그릇 뚝딱 비울 때까지

나를 바라보며 / 그대가 속으로 천천히 열까지 세는 소리 / 안 들려도
잘 들리는 소리 / 기어이 들리고야 마는 소리 / 단단한 이마를 뚫고
맘속의 독한 죽을 휘젓는 소리 // 사랑이란 그런 것이다

-「식후에 이별하다」 부분

첫 시집엔 연애시가 별사탕처럼 박혀있다. 사실 그의 시인되기를
촉발한 것은 옛 사랑의 존재이다.

"학창 시절에 관심을 갖고 있던 사람이 있었는데 오히려 그 친구가
저보다 시집을 많이 읽은 문학소녀였죠. 그 친구가 기형도 시집을 빌려주
었어요. 그때 지하철 안에서 읽고 다녔죠. 꽤 여러 번 읽었어요. 그
이유가 뭐였냐 하면, 시집을 그 친구에게 돌려주면 바로 '안녕'을 고할까
봐 '완독'을 미루고 있었던 거죠. 물론 그러는 와중에 빨리 돌려달라는
그 친구의 독촉 전화는 계속됐지만. 그래서 아직 다 못 읽었다고 미루고
미루고 하면서 몇 번이고 다시 읽었어요. 결국 돌려줬는데 그러고 나서
바로 퇴짜 맞았죠. 옛날엔 연애시를 안 썼거든요. 근데 어느 날부터
제가 사랑시를 쓰고 있더라고요. 지금은 연애를 하던 안 하던 사랑 얘기를
해요. 누군가를 부르고 찾고 누군가를 통해 세상과 접속하려고 하죠.
매개자를 통할 때 나는 더 고독해질 수 있고 나는 독자적인 완결적
존재가 아니고 언제나 누구를 통해서만 '나'이니까요. 저는 누구를 통해서
만, 사랑을 통해서만 인류를 만날 수 있다고 생각해요."

그가 말하는 연애와 사랑은 달달한 연애담이 아니다. 그건 내적인
존재들과의 만남인 것이다. 사랑은 나와 너라는 개체의 사건이 아닐
뿐더러 "불안한 두 인류의 일"이라는 것이다.

그렇다면 심보선의 시 세계에 대해 이렇게 말할 수 있을 것이다.

1인칭과 2인칭의 그 사이, 1인칭보다는 거리를 두었지만, 2인칭은 아닌, 그래서 모든 고백이 쏟아져 나오지만 그 어떤 뜨거운 고백도 서늘함이 유지되는 적정 위치, 자기고백을 통해 자기고백조차 낯설게 치환될 수 있는 딴 사람의 위치. 그렇게 심보선은 스스로 새로운 시선이 되는 일을 첫 시집을 통해 보여주었다.

첫 시집 이후, 그는 조금씩 '시선'이 아닌 '사건'으로 옮겨갔다. 지난 4~5년간 그의 발자취는 용산 참사 현장으로, 홍익대 두리반으로, 명동 제3개발구역 카페 마리로, 가볍고 자발적으로 옮겨 다녔다. 2012년엔 부산 한진중공업 85호 크레인 농성자 김진숙을 위한 한국작가회의의 '희망버스' 참가명단에 가장 먼저 이름을 올리기도 했다. 세상은 혼자가 아니라 너와 나, 그들과 나, 타인과 나라는 관계 속에서 지탱된다는 사회학적 원리를 그는 문학으로 실천하고 있다.

그는 늘 사회적 사건이 발생하는 장소에 있었다. 그 사회적 사건 현장에서 그는 언어적 발견을 하고 그걸 다시 문학적으로 발명한다. 그의 시를 통해 알 수 있는 것은 어떤 특별한 문학적 사건은 '발생되는' 게 아니라 '발명하는' 것이다. 심보선은 개개인으로 파편화된 우리 사회에 '나'와 '너'의 영혼이 겹치는 1.5인칭 영혼의 제국을 건설 중이다.

제2부

환상으로 채색된 기억 속의 매혹

김중일

후렴의 시간을 허밍하다

김중일은 공대 출신이다. 1996년 단국대 공학부에 입학한 그는 우연히 동아리 방에 비치되어 있던 시집들을 읽었다. 박노해의 『노동의 새벽』을 비롯, 주로 노동시 계열의 시집이었다. 비유적 장치가 거의 없는 정직하고 결기 있는 언어의 시여서 금방 이해할 수 있었다.

"유년기와 청소년기를 구로공단 인근에 노동자들이 많이 모여 사는 마을에서 보냈지요. 내 기억으로는 비교적 평화롭고 조용했던 유년이었는데 골목에서 어울려 놀던 친구의 아버지는 손이 없는 한쪽 팔을 늘 바지 주머니 속에 찌르고 다녔어요. 이상하다고 생각하지 못했죠. 그냥 원래 그랬으니까요. 나만 보면 활짝 웃어 주던 상냥한 옆집 누나가 공장에 다니는 건 어린 저에게 그저 당연한 일상이었는데, 성인이 된 후 생각해 보니 당시 그 누나는 겨우 고등학교에 다닐 나이였어요.

그러니까 이런 거예요. 내 까마득한 유년의 기억 속에, 아내에게 생계를 맡기고 사라진 한쪽 손을 주머니에 넣은 채 온종일 골목을 배회하던 친구 아버지의 잿빛 표정이나 지나가면서 내 머리를 쓰다듬어 주던 옆집 누나의 창백한 안색 같은 것들이 다시금 또렷하게 되살아나는 것이죠. 우연인지 운명인지 모르겠지만, 하필 처음 접한 문학을 통해서 말이에요. 상당히 신선하고도 가슴 시린 체험이었고, 그때부터 문학에 매혹되었던 것 같아요. 내가 몰랐던 세계가 있었구나, 싶었던 것이죠.

그게 시작이긴 한데, 따로 문학수업이랄 것은 없었어요. 그저 손에 잡히는 대로 읽었어요. 그 문외한의 오독들이 지금 생각해 보면 나름대로 꽤 괜찮았던 문학수업이었던 것 같아요. 관련 학과에 들어가서 시인, 소설가, 평론가인 교수님들에게 추천받은 이른바 '좋은 작품'들만 선별해서 효과적으로 습득하는 것보다 말이죠."

> 내 생의 뒷산 가문비나무 아래, 누가 버리고 간 냉장고 한 대가 있다
> 그날부터 가문비나무는 잔뜩 독 오른 한 마리 산짐승처럼 갸르릉거린다
> 푸른 털은 안테나처럼 사위를 잡아당긴다 수신되는 이름은 보드랍게
> 빛나고, 생생불식 꿈틀거린다 (중략) 상처는, 오랜 가뭄 같았다 영영
> 밝은 나무, 혈관으로 흐르는 고통은 몇 볼트인가 냉장고가 가문비나무
> 배꼽 아래로 꾸욱 플러그를 꽂아 넣고, 가문비나무는 빙점 아래서 부동액
> 같은 혈액을 끌어 올린다
>
> ─「가문비냉장고」부분

2002년 〈동아일보〉 신춘문예 등단작인 「가문비냉장고」에서 그는 타인의 고통을 전혀 이질적인 가문비나무와 냉장고를 연결시켜 새로운 의미의 공간으로 확장시킨다. 나무라는 유기체와 냉장고라는 무기체 이미지 사이의 단절을 역으로 이용하여 삶의 진실을 충격적으로 드러낸 것이다.

이처럼 하나의 이질적 풍경이 개인의 감성에 미치는 영향은 막대하다. 그런데 단순한 풍경이 아니라 역사적 이변이 출몰하는 시대의 풍경이 주는 영향은 더욱 지대하다. 그가 등단하던 2002년엔 월드컵이 있었고 대통령 선거가 있었다. 5년 뒤 그가 첫 시집 『국경 꽃집』(2007)을 출간했

던 해에도 대선이 있었다. 정권은 바뀌었고 그가 등단하던 해에 대통령이 되었던 사람은 비극적으로 서거했다. 책상머리에서 상상의 나래를 펼쳐도 현실 속에서 벌어지는 일보다 더 변혁적일 수는 없었다.

"등단 후 10년의 세월 동안 7~8년을 출퇴근하는 직장생활을 했어요. 갓 등단했을 때 학부생이었고 졸업 후에도 계속 사무원이었던 거죠. 생업에 종사하며 시를 쓰는 시인들이 많아요. 그분들은 아실 테지만 하루를 놓고 봤을 때 출퇴근해야 하는 물리적인 시간의 문제도 있지만 사실 야근까지 하고 집에 돌아오면 창작을 하고 싶다는 마음조차 들지 않을 정도로 정신적인 방전 상태가 오지요.

창작자는 책상에 앉아서 쓰기에 앞서 뭐랄까 좀 이러저러한 몽상도 하면서 정신적으로 유연해질 필요가 있거든요. 마치 운동선수가 경기 전에 몸 푸는 것처럼. 시가 소설과 달라서 워딩wording이 오래 걸리지는 않지만 그게 문제가 아니라, 일과 중에 행정문서를 작성하다가 밤에 시를 써야 하는데 도무지 모드 전환에 필요한 정신적인 준비운동 시간이 없다고 할까요."

그가 본의 아니게 과작인 이유는 이른바 그 자신이 모색한 것에 대한 언어적 실험을 자신의 미적 취향에 따라 더 집요하게 천착할 충분한 시간이 모자랐던 탓이기도 하다. "제가 처음 접한 문학은 이른바 노동문학이었어요. 그리고 서정적이고 사실적인 시들을 읽었고요. 차차 모던한 시들을 읽기 시작했던 것 같아요. 그냥 쉽게 말해 문외한이었기 때문에 그때그때의 제 깜냥에 이해하고 받아들이기에 용이했던 시부터 읽기 시작해서, 점점 문학적 호기심을 채워 가는 쪽으로 진행됐던 것이죠.

당연히 제가 끼적거렸던 글들의 모양새도 비슷한 변곡점을 그리며 따라갔고요. 매혹되었던 시인들은 너무 많아서 몇 명으로 압축해 거론하기가 힘들 정도예요. 이 땅에 시를 쓰고, 읽는 모든 습작생들이 한번쯤 좋아했던 시인들은 저도 다 좋아했고 영향을 받았다고 보시면 되지 않을까 싶네요.

다만 이런 건 있어요. 국문과나 문창과 학생들의 경우 그들 자신보다 앞서 그 과정을 치열하게 살았던 선배들이나 교수(기성 시인, 소설가)들이 추천해 준 효율적인 방법을 직간접적으로 따라갈 기회가 있었다면, 그런 형편이 되지 못했던 저는 완벽한 난독^{難讀}과 난문^{難文}의 시절을 보냈지요. 한때는 그 과정이 매우 더디고 칠흑같이 막막했는데, 지금은 그게 지름길이었던 것 같아요. 한 가지 스타일에 대한 흥미가 그리 오래 지속되지 않았어요. 그런 점에서 변덕이 심했다고 해야 할까. 그저 제가 매혹되는 대로 읽고 느낌대로 쓸 뿐이었어요."

시집 『국경 꽃집』(2007)이 구조적인 건축물처럼 완고하게 자리 잡은 세계 속에서 속절없이 휘둘리는 인간에 대한 이야기라면, 두 번째 시집 『아무튼 씨 미안해요』(2012)는 우리가 살아가는 이 불안한 시대를 세세연년 반복되는 후렴(허밍)의 세계, 예컨대 '커튼콜의 세계'로 바라본다. 잔치(본 공연)는 끝나고 후렴만 반복되는 시뮬라크르(자기 동일성 없는 복제)의 세계가 그것이다.

> 역사는 나이를 거꾸로 먹는 족속, 그가 우리를 낳고도 아직 살아 있다는
> 것 자체가 정말 아슬아슬한 일. / 형, 우리가 이곳에 뾰족한 이파리처럼
> 돋아난 이후, 마당 위로 삼십 년간이나 내리고 있는 검붉은 새벽을 이제는
> 정말 저녁이라고 불러야 할까.
>
> ─「거짓된 눈물의 역사」 부분

김중일에게 역사의 등은 꼽추처럼 굽어 있다. 역사의 근육은 너덜거린 지 오래다. 그에게 있어 역사는 죽은 과거의 영정 앞에서 눈물을 흘리는 대신 도돌이표의 허밍을 계속할 뿐이다. 그리하여 그는 이렇게 묻는다.

백열여덟 해 동안 이 전설적인 역사가 아직 한 번도 내던지지 못한
게 있다면, 유일하게 역사의 무거운 그림자뿐이 아닐까 생각되는데,
과연 그렇습니까?

-「늙은 역사$^{77 \pm}$와의 인터뷰」 부분

살아봤자 고작 역사의 후렴인 셈인데 그것은 끝없이 변주되고 있다. 다만 곡조가 이전과 다르게 편곡되어 있을 뿐이다. 이를테면 아버지와 '나'가 같으면서도 다르듯. 그런 차이를 섬세하게 포착하는 게 그의 시 쓰기이다.

"일단 그런 관념적 인식 자체가 저로 하여금 무척이나 쓸쓸하고 허무하고 고독한 감성을 자아내게 했죠. 그러나 실존적인 지점도 있어요. 우리는 고작 후렴들인데 그것은 끝없이 변주되거든요. 그 차이, 다른 지점을 섬세하게 포착해 가는 것이 우리 세대의, 저의 시 쓰기인 것 같다고 생각했어요. 이런 인식의 지점은 두 번째 시집의 거의 모든 시가 갖는 공통분모 같은 거죠."

그는 시라는 장르적 형식에 대한 자의식이 남달리 강하다. 말하자면 어떤 형식의 시가 새롭게 가능한지 그는 늘 생각한다. 그리고 반드시 시라는 형식을 통해서만 표현될 수 있는 것들을 찾아간다.

"제 시집을 읽은 동창은 이런 말을 하더군요. 왜 한국어로 된 글이 외국어보다 어렵냐고요. 사람들은 어려운 음악이나 그림에 대해서는

비교적 너그러운데, 인간이라면 일상 속에서 지금 이 순간에도 사용하고 있는 언어를 재료로 하는 문학에 대해서만큼은 불만을 터뜨리죠. 당최 뭔 말이냐 이거죠. 두세 살 때부터 사용했던 한국어가 독해가 안 되니 화가 나는 거예요. 답답하고 무식한가 싶고. 그런 거 아니고요. 시집 속의 언어는 가공된 예술적 언어잖아요. 시는 일상적으로 우리가 대화할 때 쓰는 언어가 아니지요. 시 속의 언어는 악보 속의 음표에 가까워요.

시라는 악보 속에서 비로소 존재하는 거죠. 악보를 벗어나면 단지 지시적 기표에 불과해요. 오로지 의사소통을 위한 단어처럼요. 잘 연주하듯 읽다 보면 노래가 되고 음악이 되는 거죠. 자기 나름대로 읽으면 자기만의 음악이 되기도 하는 거예요. 정답이 없는 거죠. 쇼팽을 모든 피아니스트가 녹음 뜬 것처럼 똑같이 해석하지는 않잖아요?"

손택수

잃어버린 유토피아의 신화적 복원

손택수의 고향은 담양의 강쟁江爭 마을이다. 영산강 지류인 죽녹천이
흐르고 삼인산의 뾰족한 산봉우리가 강 뒤에 병풍처럼 둘러선 곳이다.
그는 개울가에서 멱을 감고 할머니가 들려주는 민요와 설화를 들으며
유년 시절을 보냈다. 강쟁마을의 정경은 농경문화적 상상력에 기반을
둔 그의 창작적 모태가 됐다. 다섯 살 때 부모를 따라 부산으로 간 그는
심한 향수병을 앓았다. 학교생활에도 잘 적응하지 못했다. 획일적인
대답과 정답만을 요구하는 제도권 교육이 싫었다. 그래서 부산은 못
살 곳이라는 생각이 들었다. 부모에게 떼를 써서 다시 강쟁마을로 돌아왔
고 죽녹천에서 성장기를 보냈다.

고교를 졸업 후 맹인학교에서 일할 때 리듬감 있는 글이 좋겠다 싶어
시를 읽어주게 되었고, 이때부터 본격적으로 시를 접하게 되었다. 이후
구두닦이 일을 하고 있는데, 건달 한명이 뒤통수를 후려치며 '똑바로
해라'라고 하는 소리에 정신이 번쩍 들어 대학입시를 준비했고 25살에
늦깎이로 경남대학교 국문학과에 입학했다.

"졸업하던 해에 IMF가 터졌어요. 취직도 안 되고 실연까지 당하고
뭐 아무것도 할 게 없고 제 존재 증명조차 할 수 없는 거예요. 1년
동안 도서관에 처박혀서 시를 썼어요. 하루에 시집을 대여섯 권씩 읽으며
하루 한두 편씩 습작을 했지요. 등단할 때까지 신춘문예에 족히 40번은

낙방했을 거예요."

맹인학교를 졸업하고 안마시술소로 실습을 나간 암나사들 가운데는 열두 살 때 마지막 본 별을 다시 보고 싶다는 열여덟 살 영미가 있었다. 영미는 틈만 나면 그에게 책을 읽어달라고 보챘다. 손님방에서 나온 영미가 손을 씻는 소리가 들리고, 대기실에 불이 켜지면 책을 읽어줄 시간이 되었다는 신호였다. 현관에서 구두를 닦고 있던 그는 스위치가 똑딱, 하고 올라가는 것을 신호로 영미에게 책을 읽어주었다.

대기실에 있던 누나들이 은근히 부러움이 섞인 눈으로 비아냥거렸다. "우리에게도 책 읽어 주는 남자가 있다면 잠시 눈이 멀어도 좋겠다, 그러다 니네들 바람나는 거 아니야?" 까르르 웃음소리가 밉지 않게 터져 나왔다.

안마시술소에서 그는 현관 보이였다. 손님의 구두를 닦고, 사우나까지 손님을 안내하는 게 그의 일이었다. 하지만 현관 보이에겐 공식적인 일보다 비공식적인 일이 더 많다. 때밀이를 원하는 손님이 있으면 때도 밀어야 하고, 사우나 관리까지 겸해야 하는 것이다. 물 온도가 적당한지, 보일러에 이상이 없는지 수시로 체크하는 건 기본이다.

한 번은 군산 어느 안마시술소에서 급여를 받지 못하고 온 아가씨와 함께 그 안마시술소를 찾아간 적도 있다. 건강 상태가 좋지 못한 그녀는 아침마다 링거를 맞으며 일을 하던 참이었다. 영업이사라는 사람을 만났을 때, 그는 주위에 '어깨'들을 거느리고 있었다. 밀린 돈을 받기 위해 데려온 녀석이니, 어디 실력이 얼마나 대단한가 한번 볼까, 하는 살기등등한 기운이 감돌고 있었다. 여기서 내 청춘이 끝나는구나, 눈앞이 캄캄했다.

"그때 내가 무슨 말을 했는지는 잘 기억나진 않아요. 다만, 병세가 심해진 여자 이야기를 한 것 같고, 그 여자에게 아이가 있다는 이야기를 했던 것 같고, 잘 좀 처리해 달라는 부탁을 했던 것 같아요. 그야말로 죽을 각오로 내지른 말이었죠. 내 용기가 가상했던지, 여차하면 험악한 상황이 연출될 그 자리를 벗어났을 때 그녀에겐 받지 못한 급료가 쥐어져 있었고, 내 주머니엔 생각지도 못한 여비가 들어 있었지요.

건달 얘기가 나왔으니 말이지 안마시술소에서 나는 인생의 큰 스승을 만난 셈이지요. 그날도 현관 앞에 쭈그려 앉아 구두를 닦고 있는데 건달 하나가 거들먹거리며 문을 열고 들어왔지요. 신발을 벗으며 올라서던 그는 갑자기 구두장 위에 놓인 책들을 보더니 냅다 소리를 지르더군요. '짜슥아, 구두장이 책장이가? 구두닦이면 구두나 잘 닦을 노릇이지 책이 뭐꼬!' 말이 채 끝나기도 전에 뒤통수에 불똥이 튀더군요. 그의 주먹이 뒤통수를 내려친 순간, 정말 많은 생각이 머리를 스치고 지나갔지요. 그래, 지금 내가 뭘 하고 있지? 여기에 있는 나는 누구지? 내 속에 품었던 꿈들은 다 어디로 가 버렸지? 그것은 돈오의 죽비였지요. 평상시 같으면 굴욕과 비애감만을 안겨주었을 건달의 주먹 한 방이 죽비가 되어 내 흐릿한 의식을 밑바닥까지 송두리째 부숴버린 것이죠."

안마시술소에서 두 해를 나고, 그는 짐을 꾸렸다. 언젠가 시인이 되면 점자로 된 시집을 들고 영미를 다시 찾아오겠다는 말을 남기고…. 지키지 못한 그 약속을 그는 아직 가슴에 품고 있다. 생각하면, 안마시술소에서의 한 철이 가장 아름다운 습작기였다.

방문을 담벼락으로 삼고 산다. 애 패는 소리나 코고는 소리, 지지고 볶는 싸움질 소리가 기묘한 실내악을 이루며 새어나오기도 한다. (중략) 하청의 하청을 받은 가내수공업과 들여놓지 못한 세간들이 맨살을 드러내고, 간밤의 이불들이 걸어 나와 이를 잡듯 눅눅한 습기를 톡, 톡, 터뜨리

고 있다. 지난밤의 한숨과 근심까지를 끄집어내 까실까실하게 말려주고
있다.

-「범일동 블루스」 부분

손택수는 시란 유년의 장르라고 말한다. 왜냐하면 여덟 살 이전에
모든 것이 결정되기 때문이란다. 그건 최초의 트라우마가 유년에서 시작
된다는 말과 상통한다. 전형적인 농경문화의 공간인 담양에서 살다가
옮겨온 부산 범일동의 거처는 한 지붕 아래 15가구, 부엌에 물이 안
빠지는 빈곤한 삶 자체였다. 하지만 고향에만 있었다면 잃어버린 유토피
아의 세계에 대한 그리움을 알지 못했을 것이다. 잃어버린 것에서 시를
작동시킨 게 그의 초기시라면 이제 그는 스스로를 잃어버리고 놓아주면서
시를 작동시킨다.

한낮 대청마루에 누워 앞뒤 문을 열어 / 놓고 있다가, 앞뒤 문으로
나락드락 / 불어오는 바람에 겨드랑 땀을 식히고 있다가, / 스윽, 제비
한 마리가, / 집을 관통했다 // 그 하얀 아랫배, / 내 낯바닥에 / 닿을
듯 말 듯, / 한순간에, / 스쳐 지나가 버렸다 // (중략) // 제비 아랫배처럼
하얗고 서늘한 바람이 / 사립문을 빠져 나가는 게 보였다 내 몸의 /
숨구멍이란 숨구멍을 모두 확 열어젖히고

-「방심放心」 부분

그는 대청마루에 큰 대大자로 누워 있었던 모양이다. 마음과 몸을
느슨하게 풀어놓고서. 그런데 스윽, 제비 한 마리가 그의 얼굴에 닿을
듯 저공비행을 하며 지나간다. 제비는 집과 그 자신을 동시에 뚫고 지나간

것이다. 제비의 느닷없는 저공비행에 비로소 뻥 뚫려버린 그의 숨구멍이라니. 그 체험은 얼마나 통쾌하고 시원한 것인가. 체증滯症이 가신 듯했을 것이다.

마음을 어디에 붙들어 매는 것만이 능사는 아닐 터. 마음을 사방으로 허술하게 경계 없이 풀어놓는 것도 마음을 여미는 한 방책이 되기도 한다. 바로 무방비의 미덕이다. 좀 게으르게 혹은 별 준비 없이 멍청하게 있다가 한번쯤 당해볼 일이다. 그런 당함은 일각의 깨달음일 터. 마음의 앞뒤 문이 다 뚫리지 않았다면 어떻게 '제비 아랫배처럼 하얗고 서늘한 바람'을 느낄 수 있었겠는가. 집도 사람도 모두 방심한 터라 제비가 묘기 한번 부려보고 싶었을지도 모른다. 이런 시가 있어서 휘발유 냄새나는 메트로폴리스의 숨구멍도 가끔은 탁탁 열리지 않는가. '결심'이 아니라 '방심'으로.

"공간이란 것은 제가 구체적 실존을 체험할 수 있는 유일한 근거예요. 때문에 흙을 만져보고 흙을 먹어봤던 저로서는 대지라는 공간이 최초로 세계와 밀착감을 느낀 곳이라 할 수 있는데요, 그곳을 벗어나 부산이라는 공간에 왔을 때 순환적인 시간 속에 있다가 탁하고 끊어져버린 듯한 공포감이 들었어요."

부산역에 다다랐을 때 산꼭대기에 다닥다닥 모여 있는 집들을 보면서 '뭐 이따위 도시가 다 있나'라고 생각했다는 그는 "근대적 시간이 굉장히 폭력적으로 다가왔던 것 같다"고 말한다. 그걸 그는 '촌놈근성'이라고 표현한다. 그에게 '공간'은 그 자신이 화두로 삼고 있는 근대라는 '시간'과 맞물려 있다.

하지만 그에게 '부산'이 부정적 공간이었던 것만은 아니다. 그는 부산을 통해 "근대 도시공간이 놓쳐버린 신화체험과 오래된 미래, 가치적 미래를 향한 역방향으로의 진화와 더불어 시원을 향해 끝없이 퇴보하고 싶은 적극적인 퇴행의 욕망을 갖게 되었다"고 말한다.

어딘가로 번지기 위해선 색을 흐릴 줄 알아야 한다 색을 흐린다는 것은 나를 지울 줄 안다는 것이다 뭉쳐진 색을 풀어 얼마쯤 흐리멍텅, 해질 줄 안다는 것이다 // 퇴근 무렵 망원역 앞에서 버스를 기다리는데 맞은편 건물 벽이 발그스름하게 물들어간다 어디선가 해가 지고 있는 모양이다 (중략) 지는 해가 분단장을 하듯 붕어빵집 아주머니의 볼과 생선비늘 묻은 전대를 차고 *끄떡끄떡* 졸고 있는 아낙의 이마에 머물렀다 간다 남루하디 남루한 시장 한 귀퉁이에 지상에 없는 빛깔이 잠시 깔리는 시간

―「수채」 부분

그는 퇴근 무렵, 망원역 앞에서 버스를 기다리다 석양이 빌딩 외벽과 붕어빵집 아주머니의 볼을 붉게 물들이는 것을 목격한다. 지상에 없는 빛깔이 잠시 머물다 가는 시간, 모든 게 붉은 빛에 감겨 묽어지는 풍경에서 그는 더욱 처연해진다. "어딘가로 번지기 위해선 색을 흐릴 줄 알아야 한다"라는 말. 그 말은 풍경이 아니라 그의 몸에서 태어난 말이기에 더욱 빛난다.

여태천

헛스윙, 당신을 위한 랩소디

　여태천은 문인야구단 '구인회'의 코치이자 왼손 투수이다. 언젠가 시합이 열렸을 때 아내와 딸이 지켜보는 가운데 공을 던지다 어깨가 탈골되어 병원 신세를 져야 했다. 병상에 누워 있는데 묘한 생각이 들었다고 한다. 남들에겐 익숙하지 않은 왼팔을 사용하다보니 마음대로 되지 않는 어떤 답답함을 느꼈고 동시에 그 낯선 체험이 이 세상에 대한 자신의 왜소함을 일깨워주었다는 것이다.

　그건 멋진 일이었다. 시란 일상의 언어가 발견의 언어로 중심 이동을 하는 일일진대, 야구 또한 몸의 중심이동을 통해 스윙을 극대화되는 운동이 아니던가. 2008년, 그에게 김수영문학상을 안긴 시집 『스윙』엔 이런 구절이 있다.

　　커피 물을 끓이는 동안에 홈런은 나온다. / 그는 왼발을 크게 내디디며 배트를 휘둘렀다. / 좌익수 키를 훌쩍 넘어가는 마음. / 제기랄, 뭐하자는 거야. / 마음을 읽힌 자들이 이 말을 즐겨 쓴다고 / 이유 없이 생각한다. / 살아남은 자의 고집 같은, // (중략) // 커피는 아주 조금 식었고 / 향이 깊어지는 / 바로 그때 / 도무지 아무 생각이 나지 않을 때 / 국자를 들고 우아하게 스윙을 한다.

　　　　　　　　　　　　　　　　　　　　　　　　-「스윙」 부분

국자를 들고 스윙을 하는 이 야구 마니아의 모습을 상상해보라. 야구 마니아들은 우산이든 볼펜이든 손에 잡히는 거라면 뭐든지 거머쥔 채 스윙을 한다지만 우리가 삶 속에서 홈런을 칠 확률은 극히 적다. 시인은 "오늘 오후에라도 마음 어디쯤에 불이 나고 구멍이 뚫릴 때", 국자 속 슬픔을 다 쏟아버릴 양 스윙을 하라고 우리에게 권한다. 스윙 또 스윙.

그는 승리하는 경기에 대해 이야기하지 않는다. 다만 야구에 깃든 생활 철학을 이렇게 들려준다. "야구장에 가면 실제로 지고 있는 팀의 응원석은 7회 정도 되면 조금씩 비기 시작합니다. 그런데 경기는 앞으로도 2~3회가 더 남아 있어요. 남은 이닝을 채우는 선수들을 보면 왠지 마음이 안타까워요. 그래서 끝까지 남아서 마지막 타자가 아웃될 때까지 지켜봅니다. 그게 예의가 아닐까라는 생각도 들고요.

실제로 우리가 살아가는 것도 그와 다르지 않은데, 아무도 우리가 살아가는 모습을 봐주지 않는다면 너무 슬플 것 같아요. 야구에서 모든 선수가 다 잘 할 수는 없어요. 반드시 누군가는 죽어야 하는 게임입니다. 즉, 버려지고 사라져야 하는 거죠. 아무도 죽지 않는다면 경기는 끝나지 않습니다. 헛스윙 삼진아웃을 당하든, 내야 땅볼로 죽든, 아니면 플라이 아웃을 당하든 그 타자는 그 게임에서 버려지는 것입니다. 아웃으로 버려지는 선수가 없다면 그 게임은 완성되지 않을 겁니다. 삼진, 내야 땅볼, 외야 플라이로 죽는 선수는 버려지면서, 사라지면서 그 게임을 완성하는 겁니다." 시집 『스윙』 이후 그는 작지만 사소한 일에 대한 관심을 점점 확장하고 있는 중이다.

나눠가질 게 없는 우리는 / 최선을 다해 책을 덮기로 합니다. / 오늘은

머잖아 미래로 바뀔 테니 / 뭐, 괜찮습니다. // 우리는 세계인의 표정으로
인사를 하고 / 우리의 나머지가 일으키는 바람에 흔들리지 않고 / 어제를
돌보지 않습니다. // 덮어버린 책 너머에서 / 우리를 지켜보는 낡은 문자들
/ 그늘 속으로 깊어집니다. // 천천히 어제의 문자를 소리 내어 읽어
봅니다. / 정지 화면처럼 / 굳어버린 우리의 혀 / 괜찮습니다. / 그렇다고
숨을 쉬지 못하는 건 아니니까요

–「지구를 이해하기 위한 여섯 번째 독서」 부분

미래에 우리는 무엇을 하며 살고 있을까. 누구는 죽고 누구는 잊혀지고
모든 게 사소해질 것이다. 사소한 사람끼리 만나 시시콜콜한 이야기를
나눌 것이다. 그런데 그거 꽤 괜찮은 일이다.

1) 성장기를 하동에서 보냈는데 유년 시절의 기억은?

태어나서 조금 있다 부산으로 이사를 갔습니다. 그리고 다시 초등학교
때 하동에 가 중학교까지 다녔습니다. 부산과 하동을 오가며 유년 시절을
보냈기 때문에 고향에 대한 추억은 그다지 많지 않습니다.

2) 문학에 심취하게 된 계기와 습작 시절은?

중고교 시절엔 문학에 그리 관심이 많았던 것은 아니에요. 그냥 막연하
게 문학이라는 것, 문학을 하는 것에 대한 동경 같은 것만 있었죠. 그냥
보통 학생이었던 것 같아요. 수업 시간에 문제집을 풀다가 윤동주의
시 "창밖에는 밤비가 속살거려 / 육첩방은 남의 나라"로 시작되는 「쉽게
씌어진 시」를 보고 세계를 이렇게 살아가는 사람도 있구나, 생각했죠.
교실이 남의 나라 같고, 저는 침전하고 있고, 참 근사해 보였습니다.
그냥 공부는 하기 싫고, 그렇다고 대학을 가지 않을 수는 없고, 공부하는

척이라도 해야 했습니다.

대학에 와서도 쉽게 사람들과 어울리는 편이 아니었습니다. 혼자 있는 게 좋아서 학과 활동은 거의 안 했습니다. 그것도 소외일까요? 그러다 시를 읽기 시작하고 뭔가 조금씩 쓰기 시작하면서 현실과는 다른, 말하자면 자발적으로 고립될 수 있는 어떤 곳을 생각하기 시작했던 것 같습니다. 횔덜린의 영향도 있었습니다. 정확하게 말하자면 그의 삶이죠. 반평생을 정신착란의 징후 속에서 그 누구보다 외롭고 불우하게 보냈던 튀빙겐에서의 그의 삶이 너무나 시적이었습니다. 73세로 생을 마감할 때까지 자신의 이름으로 된 단 한 권의 시집도 내지 못한 채, 괴테와 실러와 같은 시대를 살았지만 그들처럼 인정받지 못했던 이 궁핍한 시인이 제겐 정말 시인이었습니다. 첫 시집을 묶을 때는 이 세계로부터 철저하게 혼자 있는 뭔가를 생각했습니다. 뭐랄까? 그곳이 시의 세계라는 생각도 들었고요.

3) 시집 『스윙』 이후 어떤 변화된 지점을 통과하고 있는지요.

작지만 사소한 일에 대한 관심이 조금 더 많아진 것 같고, 그것들을 위해 내가 뭘 할 수 있는지를 고민하고 있습니다. 쉽게 말해 시인으로서의 의무랄까 책임감 같은 것에 대해 가끔 생각합니다. 신작 시집 『저렇게 오렌지는 익어가고』엔 연작시로 쓴 시들이 있습니다. 의도한 것은 아니지만 '내가 아주 잘 아는 이야기'와 '지구를 이해하기 위한 독서'가 그것입니다. 특히 '지구를 이해하기 위한 독서' 시들을 쓰면서 아주 먼 미래를 생각했습니다. 아주 단순하게는 그때쯤 사람들은 뭐하고 있을까와 같은 질문도 하고, 예상치 못할 어떤 상황 앞에서 어떤 표정을 지어야 할까를 고민하기도 하고, 사람들과의 관계가 낳을 부정적 결말을 떠올리기도 했습니다.

오은

시대를 읽는 청춘의 언어유희

2002년 대학 합격 소식을 들은 다음 날, 오은은 전화 한 통을 받는다. "오은 씨, 등단하셨습니다." 잠이 덜 깬 그가 물었다. "어, 등단이 뭔가요?" 그가 끼적여놓은 습작시를 형이 가져다가 월간 『현대시』 신인상 공모에 투고한 게 덜컥 당선된 것이다. 시라고는 교과서에 나온 작품을 읽어본 게 전부였던 스무 살 청년은 그렇게 시인이 됐다.

하지만 2000년대 초반만 해도 젊은 시인들을 북돋우는 문단 분위기가 아니었던 데다 서울대 사회학과 학생이 시를 계속 쓰겠냐는 의심의 눈길도 있던 터라, 그는 문학에 거리를 두었고 대학 졸업 후 카이스트 (KAIST)에 진학해 교환학생으로 캐나다 연수를 다녀온다. 그러다 계간 『시와 사상』에서 그의 감각적 언어를 뒤늦게 알아보고 다섯 편을 청탁한 것을 계기로 그는 다시 시를 쓰게 되었다. 이런 곡절 끝에 첫 시집 『호텔 타셀의 돼지들』이 출간된 것은 등단 7년만인 2009년의 일이다.

사람들의 음모는 언제나 아르누보식이었지요 / 이 말은 우리가 특별히 조심해야 한다는 겁니다 / 젊은 돼지들은 동의하지 않을 수 없었습니다 / 겁이 많고 눈이 커다란 데다 제법 순종적이었거든요 / 꾸불거리며 대가리 쳐들 기회만 슬슬 엿보는 거지요 / 저렇게 끼리끼리 모여 있는 걸 보면 몰라요? / 젊은 돼지들은 침대 위를 뒹구는 마피아와 갱을 상상했

습니다 / 소름이 돋았지요, 요즘엔 유기농 비료를 먹고 있는데 말입니다
// 늙은 돼지들은 구석에 누워 심하게 낄낄거립니다

-「호텔 타셀의 돼지들」 부분

아르누보 건축 양식의 대표적 상징인 벨기에의 타셀 호텔. 그 호텔
지붕 아래에서 젊은 돼지와 늙은 돼지들이 함께 사육되고 있다. 일반적으
로 한 공간에 늙은이와 젊은이가 함께 있는 경우엔 늙은 돼지가 젊은
돼지에게 일방적으로 이야기를 전달하지만 이 시에서는 입장이 역전되어
있다. 연소자인 젊은 돼지가 연장자인 늙은 돼지에게 자신들이 살아가고
있는 사회 문제를 진단해 들려주고 있는 것이다. "사람들의 음모는 언제나
아르누보식이었지요"라는 말은 하나의 명제가 된다. 이를 '사람들의
음모는 언제나 새로운 예술을 지향하지요'라고 해석할 때 사람들이 잡아
먹을 돼지는 늙은 돼지가 아니라 젊은 돼지이다. 적어도 젊은 돼지들은
사람이 주는 유기농 사료를 먹으면서도 의식만큼은 살아 있어야 한다는
풋풋한 등장인물이 되고 있다.

이에 비해 늙은 돼지들은 더 이상 아르누보적이지 않기 때문에 사람의
표적이 되지 않을 것이라고 믿는다. 그래서 구석에 누워 낄낄대며 시답지
않은 농담이나 일삼는다. 시를 읽다보면 조지 오웰의 『동물농장』이 떠오
른다. 변화를 외치면서 권력을 잡은 뒤 변화의 가능성을 막아버리는
늙은 돼지들은 "젊은 너희들이 먼저 희생될 테니 우리는 안전하다"고
낄낄거리고 있는 것이다. 돼지 농장과 인간 사회가 다르지 않다는 사실을
환기하고 있기도 하다.

이처럼 돼지 농장의 젊은 돼지와 늙은 돼지의 입장을 차용하여 세대론
을 끄집어내는 게 오은의 범상치 않은 언어감각이다. 그는 카이스트

문화기술대학원 석사학위 논문을 단행본 『너는 시방 위험한 로봇이다』로 펴낼 만큼 다방면의 재주꾼이다. 첫 시집이 나온 직후 그는 교통사고로 머리를 크게 다쳐 의식을 회복하는 데만 3개월, 재활치료 1년의 세월을 보내야 했다. 그런데도 그는 "그러잖아도 긍정적인데 더욱 긍정적이 됐다"며 낙천적으로 받아들인다. 그 명랑하고 경쾌한 언어가 시에 고스란히 드러나 있다.

> 아침입니다. 오늘은 어떤 머리를 쓰면 좋을지 잠시 머리를 씁니다. 중요한 강의와 회의가 여러 건 있으니 저 머리를 써야겠군요. 잠자리용 머리를 벗어두고 그 머리를 착용합니다. 하루가 시작된 게 몸소 느껴지는 군요. 평소보다 늙어 보인다구요? 저는 평소란 게 없습니다. 인상이 전체적으로 어두워 보인다구요? 이 머리를 쓰면 웃을 일이 거의 없습니다.

－「교양인을 이해하기 위하여」 부분

그의 매끈한 말놀이는 되는 대로 중얼거리는 게 아니다. 정교한 작업을 거친 것이다. "차곡차곡 쓰는 스타일입니다. 어휘에 관한 자료를 모아요. 휴대전화 메모장이 꽉 차도록 메모를 해놓지요."

그는 언어를 다루는 데 탁월하다. 감정이나 사회적 담론을 직접적으로 말하거나 드러내지 않는 대신 언어유희를 통해 새로운 감성의 세계를 만들어낸다. 하지만 그의 언어유희는 결코 가볍지 않다. 거기엔 세계의 다양한 인물, 문화, 철학, 음악과 미술 등 다양한 분야의 담론이 담겨져 있다.

밥을 먹는다 습기 먹은 김을 먹고, 인분을 먹고 자란 돼지고기 2인분을 먹고, 고기를 구울 때 나는 탄내도 덤으로 먹는다 풀 먹은 옷을 입고 담배를 뻑뻑 먹으며 출근을 한다 동료들에게 빌어먹을 골탕도 먹고 겁을 먹고 찾아간 부장에게 욕도 한 두어 바가지 얻어먹는다 (중략) // 나는야 벌레 먹은 사과처럼 흉해져서 물먹은 솜처럼 가라앉다가 자살 골을 먹고 스스로 입을 열어 레드카드를 먹는, 자면서도 어김없이 끊임없 이 틀림없이 산소를 먹는, 그러면서도 항상 배고프다고 소크라테스처럼 투덜거리는 // 당신은 예외라고 생각하는가? / 앉은자리에서 손 하나 꿈쩍 않고 / 1,397바이트를 소화시킨 무시무시한 당신은

-「식충이들」 부분

자본주의 문명 안에 존재하는 욕망의 허기들 식충이에 빗대어 꼬집고 있는 이 시는 '먹는다'는 동사가 반복되면서 처음부터 끝까지 '먹는 시'를 만들고 있다. 태어나서 죽을 때까지 무엇인가를 소비하지 않으면 존재할 수 없는 인간이라는 종種의 비애가 역설적으로 드러나 있다. '먹다'의 부수적이고 관용적 의미를 활용하고 있는 이 시는 먹이가 되는 대상의 성격에 따라 계급적인 차이를 띠는 교묘한 상황을 연출한다. '꿈'을 먹을 수 있는 계급과 '연탄가스'를 먹게 되는 계급은 다를 수밖에 없다. 이런 계급 차이는 사회적 불평등을 심화시킨다. 우리 주변에 '검은 돈'을 먹으며 출세하는 자들은 허다하다. 나이 또한 '먹다'라고 표현하지 않는가. 우리는 늘 뭔가를 먹으면서 성장하고 노회해지고 결국 노쇠해진 다. '먹다'라는 동사를 이용해 누군가의 패기만만했던 젊은 시절과 추한 권력욕과 탐욕에 찌든 현재를 우화적으로 고발하고 있는 그의 언어적 능력은 인상적이다.

마지막에 호명된 식충이는 '1,397바이트를 소화시킨 무시무시한 당신'이다. 컴퓨터나 스마트폰 없이는 잠시도 살 수 없는 디지털 소비자로서의 당신까지 몽땅 버무려 '식충이들'이라고 말하는 그의 언어유희는 블랙코미디 같은 현대 사회의 이면을 고발한다.

　　"따로 시상이 떠오른다든지 그런 것은 없어요. 평소 그때그때 느낌을 핸드폰 메모함에 저장을 해둔다던지 미리 적어놓는 편이에요. 시를 어릴 때부터 좋아했던 것은 아니고요. 우연히 김정란의 『매혹, 혹은 겹침』이라는 시집을 보면서 말 그대로 독특함이 맘에 들었어요. 아, 이런 것도 시가 되는구나 하고요. 저는 사실 워낙 사람 만나는 걸 좋아해서 시인들과 수다 떨고 이야길 하면서 자극이 되고 힘을 얻게 됩니다.

　　예술가들 중에 괴로울 때 창작으로 고통을 이겨낸다고 하는 분이 있는데 저는 슬플 땐 글을 써본 적이 없어요. 등단을 위한 글들, 너무 비슷비슷한 글들이 많고 잘 쓴 글들도 많아요. 하지만 정말 자기 차신이 담겨져 있는 시, 자기 것을 써야 한다고 생각해요. 자기만의 언어로 말이죠. 잘 씌어진 시는 많은데 기억에 오래 남는 시는 별로 없어요. 일단 '시'는 지는 싸움에서 시작한다고 생각해요. 예를 들면 영화는 시각적인 부분에 있어서 사람 마음을 금방 움직일 수 있다고 생각해요. 하지만 전달체계가 더디다 보면 그 과정 자체가 사람 마음을 어렵게 움직이죠. 하지만 난 단번에 사람을 잡지 않는 더딘 방식으로 '노크'를 하는 게 좋아요. 조금은 더디지만 세련된 느낌이 좋아요. 쉼보르스카가 80세가 되어서까지 냉철함을 잃지 않는 '시'를 쓴다는 게 부러워요."

박성준

두 개의 혀를 가진 디지털 래퍼

박성준은 안양예고 문예창작과 시절, 몸이 두 개여도 모자랄 정도로 바쁘게 살았다. 일찍 철이 든 그는 학비와 생활비를 아르바이트로 혼자 감당해야 했다. 중학교 3학년 때 이미 120kg에 육박한 기골장대형의 그는 몸으로 하는 일이라면 뭐든 가리지 않았을 정도다.

노동판 일당으로 책도 사고 학비도 내고 지방 백일장에도 갔다. 그가 고교 백일장에서 많은 수상을 한 것도 그만큼 생활이 절박했기 때문이다.

그 시절, 그는 고교 동창들에게 "너희들이 입시용 시를 쓸 때 나는 사회를 배웠다"라고 말할 수 있는 무서운 친구였다. 문학과 현실의 차이를 몸으로 체험한 그는 경희대 국문과에 진학해서도 장학금을 받아야 했으므로 절박하게 공부했다.

2009년 계간 『문학과사회』로 등단한 후 낸 첫 시집 『몰아 쓴 일기』(2012)는 그의 큰 체구를 연상시키듯 웬만한 시집 두 권 분량인 260여 쪽에 이른다. 그는 고통과 치유라는 두 개의 혀를 번갈아 사용하며 자신의 몸에 가득 담긴 이야기들을 래퍼처럼 쏟아낸다.

시를 열심히 쓰던 동기들은 모두 어머니가 아팠다. 암부터 관절염까지, 최근에 흰머리가 늘었다는 것도 쉽게 병으로 바뀌었다. 한낱 술자리에서 / 가장 아픈 엄마를 가진 동기가 더 좋은 시를 쓸 수 있다고 우리는

은연중에 동의했다. 우리는 좋은 시를 쓰고 싶었다. 서로가 서로의 불행
을 부러워하면서, 읽고, 찢고, 마셨다. / (중략) / 그리고 등단자가 나타났다.
/ 우리의 모임이 해산되었다.

―「대학문학상」 부분

　문학 지망생 사이에서 유명한 이 시에 등장하는 어머니라는 단어엔
실제로 낳아준 어머니와 신병을 앓던 열두 살 터울의 큰누나 그림자가
함께 어른거린다. 곁에서 바라보기에 너무 어렸고 무서웠다. 누나가
동생인 그를 대신해 아픈 것 같았다. '나'와 '누이' 사이에 두 개의 혀가
날름거리는 것 같았다. 처음엔 그런 누나가 부끄러웠다. 그러다 박성준은
자신도 모르게 웅얼거리고 있는 말들을 받아쓰기 시작했다.
　그것은 구비문학이나 옛 구어체를 사용하는 변사의 목소리를 닮았다.
그것은 형식을 압도하면서 전선줄이 녹아내릴 것 같은 고압의 감성
상태였다. 잘 다듬어지고 예쁜 시를 쓰도록 교육 받아온 그는 오히려
그런 형식을 깨부수고 날것으로 만드는 시를 쓰고 싶었다.
　"시는 치유의 장르가 아니라고 생각합니다. 더 아프게 하는 장르죠.
아픈 것을 들춰내고 꺼내 와야 하니까 더 아픈 거지요. 만약 제가 유복한
가정에서 자랐다면 시도 안 썼겠지만, 나쁘게 말하면 자본의 일부(부품)
가 되는 삶을 살았겠죠. 이런 논리는 위험하지만 제가 느끼기엔 시를
쓰는 자아란 이미 아픈 것이고 나빠질 때까지 피가 나는 상태인 것이죠"
　그는 요즘 다인칭의 시를 쓰고 있다. 그러니까 여러 주체들, '나'와
'너'와 '그'가 시에 함께 들어와 있는 시편들이다.

　　옛말에 죽은 사람 소원도 들어준다는데 / 죽어야만 소원을 들어준다는

데 / 우리는 소원을 말하기 위해 죽어야 했다. // (중략) // 소원을 말해봐,
소원을 말한다면; / 내 소원은 / 내 소원은 / 죽지 않고 오직 소원을
말해보는 것 / 그러나 나의 태생은, 그 어느 누구의 소원도 아니었다는

―「소원을 말해봐」 부분

1) 가족 관계는?

―어머니, 아버지, 누나가 위로 셋이 있습니다. 큰누나와 터울이 열두
살이고요. 아버지는 철도공무원이셨는데 청량리에서 열차 수리하시면
서 교대 근무를 하셨던 모양입니다. 그래서 이틀에 한 번씩 들어오셨죠.
어머니도 늘 일을 하셨고, 누나들 사이에서 자란 기억뿐입니다. 시집에서
누나의 기억이 많은 이유도 이 때문이고요. 어머니에 대한 정서가 시적으
로 표출된 시는 아무래도 적은 것 같아요.

2) 습작 시절은?

―저는 안양예고 시절 이야기가 그리 즐겁지 않아요. 저한테는 생활이
고 아픈 기억이었는데, 마치 백일장꾼처럼 비춰지곤 하니까요. 일테면
이런 거예요. 막노동판에서 일하는 것도 쉽지가 않아요. 5~6만원을
줬는데. 중계소에서 떼 가는 돈이 10%고 차비하고 파스사고 뭐 하면,
5만원 나오기가 힘들어요. 물론 그것도 부장이나 실장 아저씨들하고
돈독하게 관계 유지하고 친해져야 할 수 있는 일이예요. 17~18살 때
그런 사회화를 익힌 거죠. 그리고 그때 느꼈던 생활상 같은 걸 진솔하게
썼어요. 전 그걸로 책도 사고 지방으로 백일장도 나가고 상금이라도
받으면 부모님께도 드리고 학비도 내고 했어요. 이런 말하면 참 우습지만,
아버지가 에쿠스 타고 다니던 애들이 아버지 일당 3만원 어쩌고 하는
글을 쓸 때면 징그러웠어요. 화도 났고요.

3) 첫 시집에서 말하고자 한 주제는?

─시집의 코드는 고통이에요. 왜 시를 써야 하는가? 견디기 위해서 쓰죠. 하지만 못 견딘다는 걸 알아요. 아픈 자리가 그대로 흘러나와서 시가 되기도 하지만, 제가 결기를 가지고 아픈 자리를 찾기도 하죠. 전자든 후자든 모두 고통스러워요. 다만 이제 반성을 한다면, 이제까지 어떻게 살아 왔는가를 쓰는 것이 아니라 이제부터 어떻게 살아갈 것인지 질문할 수 있는 시도 많이 쓰고 싶어요. 어떻게 살아갈 것인가, 라는 질문은 진짜로 건강하게 사는 행위인 것 같아요. 그러니까 외향은 통증을 만드는 것처럼 보이고 병약해 보이지만 실제로는 저와 비슷한 젊은 세대의 어떤 사람들(스펙이나 취업에 애쓰는)보다는 건강한 셈이죠.

4) 성장기에 대해…

─어릴 적 가난이 결핍과 억압이었다면, 큰누나에 대한 서사는 제게 폭력이었어요. 누나의 신병을 곁에서 바라보기에는 제가 너무 어렸고, 무서웠어요. 집에 세습무 비슷하게 내려오고 있어서 안방 한쪽 구석에는 아버지가 당堂을 만드셨고, 이틀에 한 번씩 들어오셔서 출근하러 나가실 때마다 거기에 절을 했고, 저도 절을 했어요.

원래 세습무가 내려오는 곳에 강신무도 같이 온다고 하더라고요. 누나의 신병 때문에 가세는 더 기울었어요. 한두 푼이 아닌가 봐요. 내림굿 받는 게. 그리고 사실 저한테 와야 할 할아비 신이 누나한테 간 거라고 생각했죠. 지금도 누나는 매일 저를 위해서 초를 켜고 기도를 한데요. 연락은 잘 안 돼요. 누나는 제가 어릴 적에 가족과 헤어져서 잘 못 보고 살죠. 그래서 거의 누나가 어머니 같아요. 그러나 제가 시를 쓰게 된 이유가 직접적으로 강신 체험하고 상관있는 건 아니에요. 다만 시를 쓰는데 갑자기 언투나 호흡이 먼저 올 때가 있어요. '그분'(?)이

오셔서 시를 대신 써주는 것 같은 기이한 느낌이 날 때도 있고. 하지만 그건 호흡 수준에서죠. 그래도 첫 시집에 그걸 꼭 써야 했고 고백해야 했어요. 시집 1부에 있는 시들이 A4용지 30장 분량의 긴 장시죠. 하룻밤에 쑥 나온 시죠. 그런 시편들을 정리하고 잘라서 발표하면서 다시 시집을 묶을 때 1부에 몰아넣은 거죠.

5) 2013년 <경향신문> 신춘문예 평론 부문에 「모글리 신드롬―'가능성'이라 불리는 아이들」이 당선되어 평론가로도 활동하게 됐는데…

―그건 우리 문학사를 소년의 문학사로 보는 평론이지요. 우리 시 문학사는 아이 주체의 발화를 통해 새로운 문법을 만들며 진보했다는 겁니다. 원고에서 집중한 부분은 2000년대와 2010년대에 나온 새로운 주자들입니다. 1980년대 생들은 등장부터 2000년대 미래파 시인들을 극복해야 한다는 사명을 전제로 평가되었던 게 불편했어요. 용어부터가 포스트-미래파였으니. 저는 이런 불편 속에서 할 말이 많았죠. 그래서 제가 읽어낸 2000년대('형들')와 제가 읽어낸 동료들('나')을 이야기하고 싶었던 겁니다. 정리를 해보면 당선된 평론 원고는 크게는 우리 문학사의 아이론(論)이지만, 작게는 나(80년대생)와 형(70년대생) 사이의 고민이죠.

평론 원고가 제 시 쓰기랑은 안 닮은 것 같아요. 시 쓰기는 상당히 감정적인데 평론은 감정어를 배제하게 되잖아요. 사실 그래서 평론이 힘들어요. 비슷한 게 있다면 시론이죠. 저는 시 평론을 하는 사람이라면 자기 시론이 있어야 한다고 생각해요. 제 시론이 평론에는 담겨 있는 셈이지요.

이이체

유언의 어떤 유형

이이체의 본명은 재훈이다. 같은 이름의 선배 시인이 활동 중이어서 스스로 필명을 지었다. '이체異體'. '다른 몸'이라는 뜻이다. 성공회대 2학년 때인 2008년, 스무 살에 월간 『현대시』로 등단했으니, 그의 특출한 문재☆才는 자타공인이다. 그 특출함은 얼마나 진지하게 문학을 하느냐와 관련되어 있을 터이다.

> 피는 발굴하는 것이다 / 나는 오래된 책에서 그것을 배웠다 / 백지장처
> 럼 하얀 백사장에서 / 파도소리가 인다 / 파랗고, 빨갛고 노란 점들이
> / 일그러진 원호를 그리며 번지고 // 바다에서도 건지지 못한 물고기를
> / 소금기 어린 모래 속에서 찾는다 / 텅 빈 소라껍데기가 옹알이하는
> 소리, / 신생아는 늘 징그럽고 하얀 느낌 / 나는 빨갛고 노란 점들도
> 있었는데 / 왜 파란 몽고반점만 남았지 / 그마저도 잃었지 / 여러 혈관들을
> 헤집고 다니는 상상을 한다
>
> —「가족의 탄생」 부분

"시를 쓸 때 늘 치부와 상처를 다시 되짚어보게 되지요. 제게 시는 외면의 것들을 내면으로 끌어오는 아픈 습관 같은 거죠."

1988년 10월 충북 청주 태생. 걸음마 떼고부터 대전에서 자랐기에

대전이 고향이나 다름없다. 지금도 본가는 대전에 있다. 클래식 작곡을 전공한 어머니는 초등학교 저학년 무렵까지 노상 턴테이블이나 카세트테이프 음악을 들려주었다. 아직도 곡명은 모르면서 곡조를 기억하는 음악들이 여럿 있다. 아들에게 학자가 되어, 이끌리는 논제들을 연구하는 삶을 살라고 조언했던 아버지는 연구원이다.

"제 식대로 학습하고 제 식대로 터득하는 자의적인 프레임이 강한 편이라서 스스로 걱정스럽다"고 말하는 그는 대학에 들어간 2007년부터 학과 공부를 전폐하고 시를 읽었는데, 등단 무렵까지 읽은 시집이 대략 천여 권에 이른다. 중독과 몰입이 그의 장점이다. 대학 초년생 때 시를 쓰려고 휴학을 했고, 배를 곯으며 막노동을 하다가 지친 몸으로 습작을 하기도 했다.

"그 시절, 고시원에서 살았는데 몸이 갇혀 있는 것보다도 내 몸의 내부에 시가 갇혀 있다는 것을 깨닫는 순간들이 가장 절망적이었어요."

시가 주는 감흥은 읽는 사람마다 다르겠지만 대체적인 그의 시적 아우라는 이루어질 수 없는 사랑의 종말을 예감하는 '유언', 즉 '다잉 메시지dying message'를 연상시킨다.

> 눈을 감아도 보이는 게 있다. 눈 덮인 산허리에서 바람이 불어오고, 차가운 손길에 나는 몸을 움츠린다. 너는 칡넝쿨로 너를 묶은 채 웅크려 있다. (중략) 너는 메아리처럼 차츰 사라져간다. 나를 풀면 위험해. 너는 내게 손 내미는 대신 말을 내건다. 떨어지려는 것처럼 흔들리는 도토리들. 칡넝쿨이 너를 옥죄고, 나는 너를 풀지 못한다
>
> ─「사라지는 포옹」 부분

첫 시집『죽은 이를 위한 송가』(2011)에 수록된 이 시엔 손이 풀어질 줄 알면서도 껴안는 포옹처럼 우리는 사라질 것을 알면서도 왜 살아가는가, 우리는 헤어질 줄 알면서도 왜 사랑을 하는가, 라는 근본적인 질문이 감춰져 있다. 삶 속의 모든 게 실은 시한부의 질료이다. 모든 게 폐허로 변한다는 걸 알면서도 너를 안고 눈을 감는 방식이야말로 '사라지는 포옹'일진대, 이이체의 눈엔 고통과 상처마저도 포옹의 대상이자 사랑의 대상이 되고 있다. 그가 첫 시집의 뒤표지에 쓴 '잔류하는 이형異形의 삶' 역시 제3의 자연으로서의 '사랑'에 대해 말하고 있다. 첫 시집 이후, 그는 어떤 맥락으로 이 사랑의 방식을 구체화하고 있을까.

> 캐시, 오해의 유곽에서 당신을 되찾고 있소 / 애원의 어떤 유형은 공포의 수완에 불과하오 / 모든 것이 감동적이어서 / 어느 것에도 감동할 수 없소 / (중략) / 한 가지 색의 무지개가 / 이 언덕의 백야를 적실 때, / 기억은 당신의 머리카락처럼 흘러갈 거요 / 캐시, 나는 유연하고도 살아 있소 / 아무도 죽지 않아서 슬프오 / 우리는 사랑 때문에 계속 자살하고 있소 / 제발, / 남몰래 아름답기를…
>
> ─「폭풍이 끝난 히스클리프」 부분

영국 소설가 에밀리 브론테의 소설『폭풍의 언덕』에 나오는 두 주인공 히스클리프와 캐서린(캐시) 간의 이룰 수 없는 사랑을 패러디한 이 시에서 사랑은 그 이루어지지 못하는 불가능성과 함께 지금 여기서 불타고 있다. 이이체의 시들은 이처럼 인생을 먼저 살아버린 '늙은 아이老幼'의 유언과도 같다.

1) 가족 관계는?

—삼형제 중에 둘째입니다. 부유하지는 않지만 유복한 집안에서 자랐고 부모님께서 독서하고 사유하는 데에 좋은 가르침을 많이 주셨습니다. 어릴 때부터 책 읽는 것을 좋아했는데, 지금은 딱히 좋아한다기보다는 그냥 일상적인 습관인 듯합니다. 사실 시에 대해 아는 바가 적은 편이었고요, 성인이 될 때까지는 주로 역사학·철학·사회학 등 다른 인문사회과학 저술들을 읽었습니다.

어려서부터 혼자 몽상하고 공상하는 버릇이 있었는데, 이런 면들이 학교 공부에는 산만함으로 작용했지만 사유의 폭을 넓히는 데에는 큰 도움이 된 것 같습니다. 친구들과 와자지껄 노는 것을 싫어했던 것은 아닌데, 그러고 나서도 돌아서면 항상 외로운 번민이 들곤 했습니다. 누군가를 좋아하는 감정이 있다는 것을 일찍 느끼고 알았습니다만, 그것이 흔하면서도 중요하다고 간주해서 표현하는 데에는 늘 애먹었습니다.

시 「가족의 탄생」은 제 유년 자체에 대한 시라기보다는 유년에 굴절시켜서 바라본 가족의 이미지입니다. 제게 바다는 깨알 같은 모래알이 하나인 것처럼 착시되어 있는 바탕 위에서 물결치는 모습, 혹은 짠 내음 가득한 분위기로 기억되고 있는데, 가족의 이미지와도 유사합니다. 저에게 인류라는 무리는 하나의 바다 같은데, 저는 늘 사랑과 죽음이나 인간 같은 거대한 무엇에 압도되어 시를 써버리는 사람이다 보니, 인류를 다루는 데에 가장 쉽사리 차용할 수 있는 대상으로 바다를 쓰곤 합니다. 놀랍게도 저에게 바다는 그 내부가 뒤섞인 채로 출렁거리거나 고여 있는 모습으로 보입니다. 그러다 보니 '가족'이라는 단위에 대해서도 기이한 기분입니다. 그런 의미에서 「가족의 탄생」은 '나를 만든 가족'과 '내가 만들 가족'에 대한 사유 같은 것이겠습니다.

2) 시인의 사회적 역할에 대해 어떤 생각을 갖고 있는지?

─진심으로, 사회에서 시인의 역할이 무엇인지 감히 제가 거론할
만한 입지가 되지 못한다는 생각이 듭니다. 굳이 스스로를 낮추려는
의미에서 하는 말이 아니라, 시인의 역할이 무엇인지를 명명함으로써
그 안에 시인의 역할을 가두는 것이 과연 옳고 좋은 일인지 고민됩니다.

3) 첫 시집 『죽은 눈을 위한 송가』에 대해 말한다면?

─직감하셨겠지만 표제시에서 '눈'은 눈目인 동시에 눈雪입니다. 어떠
한 의도였는지 스스로 가늠할 수 없지만, 저 자신조차 어찌할 수 없는
도저한 형용들을 믿는 편입니다. 그래서 정하게 된 제목이 『죽은 눈을
위한 송가』입니다. 저는 특정한 의도를 갖고 시를 쓰고 시집을 선보이는
성격이 못 됩니다. 있다고 하더라도 그것을 집어낼 만한 사람이 못 됩니다.
굳이 말하자면 '사랑'과 '죽음'에 대한 시집인 것 같고, 요즘도 이 화두를
채운 시들을 쓰는 편입니다.

4) 영화를 보면서 성장한 '할리우드 키드' 혹은 '영상세대'라는 생각이
드는데…

─스스로 '할리우드 키드'라고 생각지는 않습니다. 할리우드 영화를
무척 좋아하는 편임은 틀림없습니다만, 대중없이 그 외의 방식으로 다루
어진 영화들도 좋아하기 때문입니다. 가령 대충 꼽아도 레오 카락스,
이와이 슌지, 크리스 마커, 알렉산더 소쿠로프 같은 이들의 영화에도
푹 빠졌거든요. 게다가 스스로 영상세대라는 자의식은 없고, 영상세대라
고 하기에는 지나치게 보수적인 경향이 있어요. 어쨌거나 영화를 보는
데에도 거부감이 없습니다(텍스트 중독 같은 것이 있어서요). 영화는
주로 어디랄 것 없이 집에서도 보고, 시네마테크 같은 단관상영관에서도
많이 봤고, 대중상영관에서도 많이 봤어요. 한국영상자료원 같은 데서도

종종 봤고요. 혼자 보기도 하고 친구들과 보기도 합니다. 일고여덟 살 무렵에 작은 상영관에 친척 누나와 갔던 기억이 있는데, 어떤 영화였는지 명확한 기억인지조차 불분명하네요.

5) 습작기에 대해 들려준다면…

—시를 쓰려고 대학을 휴학했지만 막상 휴학하고서 급했던 것은 삶이 었습니다. 시를 쓰느라 밥벌이도 제대로 하지 못해서 허덕였고, 굶은 채 막노동을 하다가 지쳐서 습작하기 일쑤였습니다. 한 달 동안 몸을 썩혀가며 여러 편의 시를 쓴 적이 있는데 그중 몇 편을 골라서 『현대시』에 투고했지요. 여행을 할 때나 길을 걸을 때나, 늘 저는 제가 생각하는 것에 대해 포착하지 못한 채 헤매느라 정신이 없어요. 항상 무미건조한 색채 노트들을 보면서 스스로에게 되묻곤 합니다. '의미는?'

6) 시에 어떤 사회성이 내재되어 있기를 바라는지.

—제 시가 개인의 사회성에 기여하고, 그러한 미래를 위해 제 시에 개인의 진술한 거짓들을 실토하는, 일종의 토로적인 사회성이 내재되어 있기를 바랍니다. 개인이 사회에 대하여 혹은 다른 개인에 대하여 자신을 조금도 쏟아내지 못한다면 분주하게 불행해지거나 외따롭게 행복해질 수밖에 없을 거라고 생각합니다. 개인이 이야기하고자 하는 소통 의지로서의 사회성은 언제나 실존하는 것인데, 다만 사람마다 그러한 사회성의 형질이 너무도 다르게 나타납니다. 소통의 양이 아니라 소통의 질을 염두에 두고 있다고 해서 사회성이 없는 것은 아닙니다. 그렇듯이, 사회성은 결국 개인이 사회나 다른 개인을 두고 그 자신을 쏟아낼 수 있는 여지들일 테고, 저는 제 시에 그러한 가능성들이 실현될 수 있었으면 하는 마음이 간략하게나마 있습니다.

서효인

장외 홈런의 승부사

한국 프로야구 출범 직전인 1981년, 전남 목포의 한 평범한 가정집에서 사내아이가 태어났다. 아이는 이후 가족과 함께 광주로 이사 와서 프로야구와 함께 성장했다. 광주의 야구장은 그의 놀이터이자 세상의 전부였다. 초등학생 때 야구를 보기 위해 어린 사촌 동생들을 데리고 야구장 담벼락을 기어오르기도 했다. 그런 만큼 그는 야구와 관련된 추억이 굉장하다. 대부분은 광주를 본향으로 한 해태 타이거즈와 관련된 것들이다.

"제가 어렸을 땐 해태 타이거즈였는데, 그때 야구장에는 아저씨 팬들이 가장 많았어요. 초등학생 때 야구장에 가서 응원단장을 따라 신나게 노래하고 율동도 하면 주변에 있는 아저씨들께서 굉장히 예뻐하고 귀여워해주셨던 기억이 나요. 대학생 때는 무등 야구장에서 경기 진행 아르바이트를 했어요. 그때 선수들 출퇴근 하는 모습이나 훈련하는 모습을 가까이에서 자주 봤죠. KIA가 해태 타이거즈를 인수하기로 한 후, 2001년 7월 29일 해태로서의 마지막 홈경기 때도 마찬가지로 구장 아르바이트생으로서 그곳에 있었어요. 해태의 마지막 기념품을 나누어 줄 때는 팬들 아래 깔려죽는 줄 알았죠."

그가 생각하는 야구의 매력은 무엇일까. "기다림의 미학이라고 할 수 있을 것 같아요. 야구 경기에서는 모두가 긴장감을 가지고 기다려요. 투수는 공을 쥔 채로 포수의 사인을 기다리고, 타자는 공이 날아오길 기다리고, 수비수들은 타구가 자기 앞으로 올 상황을 기다리고 있죠. 심지어는 관중석의 팬들도 파울 볼이나 홈런 볼이 자기에게 날아올까 긴장하며 기다리잖아요. 다른 스포츠들에서는 공이 쉴 새 없이 움직이면서 경기가 진행되는 반면에 야구는 이렇게 모두가 기다리면서 정작 공은 정지해있는 시간이 참 많아요. 그건 생각할 시간이 많은 것이기도 하죠. 그 기다림의 순간이 야구의 매력인 것 같아요."

그는 사회인 야구단 '구인회' 멤버이기도 하다. "2010년 사회인 야구를 시작했으니 벌써 꽤 됐네요. 일단 처음에는 포수로 시작을 했어요. 팀에서 제가 제일 어렸기 때문에 가장 힘든 포지션을 맡게 된 거죠. 공을 잘 잡기도 했고요. 그러다가 팀이 3부 리그로 승격되었는데, 규정상 3부 리그는 선수 출신도 참가할 수 있어요. 그래서 저희 팀도 선수 출신을 영입하게 되었는데, 그 선수가 포수 포지션을 맡으면서 저는 중견수로 나가게 되었어요. 사실 처음부터 중견수를 하고 싶은 마음도 있었기 때문에 지금은 중견수로 재미있게 경기하고 있어요. 프로야구를 보는 것도 좋아하지만 직접 야구를 할 때의 매력이 더 큰 것 같아요."

그는 고교 때 글 솜씨를 알아본 담임 선생님의 권유로 문예부에 들어갔다. 시인이 될 것이라는 확신은 없었다. 군 제대 이후에도 정말 하고 싶은 일이 뭔지 몰라 공무원 시험도 준비했다는 그는 2006년 계간 『시인세계』로 등단한 후 2009년 전남대 대학원에서 국문학 석사과정을 마치고 상경한다. 하지만 작은 출판사에 취직은 했으되 극심한 생활고를 겪었다. 월급으로 집세를 충당하느라 도시락을 싸가지고 출근했고 버스비가 없어 동전을 긁어모은 날도 허다했다. 회사 경리가 밀린 월급을 부쳐준다는 말을 철석같이 믿고 퇴근길에 그토록 먹고 싶었던 간짜장 곱빼기를 시켜 먹었다가 월급이 들어오지 않아 고향 어머니에게 손을 내민 적도 있었다. 이러한 경험은 2030세대가 쉽게 공감할 수 있는 이야기를 풀어나가는 밑바탕이 되었다.

> 항문에서 바람이 거세게 불어옵니다. 당신의 등을 밀어냅니다. 그럼 이제 당신 차례, 꽃의 슬픈 유래나 강물의 은결 무늬에 대한 노래에 항문이 간질간질하던 당신, 구타의 음악 소리에 볼기짝이 꽃처럼 붉어져 혼자 타오르고 있던 당신, 무거운 가방에 매달려 참고서를 완주하던 당신, 바로 당신. 붉은 엉덩이를 치켜들고 만국의 소년이여, 분열하세요. 배운 대로, 그렇게.
>
> —「소년 파르티잔 행동지침」 부분

첫 시집 『소년 파르티잔 행동지침』(2010)을 내면서 그는 이렇게 말했다. "시집에 하나의 도시를 건설하고 싶었다. 이들이 모두 미시적으로 연결되어 있는, 이를테면 제임스 조이스의 『더블린 사람들』 같은, 알고 보면 모두 관련 있는 동네 사람들이기를 바랐다." 이러한 구상을 토대로 그는 인부, 다방 레지, 마트 직원, 슈퍼 주인, 독거노인 등 후기자본주의 한국 사회를 살아가는 다양한 처지의 인간 군상을 스케치했다.

그의 시선은 우리 사회 주변부를 살아가는 여러 인간 군상에 머문다. 이들은 백수, 커피숍 종업원, 골프장 캐디, 건설 현장 노동자, 동네 문방구 주인이지만, 개별적인 주체에 머물지 않고 시집 내부에서 하나의 도시에 사는 군상으로 통합된다. 삼류 인생이 보여주는 비주류적 현실은 시인이 속한 80년대생의 상황과도 일맥상통한다. 그 삶 속에서 시인은 날카로운 시선으로 분노하며, 동시에 새로운 서정을 잡아낸다. 제30회 김수영 문학상을 받은 두 번째 시집 『백 년 동안의 세계대전』(2011)은 그에게

장외 홈런이나 마찬가지다.

> 아이티에서 진흙 쿠키를 먹는 아이를 보면서 밥을 굶지 말자, 진흙
> 같은 마음을 구웠다. 내전이 빈번한 나라처럼 부글부글 끓는다. 라면
> 같은 그것을 날마다 먹어야 한다. 스스로를 아끼자, 스프 같은 마음을
> 삼켰다. 한 장의 휴지를 아끼기 위하여 코를 마셨다. (중략) 마그마처럼
> 헛구역질을 하며 괴상한 소리를 내 본다. 뜨거운 다짐들이 피부를 뚫고
> 폭발한다. 바로 이곳에 서 있다. 들끓는 마음을 가진, 괴물
>
> —「마그마」 부분

공간 인식이 동네에서 세계로 확장되면서 그는 지속적으로 우리 안의
약자들을 호출한다. 세계에 만연된 폭력성에 맞서 내면에서 들끓고 있는
마그마란 다름 아닌 도덕과 윤리이다. 이제 무한히 분열한 만국의 파르티
잔들의 내면에서는 죄를 짓고, 참회하고, 몰락하고, 반성하는 마음이
한꺼번에 끓어오른다. 그는 "우리 자신이 바로 들끓는 마음을 가진 괴물"
이라고 말한다. 아이티의 아이가 진흙 쿠키를 먹는 것을 보면서 밥을
굶지 말자는 다짐은 비록 타인을 도울 수는 없지만 타인을 침해하지
않는 한에서 윤리적이다. 그는 우리들에게 윤리적인 괴물이 되어 사회적
관계의 완강한 바깥에 거하자고 제안하고 있는지도 모른다. 또 한 가지.
첫 시집엔 으레 시인의 가족사와 관련되는 시편이 제출되기 마련인데,
『소년 파르티잔 행동 지침』엔 가족과 관련되는 시편이 거의 없다. 다만
파편적인 언급만 조금씩 드러낼 뿐이다. 그러다가 두 번째 시집 『백
년 동안의 세계대전』의 「도자기 뼈」에서는 가족사의 일부분을 들려주기
시작한다.

"첫 시집에서 가족의 이야기를 거의 의도적으로 배제했습니다. 그건 다른 시인들이 너무나 잘 하고 있어서이기도 했습니다. 나의 유년을 객관화해서 시적으로 발화하기가 어려웠습니다. 그래서 돌아간 것일 수도 있겠네요. 특정한 문화 콘텐츠나 이미 집단화된 기억으로 내 진짜 모습을 숨기는 것이지요. 하지만 그것이 가짜라면 무엇이 진짜겠습니까. 우리 세대에 대한 이야기, 시에 등장하는 수많은 인물들이 곧 저이고, 저의 가족입니다. 일부러 쓰지는 않았지만 무의식적으로 (파편이나마) 등장했다고 생각합니다. 무의식이 오히려 진실을 가리키는 경우를 우리는 익히 알고 있지요.

두 번째 시집에서도 그런 태도는 바뀌지 않았습니다. 다만 「도자기 뼈」의 경우에는 맞습니다. 가족에게 일어난 일을 거의 그대로 썼으니까요. 저는 사랑하는 할머니께 한 편쯤은 시를 온전히 바치고 싶었거든요."

아버지의 어머니는 나의 할머니다 / 그 사실이 가끔 뼈가 깨질 만큼 슬프다 // 뼈가 부러진 노인을 들쳐 업고 나선 거리 / 깨진 도자기의 파편이 나뒹굴고, 사람들은 관심이 없다 / 아버지의 어머니는 짧은 신음을 나눠 뱉었다 / 스러져 녹아버린 뼈를 제 몸에 감추고 / 작고 구부러진 사람, 진토처럼 엉망이 되어 / 누워있다 밥은 먹었냐고 물어보는 작은 주둥이 / 간호사는 몇 번이고 혈관을 잘못 짚었고 / 퍼런 멍이 느린 붓처럼 떠올랐다

−「도자기 뼈」 부분

그는 눈에 보이지 않는 깨진 뼈들을 맞춰 미적 가치가 있는 것으로 만드는 작업에 흥미를 느낀다. 우리 시대의 매체들은 반드시 시라는

양식을 따르지 않는다 하더라도 어떤 사건·상황·사태에 대해서 '시적인 진술'을 하기가 쉬워졌기에 오히려 시인에게 시 쓰기는 그만큼 어려워진 셈이다. 그가 생각하는 시 쓰기란 무엇일까.

"저는 그저 시적인 언술과 시와는 다른 지점이 있다고 생각합니다. SNS의 글은 순간적으로 휘발됩니다. 시는 그렇지 않습니다. 시가 순간적으로 소비되고 증발한다면 무척 슬프겠지요. 시는 종이와 화면에 그리고 정신에 남아야 합니다. 우리는 수많은 언어를 소비하고 있으며 때로 낭비하고 있습니다. 침묵하는 인간보다 수다스러운 인간이 많은 시대에 그것은 언어의 숙명일지도 모르겠습니다.

시는 학대받는 언어를 그러모으는 작업이 아닐까요. 이것은 서정시에 대한 옹호가 아닙니다. 습관적인 언술과, 비슷비슷한 이미지로 무한히 반복하는 여러 시들은 SNS의 안부인사와, 유튜브의 엽기 영상과 다를 것이 없습니다. 문제는 '언어'가 아닌 '예술'에 있다고 봅니다. 생채기 난 언어를 모아 생채기를 부각시키는 일, 혹은 망가진 언어를 모아 아름다움을 구성하는 것. 시에는 여러 방법이 있다고 생각합니다. '리트윗'이나, '좋아요'로 평가받을 수 없는 지평에서 시는 존재할 것입니다.

여러 이유로 시인은 시를 더 소중히 다루고 더 잘 써야겠지요. 우리에게는 '팔로워'나 '페이스북 친구'의 간드러진 위로와 동감이 없을 테니."

그의 시 작업은 자신과 직접적인 관계가 없는 대상을 매우 객관화시키고 있는 것처럼 보이는데(예컨대 그가 다루는 소재들에서 가족이 거의 등장하지 않는 것도 이와 무관하지 않지만) 그 본질은 그 대상의 지독한 위선을 지적하거나 냉소적 태도를 보이거나 폭력적인 현실을 타개하기 위한 방식을 모색하는 데 있다. 그는 대상을 객관적 상태로 내버려두기보다는 시적 화자 나름의 포지션을 취하려고 한다.

"아시다시피, 아이러니는 두 개의 목소리가 공존합니다. 겉으로 드러나는 위선적이고 큰 목소리인 알라존과 작지만 진실을 담고 있는 에이론의 목소리가 그것이지요. 하지만 시인의 아이러니는 단순히 알라존(기만적 인물)과 에이론(전형적 인물)의 대립, 그리고 그에 대한 에이론의 궁극적인 승리를 쉽사리 예감하게 하지 않습니다. 되레, 알라존의 목소리가 비루한 현실을 직시하는 목소리일 수 있다는 사실을, 아직 에이론의 목소리는 우리에게 닿지 않고 있다는 진실을 시인의 시편들은 아프게 알려줍니다.

한편으로는 그처럼 에이론의 목소리가 당도하지 않기에 시인의 건조한 어조는 되레 진한 여운을 가진 슬픔으로, 날것의 분노로, 어쩔 수 없는 탄식으로 화(化)하고 있기도 합니다. 그것은 시인의 목소리가 독자들에게 완벽히 이해되지는 않는다 하더라도, '이해'의 수준을 넘어서 있는 우리 시대를 함께하는 윤리적 태도가 견지되어 있기 때문이고 그 태도에 독자들이 참여할 수 있는 공감의 가능성을 열어놓고 있기 때문이 아닐까 합니다.

'연대의 가능성'에 쉽사리 상상의 자리를 내어주지도 않지만, 반대로 개별자들의 고군분투만으로 위악적 세계와 맞설 수는 없다는 것이 시인들이 보여준 태도가 아닌가 합니다. 채 완성되지 않은 문장들이 시인들의 시편에 자주 등장하는 것도 이와 무관하지 않을 것입니다. 어떤 점에서 시편들에 드러나는 시적 화자의 목소리는 화자가 직시하는 대상을 모호한 상태로 내버려두는 것처럼 보이기도 합니다. 이는 시인의 '정치적 목소리'를 드러내면서도 동시에 이를 모호하게 감추려는 것처럼 보이게도 하지요. 최근 진은영 시인의 글에서 촉발된 '시와 정치성'에 관한 논의를 보았습니다. 저는 랑시에르도 모르고 아감벤도 잘 모릅니다. 무식한 것이 자랑은 아닙니다만, 사실 잘 모르는 것을 안다고 할 수는 없는 노릇입니다.

분발하여 책을 읽어야겠지요. 제가 기억하는 것은 선량한 시민으로서 정치적으로 옳은 판단을 내리는 어떤 시인이, 그 판단에 의거하여 시를 쓸 때 생기는 미학적 고민입니다. 제가 늘 하는 고민이거든요. 지금 제가 박노해의 방식으로 시를 쓴다면 그것은 시적이지 못할 것입니다. 저는 그것이 두려웠습니다. 프로파간다에 대한 이른 포기가 제 시에 있는 것입니다."

장이지

어머니 마음 같은 초심의 계보학

장이지(본명 장인수)는 열 살 때까지 전남 고흥의 외가에서 성장했다. 외할아버지와 장기를 자주 두곤 했던 그 시절, TV <가요무대>에서 흘러나오는 노랫말을 적어서 할머니에게 건넸던 기억이 있다. 친가에서 운영하는 읍내 식당엔 10대 후반에서 20대에 걸친 배달원 형들이 꽤 있었다. 그 형들과 어울려 놀면서 말을 배웠던 그는 이렇게 돌이킨다. "어머니 슬하에서 배운 말도 말이지만, 제 주변의 모든 사람들이 제 말 어미였지요."

비가 억수로 쏟아지던 날, 어머니는 우산도 없이 등교한 아들을 위해 오렌지색 우산을 들고 마중 나왔다가 한 아이가 비를 맞고 걸어가는 것을 보고 우산을 그 아이에게 들려준다. 훗날 시인이 된 아들은 그 시절 어머니의 고운 마음씨에 기대어, 그 마음씨의 존재를 믿으며 시를 쓰고 있다. 성균관대 국문과 3학년 때 짝사랑하던 여자 친구에게 보여주기 위해 시를 습작했던 그는 사랑에 실패한 대신, 2000년 월간 『현대문학』으로 등단했으니, 그 마음씨의 존재는 동화적 세계의 순수성으로 환원되어 표출되었다.

　　오늘 밤 나는 / 또 다른 나를 떠나보낸 것이다 / 흰 눈은 후일담처럼
　　가라앉고 쌓여 / 고즈넉이 반짝거리는데, / 또 다른 나는 / 은하철도

999호에 몸을 싣고 / 우주 저편 남십자성을 향해 떠난 것이다. // (중략) // 오늘밤 나는 / 내 유년의 꿈들을 떠나보낸 것이다. / 검은 돛을 올려라. 나는 빈 배. / 호졸근한 내 둥근 어깨 너머로 / 999호는 유성처럼 멀어져가고 / 격려하듯 깨끗한 눈발 몇 개가 / 내 어깨를 두드린다.

-「백하야선^{白河夜船}」 부분

첫 시집 『안국동울음상점』(2007)에서 그가 만들어낸 인공 낙원은 은하철도 999의 철이와 테디 곰 인형과 처키 인형과 중국 영화 <용문객잔>의 한 장면이 등장하지만 장이지라는 어린 왕자는 정작 인공 낙원의 숙명적 덧없음처럼 이 동화적 기표와 헤어져야 한다는 것을 너무도 잘 알고 있었다. "검은 돛을 올려라. 나는 빈 배"라는 「안국동울음상점」의 시구처럼 그는 다시 비어 있는 기반 위에 현실적인 세계를 담아내기 시작했다.

터무니없는 등록금 인상에 반대하는 시위 도중 경찰의 과잉 진압으로 숨진 노수석과 조선대 부속중학교 동창이기도 한 장이지는 두 번째 시집 『연꽃의 입술』(2011)에서 리얼리스트로서의 면모를 보여준다.

시절은 FTA. 사람들은 농부들이 죽을 것이라고 말하면서도 기뻐했네. 고기값이 내릴 것이라고. 시절은 FTA. 모두 화를 내는 듯했지만 시인 녀석들은 그걸 시로 쓰지는 않았네. 나 같으면 어떤 일이 있어도. // 항아리를 들여다보는 소녀에게 말해주어야지. 나 같으면 어떤 일이 있어도 농부들을 죽이지 않겠다고 하늘이 자꾸 머리 위로 떨어지고 구름아저씨는 계속 괜찮다는 말만하시네. 괜.찮.아. // 아저씨, 뭐가 괜찮아요! 닥치고 코밑에 빠진 콧물이나 좀 닦아요!

그는 우리 사회엔 아직도 민중시가 필요하다는 생각에서 '한양호일' 연작을 썼다고 한다. 서민들은 날이 갈수록 삶의 터전을 잃어가고 있고 있는 요즘, 그는 서민들의 절망적인 이야기에 해학을 가미한 시들을 타전하고 있다. 그리고 이제 그는 인간이 때 묻히며 살아가는 '장소'와 그 '장소'에 내장된 기억에 관심을 기울인다.

1) 습작 시절에 대해 귀띔한다면…

―시를 쓴 것은 대학교 3학년 때부터입니다. 그때 제 시를 보여주고 싶은 사람이 있었습니다. 짝사랑이 실패하고 등단하는 아주 '보편적인 루트'를 밟아 시인이 되었습니다. 그렇다고 하더라도 습작기간이 매우 짧았습니다. 2년 뒤에 『현대문학』으로 등단했으니까요. 등단하고 나서도 제가 시인이란 것을 실감 못하고 살았습니다. 딱히 교류가 있는 시인이 있었던 것도 아닙니다. 2002년 연말에 <불편> 동인이 만들어지는데, 거기에 참여하면서 시인이란 이렇게 생긴 작자들이구나 하는 자각이 생겼습니다. 그때 동인들 모두 서른 미만의 때 묻지 않은 청춘이었습니다. 한동안은 발표작들을 돌려가며 합평을 하기도 했는데, 참 시밖에 모르던 시절입니다. 시가 무슨 예능프로그램보다 재미있었던 시절입니다.

2) 5·18에 대한 어떤 간접체험이 있는지?

―그때 저는 다섯 살이었고 아직 고흥에 있었습니다. 외삼촌이 그때 광주에 있어서 외할머니가 화순 언저리까지 갔다가 찾지 못하고 돌아왔다는 말씀을 들은 기억이 있지만, 5·18은 저에게 체감할 수 없는 아픔이었습니다. 조선대학교 옆에 살아서 대학생들의 데모를 많이 보았지만,

5·18이라는 것이 광주사람들의 가슴에 응어리로 남아 있다는 것을 전혀 모르고 살았습니다. 대학에 와서야 5·18에 대해 듣게 되었습니다. 충격이었습니다. 또 노수석이 연대에서 죽었는데, 그것도 충격이었습니다. 노수석과는 같은 중학교를 나왔습니다. 그러니까 5·18은 1980년에 일어난 사건이지만 아직도 계속 일어나고 있는 사건이라고 저는 생각할 수밖에 없습니다. 한국의 민주주의가 이 상처를 아물리지 않고는 더 앞으로 나아갈 수 없다고 생각했습니다.

이명박 정권 초기에 여당 사람들이 지난 10년을 '잃어버린 10년'이라고 규정하는 것을 듣고 경악했습니다. 왜 우리가 지난 10년을 '잃어버린'이라고 불러야 하는지 종잡을 수 없었습니다. 두 번째 시집이 현실적인 발언을 많이 담고 있는 것은 이 경악 때문이기도 했습니다. 두 번째 시집은 사실 아주 오래전부터 쓰고 싶었지만, 쓸 수 없었던 것들을 쓴 것이었습니다.

3) 「한양호일」 연작에 대해 들려준다면…

—「한양호일」 연작은 '이렇게 살아도 사는 것이라고 할 수 있을까'라고 생각하는 도시 서민들의 지난하고 슬픈 일상을 만화적 터치로 코믹하게 그려본 것들입니다. '골목 상권'에 대한 이야기가 본격적으로 나오기 이전부터 저는 그와 비슷한 이야기를 이 연작을 통해 한 바 있습니다. 서민들은 날이 갈수록 삶의 터전을 잃어가고 있습니다. 기회의 균등이라는 말도 있지만, 출발선부터 다른데 기회만 똑같다고 해서 쉽게 계층이동을 할 수 있는 것은 아닙니다. 어찌 보면 상당히 절망적인 이야기지만, 저는 이 이야기에 서민들의 해학정신을 좀 가미해 보았습니다. "날씨가 어떤가 하면 죽음이지" 따위의 서민들의 살아있는 언어를 시에 담아보기도 했습니다.

4) 세 번째 시집 『라플란드 우체국』(2013)에서 드러내고자 한 것은 무엇인지요?

  ─제가 말하고자 한 것은 인간이 때 묻히며 살아가는 '장소'와 그 '장소'에 내장된 기억의 문제입니다. 장소는 인간이 차지하기 이전부터 이미 있었던 것이지만, 거기에 인간이 살아가면서 어떤 의미를 부여해줄 때, 비로소 진정한 의미의 '장소'로 거듭나게 되는 것 같습니다. 그런 의미에서 인간이 가족과 함께 오랜 세월에 걸쳐 살아가게 되는 '집'은 단순한 건축물이 아니라 가족 그 자체이거나 어머니의 육체, 혹은 자기 자신의 내면 공간으로 전회하게 됩니다. 그러나 신자유주의 세계체제 하에서 사람들은 이 '때 묻혀 길들여온' 장소를 하나둘 상실해가고 있습니다.

  오래된 집은 해체되어 원룸화되고, 회사에서 쫓겨난 사람들은 거리를 배회하고, 정든 고향은 상업자본주의에 의해 훼손되고 있습니다. '장소'였던 것들이 그 '장소성'을 상실하고 '무장소無場所'로 변하면서, 인간은 더욱 갈 곳을 잃고 소외되어 갑니다. 저는 세 번째 시집을 통해 이 '장소 상실', '무장소의 팽창'과 그로 인해 고통 받는 개인들의 문제에 대해 이야기해보고자 했습니다. 만화방이나 PC방을 전전하는 프레카리아트(불안정 고용 노동자) 문제, 청년실업, 노후불안과 같은 사회경제적 문제라든지, 원자력발전, 기지 건설 등 국가장치에 의해 터전을 잃고 타지로 소개疏開되어 갈 수밖에 없는 사람들의 '장소'에 대한 애착과, '장소 상실 이후의' 떠돎 등에 대해 이야기해 볼 수 있을 것 같았습니다. 또한 도시 재개발, 슬럼화, 원룸, 도시형 생활주택 지대의 확대 등에 의한 '무장소無場所'의 문제라든지 백화점, 유원지 등 디즈니화하는 세계에서의 장소성 문제에 대해서도 관심을 갖고 있습니다.

제3부

이브 해방의 약사略史

김민정

고탄력 검은 유희로의 질주

김민정은 단거리 육상선수였다. 초등학교 6학년 때 TV로 88서울올림 픽을 지켜보고 있던 그는 미국의 플로렌스 그리피스 조이너가 100미터 달리기를 준비하는 장면에서 자신의 다리가 후들거렸다고 한다. "100미 터는 순간적이잖아요. 온몸의 근육을 그때 쏟아내지 않으면 세계적인 기록을 낼 수가 없지요. 그때 감각이 아직 저한테 남아 있는 거예요."

조이너가 1988년 7월 16일 서울올림픽에서 세운 10초 49의 기록은 아직도 깨지지 않고 있다. 그녀가 심장마비로 세상을 뜬 건 1998년. 다음 해인 1999년 김민정은 시단에 데뷔했다. 감각이 열리는 순간의 기록, 김민정의 언어도 단거리 육상선수처럼 달리기 시작한다.

자물쇠 단단한 철창 안에서만 잠들 줄 아는 날 내다팔기 위해 오늘도 아빠는 포수로 그림자를 갈아입는다 나는 도망치지만 발 빠르게 헛돌아 가는 외발자전거는 땅속 깊이 층층 계단으로 쌓아 내린 뼈 마디마디를 뭉그러뜨리며 또 다른 사각의 메인 스타디움 안에 발 빠진다 끝도 없이 페달을 감아대는 레이스 끝에 홈스트레치에 접어들자 관중석마다 빽빽 이 들어차 있던 나들이 일제히 일어나 박수로 내 나침반을 겨냥한다 어서 어서 속력을 더 내렴, 너만 도착하면 완성된 퍼즐 속에서 우리들 되살아날 수 있을 거야 왜 시에서 아버지를 물고 늘어졌냐고 물은 적이 있다. 대답이 걸작이다. "시에서 제가 왜 부모를 뜯어 먹을까, 생각을 많이 했는데 뜯어 먹을 게 부모밖에 없었던 거예요. 믿을 수 있는, 걸고넘어질 수 있는 사람이. 제 감수성이 반짝반짝할 때 누구부터 시작할 것인가, 라고 고민하다가 비빌 언덕이 부모였던 것이죠."

김민정의 시가 놀랍도록 그로테스크할 수 있는 건 그에게 나쁜 동화적 충동의 과잉을 허용할 만큼 자유분방한 가정환경과 성장기를 마련해준 부모 덕분일 것이다. 그의 수사학은 실제적 경험이나 목적 혹은 상징적 비유를 갖지 않는다는 점에서 '텅 빈 수사학'인 동시에 문장 표면에 기표들이 넘쳐나는 '과잉의 수사학'이라 할 수 있다. 그는 한국 여성시의 계보를 이으면서도 여성 선배들이 매달렸던 억압과 원한과 신파가 없다. 힘 센 변종의 시인이다. 첫 시집 『날으는 고슴도치 아가씨』(2005)를 펴낸 뒤, 일기 형식으로 쓴 산문이 있다.

2005년 5월 25일의 詩, 나는야 날으는 고슴도치 아가씨

왜 우리 딸이 날으는 고슴도치 아가씨야? 꼼꼼히 한번 읽어봐. 말 잘 듣는 아빠는 밑줄을 쫙쫙 그어가며 내 시집 읽기에 몰입했다. 뭔 소린지는 모르겠는데 무진 웃겨, 근데 이거 시 맞아? 재밌으면 그걸로 말씀 끝이야. 하지만 지인들에게 시집 돌리기 재미에 푹 빠졌던 아빠는 얼마 안 가 밤낮으로 심드렁한 표정이었다. 걔네들이 뭐라 막 그래. 날더러 집에서 애들은 왜 그리 개 패듯 패냐, 민정이 정신적으로 문제 있는 거 아니냐, 남자 경험도 많은 것 같은데 얼른 시집이나 보내지

그러냐, 근데 이거 다 사실이냐…. 그래서 뭐랬는데? 개새끼들, 시도

좆도 모르는 것들이. 히히 잘 했는데 담부터는 이렇게 말해, 그만 씨불대

고 너나 잘하세요!

−「詩, 雜이라는 이름의 폴더」 부분

그의 시에서 불안과 공포, 혼미와 착란, 분열의 징후와 심정적 두려움은
삭제되어 있다. 흡사 아이의 그것처럼, 철저하게 언어적 유희를 수행하는
데 주력한다. 하지만 어느 순간에 웃음을 거세하고 차단하는 '검은 유희'로
돌변한다. 그의 시는 기존의 가치 평가, 교양과 품위, 학습된 감각 등에
대한 거부를 전제한다는 점에서 우리 시대의 문화적 전위라 할 수 있다.

그는 등단과정을 이렇게 들려준다. "원래 대학 때 시 전공이 아니라
소설 전공인데, 학교에서 '그렇게 쓰지 마라' 이런 말만 듣고 배웠기
때문에, 손으로 귀 막으며 다녔어요. 그러다 누가 추천해서 최승자 시인의
시집을 보는데 완전 충격을 받았지요. 최승자 시인의 시집 『Y를 위하여』
에 수록된 「오 개새끼 못 잊어」라는 시가 내겐 '못 잊어 개새끼'로 다가왔고
시를 이렇게 써도 되는 것이구나, 라고 생각했지요. 그때 우리 정서와
현대적으로 뱉을 수 있는 말의 중심 같은 것을 다 잡은 거라고 생각이
들어서. 나도 시를 써봐야겠다, 생각을 해서 시를 쓰기 시작했죠."

그렇다 하더라도 그의 시는 왜 이리 길어진 것일까.

"제가 소설을 조금이나마 끼적거렸던 증거가 그것이지요. 고백하자면
저는 미당처럼 '눈썹에 뭐가 떴다'라고 한 순간을 포착해 시 쓰는 사람이
못되는 거예요."

그가 즐겨 쓰는 농담, 넉살, 패러디, 난센스, 해학, 언어유희, 동화적
환상은 희망을 상실한 우리 시대를 가로지르기 위한 장치이다. 그는

그것들을 끌어다가 시 속에 집어넣어 비빔밥 스타일을 만들어낸다.

　얼핏 시 제목만 봐도 놀랍도록 엽기적일 뿐만 아니라 '검은 유희'에 해당하는 희극과 해학의 감성이 드러난다. 「날으는 고슴도치 아가씨」를 비롯해 「박치기하면서 빛나는 문어」, 「지렁이 날자 나 떨어졌다」, 「용용 죽겠지」, 「나는 야 폴짝」, 「저기 우리집양념통닭 아저씨 지나가신다」 등은 기존의 고정관념을 전복시키는 구어체의 제목이다. 이를 전통적인 시 쓰기를 전복하는 현실적 리얼리티라고 명명할 수 있을 터이다.

　실제로 그의 시를 현실적 리얼리티로 읽어낸다면 일견 우리가 얻을 수 있는 느낌은 문화적 전통과 도덕적 관습, 상식의 언어를 무색하게 만드는 불편함과 난감함이다. 그만큼 기존의 사유체계는 그의 시 앞에서 무력한 것이 되고 만다. 어쩌면 그로 인해 초래되는 불쾌한 심사를 유도하는 것이 그의 의도일 수 있다. 그의 언어는 철저하게 유희를 수행한다. 희극적인 웃음을 유발하는 유희가 아니라 웃음이 거세되고 차단된 '검은 유희'로써 말이다.

　그의 시는 선과 악, 진리와 허위의 구분을 초월하여 조각난 이미지들의 자기운동을 보여줌으로써 우리에게 종결될 수 없는 개방성을 느끼게 한다. 그 개방성은 두 번째 시집 『그녀가 처음, 느끼기 시작했다』에서 좀 더 사회성 있는 의미망으로 확산된다.

　　천안역이었다 / 연착된 막차를 홀로 기다리고 있을 때였다 / 어디선가 톡톡 이 죽이는 소리가 들렸다 / 플랫폼 위에서 한 노숙자가 발톱을 깎고 있었다 / 해진 군용 점퍼 그 아래로는 팬티 바람이었다 / 가랑이 사이로 굽슬 빠져나온 털이 더럽게도 까맸다 / 아가씨, 나 삼백 원만 너무 추워서 그래 / 육백 원짜리 네스카페를 뽑아 그 앞에 놓았다 /

이거 말고 자판기 커피 말이야 거 달달한 거 / 삼백 원짜리 밀크 커피를
뽑아 그 앞에 놓았다 / (중략) / 순간 다급하게 펜을 찾는 손이 있어
/ 코트 주머니를 뒤적거리는데 / 게서 따뜻한 커피 캔이 만져졌다 / 기다리
지 않아도 봄이 온다던 그 시였던가 / 여성부를 이성부로 읽던 밤이었다

　　　　　　　　　　　　　 -「그녀가 처음, 느끼기 시작했다」 부분

　시는 늘 어떻게 현실을 새롭게 갱신해 인식하느냐의 문제로 귀착된다.
김민정이 들고 나온 것이 '처음 느낌'이라는 방법론이다. 그 느낌은
이성적 현실에 기반을 둔 느낌이라는 데 첫 시집에 비해 의미가 있다.
지금까지 그의 시는 기표와 기의의 간극이 너무 넓어 어디까지가 현실인
지 어디까지가 환상이고 상상인지 구분하기 힘들었다. 그런데 이 시는
변화를 보여준다. 그렇다면 무엇에 대한 첫 느낌일까. 그건 '나'마저도
전혀 낯선 타인, 진정한 타자로 인식하는 태도일 것이다.
　플랫폼에서 만난 한 노숙자와 '나' 사이가 아니라 '나'에서 '그녀'로의
이행이 바로 "그녀가 처음 느끼기 시작"한 느낌이다. 느낌의 주체를
'나'에서 '그녀'로 돌려놓는 방식이 김민정에겐 새로운 시작詩作인 셈이다.
그런 의미에서 이 시는 비록 다른 시에 비해 짧지만 이성적 현실 속에서
만져지는, 그리고 만나게 되는 실제적 삶에 대한 헌사이자 반성적 독백이
다. 이는 그의 시가 개인적인 차원을 넘어 사회적 차원을 넘어가는 지표가
될 만하다. 말들의 성찬, 말들의 카니발이 아니라 사회적 언어로 확장되는
언어의 내성이 읽혀지기 때문이다.

김선우

몸에서 피어난 생태적 여성주의

김선우는 한때 지독한 방랑벽의 소유자였다. 한 달 생활비의 절반을 여행으로 쓰면서 '인생은 여행'이라는 스스로의 여행론에 충실했던 시절이 있었다. 니코스 카잔차키스의 『그리스인 조르바』에서 '자유'를 배웠다고 했다. "스님들이 바랑을 꾸리듯 내게 필요한 최소한의 것을 압축할 수 있는 법을 여행을 통과하면서 배웠다"는 그가 한 가지 더 습득한 건 시작詩作 메모였다.

"메모에서는 시행을 만들지 않고 단어들끼리 거리를 둬요. 행으로 만들어 두면 생각이 그 안에 갇히거든요"

여행에서 돌아온 어느 날 시를 쓰고 싶을 때 그가 노트북 옆에 초안으로 꺼내드는 것이 바로 이렇게 만들어진 시작 메모들이다.

그는 한번 시를 쓰기 시작하면 하룻밤에 10편씩 초고를 만든다. 이후 묵혀 두면서 각 편마다 퇴고를 거친다. 어떤 시는 마음에 들 때까지 4년도 걸린단다. 시인에게도 시는 만만한 게 아니다. 이 과정을 그는 "하룻밤의 거사를 위해 목욕재계하고 기다리는 것"이라고 말한다.

"문학은 나 혼자 일기장에 쓰고 마는 게 아니라 소통하고자 하는 열망에서 시작되는 거잖아요? 시인들은 그런 운명을 타고 난 것 같아요"

모범적이고 내성적인 강릉의 여고 시절을 거쳐 강원대 국어교육과에 진학한 그는 광주민주화운동의 진실을 접하게 됐고 쇼크 상태에 빠져들었다. '극과 극'은 통한다고, 그는 곧 그 뜨거운 사회적 이슈에 뛰어들어 강도 높은 운동권 학생이 됐다. 당장 '운동'을 위해 문학동아리가 필요했다. 그는 문학동아리를 만들고 회장이 됐다. 그리고 가두 시와 집회 시들을 쏟아냈다. 그러던 어느 날 그는 항간에 떠도는 '빨갱이 동아리'라는 말을 불식시키고 싶어 모교에서 주최하는 대학문학상에 응모했다. 그 상은 운동뿐만 아니라 문학도 할 수 있다는 걸 보여 주고 싶었던 그에게 주어졌다.

1989년 전교조 운동 때에는 초등학교 교장으로 계시던 아버지와 정면으로 충돌했다. 강원도 전역 교장들이 전교조 운동을 막기 위해 대립한 상황에서 딸과 아버지는 그렇게 서로를 마주봤다. "당시는 학생운동의 사양기였죠. 현장으로 들어가는 선은 끊어지고, 제가 꿈꿔오던 것들은 아무것도 할 수가 없었어요. 살기가 싫어 자살까지 생각해 봤어요."

그러다 눈에 어른거리는 빛 한 줄기가 문득 시인이 되어야겠다는 소망이었다. 그때부터 2년간 눈 뜨면 시만 생각하고 시만 썼고 마침내 1996년 계간 『창작과비평』으로 등단했다.

"일단 온몸으로 반응을 한 다음에야 시가 나오는 것 같아요. 죽을 것처럼 행복한 경험을 하면 그 느낌이 몸의 어딘가에 씨앗을 내려서, 천천히 발아되는 것 같아요. 정말 분노해서, 철철 울고 난 다음에야 어떤 것이 몸의 밭에 씨앗이 떨어져서 그것이 시로 발아되는 것 같아요.

온몸으로 행복했거나, 슬퍼했거나, 하는 시간이 몸으로 지나간 다음에야 시의 씨앗이 되는 그런 순간이 있더군요. 혼자 나무 밑에 앉아 나무랑 얘기하고 노는 걸 좋아했어요. 바닷가를 하염없이 바라보며, 저 바다 밑에는 뭐가 있을까, 수평선 너머에는 뭐가 있을까, 상상하면서 자연이

주는 다채로운 감각을 일찍부터 접했죠. 햇볕이 부서지고, 파도 소리가 들릴 때, 눈을 딱 감으면 내가 바다 되는 것 같은 느낌. 요정이 날아다니듯 내 몸이 공기 속을 날 수 있을 것 같은 상상들이 자연스럽게 몸으로 습득됐어요.

나를 비롯해 세상의 많은 딸들은 어머니의 그늘 속에 있다가 벗어나면서 자신을 완성하지요. 내 어머니는 자식들을 위해 자신의 모든 것을 헌신하는 완고한 가부장제 사회의 마지막 세대였어요. 그런 어머니를 보면서 내가 느꼈던 안타까움과 갈등, 그리고 애정을 시로 표현했지요. 여러 가지 의미에서 어머니는 나에게 가장 큰 대상이지요. 어머니는 내가 건너야 할 첫 번째 화두였고 그 시대 여성을 이해할 수 있는 통로였어요. 그 시대 여성을 이해할 수 있어야 오늘의 우리를 이해할 수 있다고 생각했지요."

> 아욱을 치대어 빨다가 문득 내가 묻는다 / 몸속에 이토록 쟁쟁한 거품의 씨앗을 가진 / 시푸른 아욱의 육즙 때문에 // −엄마, 오르가슴 느껴본 적 있어? / −오, 가슴이 뭐냐? / 아욱을 빨다가 내 가슴이 활짝 벌어진다 / 언제부터 아욱을 씨 뿌려 길러 먹기 시작했는지 알 수 없지만 / −으응, 그거! 그, 오, 가슴! / 자글자글한 늙은 여자 아욱꽃빛 스민 연분홍으로 웃으시고 // 나는 아욱을 빠네
>
> −「아욱국」 부분

아욱을 치대는 손과 어깨의 노동에서 초록빛 즙과 거품의 시가 나오고 있다. 시적 충동이 머리가 아니라 몸으로 먼저 전도되어 몸의 소리를 먼저 듣고 있다. 그 소리는 그의 진술대로 여성주의의 근원이라 할 어머니

에게서 발원한다.

"자기 속의 시심詩心이 뭔지 들여다보는 게 좋은 시를 쓸 수 있는 첫 번째 가능성이라고 생각해요. 그러기 위해서는 좋은 시집을 많이 읽어야죠. 그러다 보면 내 속에 어떤 것들이 자극을 받죠. 시 쓰는 법을 배우려는 게 아니라, 나를 발견하기 위해 읽는 거예요. 좋은 입문서, 철학서를 읽는 것도 마찬가지죠. 내가 어떤 사람인지 잘 깨닫기 위해 책을 읽는 거예요. 좋은 것들을 볼 줄 아는 눈이 생겨야 내 속의 좋은 것들을 발견하는 힘이 생기거든요. 내가 시로 낼 수 있는 자기 목소리를 발견할 수 있기 때문에 좋은 시를 읽으라고 하는 거예요. 그때, 편식하면 안 돼요. 내가 알지 못하는 어떤, 내가 의식하는 것보다, 내 의식의 배후에 있는 무의식이 훨씬 더 많이 나를 만들어요.

내가 이 시인을 좋아한다 싫어한다, 라는 규정 자체가 우리의 성숙과 발전에 도움이 되지 않아요. 세상에 널린 모든 시집이 문청들에게는, 문학을 하고자 하는 사람들에게는 색깔이 다 다른 보석들이에요. 내 취향이 이거라고 하기엔, 우리 안에 뭐가 있는지 잘 모르는 경우가 많아요. 안타까운 거죠. 계산이 안 되는 세계에서 무엇이 나를 궁극적으로 자극할지는 아무도 모르는 거예요."

그 풍경을 나는 이렇게 읽었다 / 신을 만들 시간이 없었으므로 우리는 서로를 의지했다 / 가녀린 떨림들이 서로의 요람이 되었다 / 구해야 할 것은 모두 안에 있었다 / 뜨거운 심장을 구근으로 묻은 철골의 크레인 / 세상 모든 종교의 구도행은 아마도 / 맨 끝 회랑에 이르러 우리가 서로의 신이 되는 길 // 흔들리는 계절들의 성장을 나는 이렇게 읽었다 / 사랑합니다 그 길밖에 // (중략) // 별들이 움직였다 / 창문이 조금 더

열리고 / 두근거리는 심장이 뾰족한 흰 싹을 공기 중으로 내밀었다 /
그 순간의 가녀린 입술이 이렇게 말하는 것을 / 나는 들었다 처음과
같이 / 지금 마주본 우리가 서로의 신입니다 / 나의 혁명은 지금 여기서
이렇게

-「나의 무한한 혁명에게-2011년을 기억함」 부분

그는 촛불 시위, 두리반, 희망버스, 강정마을 등 사회 곳곳에서 벌어지
고 있는 수많은 아픔에 적극 동참하고, '함께'라는 연대의 꽃을 피워내며
2011년을 보냈다. 그의 네 번째 시집 『나의 무한한 혁명에게』(2012)엔
그때의 경험과 체온이 담겨 있다. "2011년에 했던 일 중에 가장 잘했다고
생각한 것은 내가 희망버스를 타고 부산 한진중공업 크레인에서 농성
중인 김진숙, 그녀가 살아 내려올 수 있게 작은 힘을 보탰다는 것. 최고로
잘한 일이라고 생각해요. 김진숙 씨를 보면서, 사람이 정말 아름다워지는
순간을 자주 봤어요. 평범한 보통의 시민들이 내 돈과 시간을 들여서,
어떤 이익을 염두에 두지도 않고, 오로지 누군가의 아픔에 연대하러,
도움이 되기 위해 움직인 거잖아요. 놀라운 역사였다고 생각해요. 정말
아름다운 서사시를 보는 것 같아서, 그 현장에 있을 때는 그것에 대해
쓰겠다는 생각조차 못했어요.

사건이 잘 마무리되고, 긴 겨울이 지나가는 어느 날 밤에 내가 「나의
무한한 혁명에게」를 쓰고 있더군요. '시를 써야지'하고 쓴 게 아니라,
그저 뭔가 쓰고 싶은 마음에 적기 시작했는데, 매우 긴 시를 밤새 쓰고
있더라고요. 그런데 그게 맨 마지막에 쓴 시였고, 표제작이 됐어요.
갑자기 나온 시죠. 살아있는 모든 존재는 근본적으로 혁명적인 것 같아요.
살아서 숨 쉬고 있는 이 순간이 대단히 혁명적이라는 걸 우리가 놓치고

잊어버려서 삶이 단조로워지는 것 같아요.

일상의 권태는 굉장히 힘이 세요. 글을 쓰고 살아가지만, 저 역시 언제나 내 삶이 권태와 무기력에 잠식당할 수 있다는 위기감이 항상 있거든요. 그건 엄청난 손해잖아요. 거기에 맞서 끊임없이 재미있는 일을 만들어내기로 선택했어요. 그런 게 일상의 혁명이고 미적 혁명이죠. 미적 감수성이 깨어있는 것 자체가 굉장히 혁명적인 일이라고 생각해요. 완벽하게 미학적인 맥락에서의 혁명이죠. 내가 행복해지는 일을 만들어 내고, 친구들과 함께 즐기는 일. 이런 일이 희망버스였고, 제주 강정마을의 구럼비 바위였지요. 매일 경찰의 폭력과 싸워야 한다는 생각만으로 어떻게 버티겠어요. 매일 자기혁명을 하고 있는 거죠. 그 와중에도 즐거운 일을 찾아내고, 따뜻한 어떤 연대가 주는 행복감, 충만감을 찾아내면서 사람들은 자기 존재를 성숙시키고 키우는 것 같아요. 그렇게 사랑과 우정을 나누고, 작은 성취로도 세상을 다 얻은 양 기뻐하고, 재미있는 일을 이야기하는 순간이 모여서 우리 삶을 찬란하게 하는 것 같아요. 이런 가치들을 사소하다고 치부해버리면 행복해지기 정말 어렵지 않겠어요?"

김이듬

금지된 것을 거부하는 여전사

습관성 유산에는 정확한 분석이 필요한데 당신의 할머니처럼 다산성
의 별보배조개 체질도 아니고 당신 어머니 같이 들큰한 애액을 분비하고
까무라치는 가무락조개 성질도 닮지 못했으니 갑골문형에서 심각한
유전자 변형을 일으킨 것은 매일 고통의 각성제인 모래를 치사량 이상
삼키거나 일부러 깊숙하게 상처를 내나본데 나의 소견으론 내부의 백색
알갱이를 포기하고 몸을 내게 맡기는 건 어때 (중략) 반짝이는 암세포를
제거하면 눈깔만 한 양식 진주 목걸이를 당신에게 걸어주지 몰락한
부족에게 그게 어디야

-「조개껍데기 가면을 쓴 주치의 답변」 부분

2001년 계간 『포에지』 가을호로 등단한 김이듬의 데뷔작이다. 겉보기
에 낙태나 유산에 관한 독백으로 읽혀질 수 있는 이 시는 우리가 시를
어떻게 쓰고 어떻게 낳을지에 관한 질문을 내포함으로써 문학의 새로운
영토에 편입될 수 있었다. '습관성 유산'이라는 말에는 신춘문예나 문예지
에 자주 응모를 했지만 등단에 실패한 경험이 내포되어 있다. '유산'이라는
단어에 등단 이전, 시인을 짓누르던 강박을 읽을 수 있다. 반복적으로
사산된 시적 실패의 기억들이다. 그래서 시적 화자는 '습관성 유산'을
반복하는 한이 있더라도 양식 진주 목걸이, 즉 모조품을 생산하지는

않겠다는 시적 결단을 내리고 있다.

주치의에게 할머니나 어머니가 누렸던 건강한 생식기관과는 달리 습관성 유산을 하는 자신의 저질 체질을 푸념하듯 털어놓고 있지만 실상 그건 시에 대한 열망과 열정을 함축한 말이다. 그가 모래를 삼키거나 제 몸에 깊게 상처를 입히는 것은 몸을 특별한 감각기관, 다시 말해 시적 감수성의 자리를 만들기 위함이다. 주치의는 그녀에게 '백색 알갱이'로 상징되는 천연 진주의 핵을 포기하는 대신 세속적 가치로 통용되는 모조품이나 생산하라고 은근히 권하고 있다.

여기서 주치의는 모계사회의 반대편에 있는 부계사회, 즉 아버지로 상징되는 남성사회를 대변하는 인물이기도 하다. 그런 주치의가 마지막 연에서 "반짝이는 암세포를 제거하면 눈깔만 한 양식 진주 목걸이를 당신에게 걸어주지 몰락한 부족에게 그게 어디야"라고 유도심문을 하고 있다.

그러나 시적 화자는 '몰락'이라는 말을 받아들이지 않는다. 오히려 시인 부족을 몰락으로부터 구원할 책임이 자신에게 있고, 그러기 위해서는 자신이 전적으로 시적 성감대가 되어야겠다고 결심한다. 이는 부재하는 아버지와 미묘한 대립각을 이루며 아버지, 즉 남성 없이 여성의 세계를 구축하겠다는 자기 선언에 다름 아니다.

눈여겨봐야 할 대목은 김이듬이 여성의 목소리를 제거한 채 오로지 '주치의'로 대변되는 남성의 목소리로 이 상황을 진술하고 있다는 점이다. 그는 자신이 말하고자 하는 남성성에 대한 불신을 주치의라는 남성의 목소리를 빌려 들려줌으로써 남성 위주의 지배질서가 억압해온 여성성의 확보를 표면에 끄집어놓고 있다. 화자는 은밀한 부분에 대한 대담한 은유와 도발적인 상상력으로 여성인 자신의 몸을 두고 주치의와 경쾌한 대화를 나누고 있지만 사실 이 시엔 주치의의 목소리만 들어있다. 여성의 생식기관을 직접 거론하면서 유산과 낙태의 문제를 적시하고 있는 점에 김이듬 시의 혁명성이 있는 것이다.

그의 감성 실험에서 가장 중요한 것은 몸이다. 그가 가장 정직하다고 믿을 수 있는 것은 지식도 지성도 아닌, 감각의 총화로서 몸밖에 없기 때문이다. 그래서 그는 "육체의 감각 밑에서 시를 발굴한다"는 평을 받는다. 과거엔 말하는 것조차 '금지된' 것에 대해 대담하게 입을 열면서 등장한 여전사가 김이듬이다.

그의 시는 한편으로 프로이트가 말하는 심리기제에 의해 설명할 수 있다. 프로이트가 주로 상대했던 신경증 환자들의 경우, 근친상간의 욕망과 같은, 양심이 용납될 수 없는 동기들은 무의식에 억압되어 있어서 본인은 그런 동기를 의식하지 못한다. 하지만 그 동기를 실현하려는 욕망은 무의식적으로 계속되므로 신경증 환자들은 통상적으로 이렇게 고통을 호소한다. "내가 알지 못하는 내 안의 무언가가 나를 괴롭히고 있어!" 이 때문에 프로이트는 소위 '통찰'을 통해 그런 무의식적 동기를 의식화해야만 신경증을 치료할 수 있다고 강조한다.

숲으로 엠티 왔네 이름도 거시기한 반성수목원으로 같은 길을 가는 동료들과 함께 // (중략) // 홈빽 변을 비비는 아버지를 두고 왔네 혼자서 칠갑하고 있겠지 // 먹던 도시락을 건네네 방울토마토 굴러가네 마시려던 맥주병도 던져주었지 내 곁에 쪼그려 앉은 그가 추잡한 옷차림의 그가 여기저기 버려둔 떡이며 찌꺼기 같은 걸 갈퀴 같은 손으로 끌어와 입으로 주머니로 쑤셔 넣는 그가 게걸스럽고 무례하고 추레한 또 뭐라고 할까 그래 인간도 아니다 수치심을 이긴 죽음을 극복하는 허기 불멸하는

궁기 그리하여 인간을 넘어서는 // 신이다 신이 오셨다

-「너라는 미신」 부분

　시적 화자의 강박 속에는 치매에 걸린 아버지가 엠티 현장까지 따라와 서성인다. 게걸스럽게 음식물을 탐하는 아버지. 해결할 길 없는 가족 관계의 불합리성은 아버지의 죽음 이후에나 종결될 것이다. '인간을 넘어서는 신이 오셨다'는 구절은 인간이기에 어쩔 수 없는 상황의 절박함을 한 번 더 비틀어 들려주는 강박의 발화이기도 하다. 등단 10년 만에 발표한 이 작품은 그의 시 세계가 어떻게 변했는지를 자명하게 보여준다.

　김이듬은 아주 구체적인 일상 속에서 우리가 감히 언급할 수 없었던 것을 자연스러운 육체의 호흡으로 끌어들이고 있다. 이 시는 김이듬 시의 특징을 그대로 이어가고 있는 한편 변화된 모습도 함께 보여준다. 한때 증오의 대상이던 아버지가 치매에 걸려 내 곁을 떠돌고 있는 설정 자체가 그것이다.

　김이듬은 이제 치매에 걸려 병상에 누워 있는 아버지와 연락도 하고 가끔 방문도 하면서 아버지라는 존재를 받아들이고 있다. 그것이 완전한 화해의 방식은 아닐지라도 과거에 대립각을 세우며 증오하던 아버지라는 실체 역시 시인 자신과 다를 바 없이, 아픈 세상에 태어나 아픈 존재로 살아왔음을 스스로 수용하기에 이른 것이다. 시적 화자는 여기서 '몽유의 주체'로 등장하는데 그 주체는 마치 꿈을 꾸듯, 혹은 몽유병을 앓거나 가사假死 상태로서의 무의식적 자아가 혼잣말처럼 중얼거리는 방식으로 분열된 발화를 들려준다.

　이 시의 귀결이자 제목인 「너라는 미신」에서도 알 수 있듯, 치매에 걸린 아버지는 걸신이었다가 미신이었다가 신으로 승격된다. 이제 내게

서 도저히 떼어놓을 수 없는 분신으로서의 신. 과거엔 받아들이지 못한 아버지를 분신으로 모습을 등장시키고 있다. 암울한 치매 병동의 냄새 나는 분위기 대신 시적 화자는 어느 햇살 좋은 날, 반성수목원으로 소풍을 가서 도시락을 까먹으며 마치 농담하듯 경쾌한 언어로 치매 아버지에 대해 들려주고 있다는 점은 하나의 아이러니이다. 그런 아이러니가 오히려 시의 긴장감을 배가시키고 있다. 여기서 하나의 키워드는 '반성수목원'이라는 단어이다. 김이듬은 이제 등단 10년을 넘기면서 시 쓰는 방식에 대해 반성을 하고 있는 중인지도 모른다.

그는 2012년 여름을 독일 달렘도르프에서 보냈다. 달렘도르프는 독일 베를린에 있는 작은 동네이다. 짚을 얹어 만든 달렘도르프 역사驛舍 뒤편에 서 있는 두 개의 장승을 지나면 베를린자유대학 한국학과 건물이 나온다. 김이듬은 그 건물의 가장 높은 곳, 작은 다락방 연구실에서 그 여름을 보냈다. 한국문화예술위원회가 지원하는 레지던스 작가였던 그는 낯선 달렘도르프에서 충동과 격정, 그리고 방랑의 나날들을 보내며 이방의 냄새를 맡았다. 하지만 더 낯선 것은 그 자신이었다.

> 코앞에 안내판이 있었다 / 로자 룩셈부르크가 발견된 지점이라 씌어있
> 었다 / 로자는 총살당해 운하에 던져진 후 그 시신으로 이곳까지 떠내려왔
> 나보다 / 나는 한때 그녀를 흠모했으나 완전히 잊고 있었다 / 낯선 도시에
> 서의 첫 산책은 거기까지였다 / 지금도 나는 계속 떠내려간다 둥둥 /
> 가끔은 틈에 낀 궁둥이를 빼느라 식겁하며
>
> ─「그리운 로자」 부분

멀리 떠나온 낯선 풍경 속에서 자신의 기억을 반추하며 마주보는

것은 존재의 캄캄한 심연이다. 시집 『베를린, 달렘의 노래』(2013)는 140일 남짓한 체류기간 동안 쓴 67편의 시가 담겼다. 이틀에 한 편 꼴로 쓴 셈인데, 과연 시로 쓰는 일기가 가당키나 한가, 하고 시집을 펼쳐보면 거개의 시들이 첫 줄은 스스로에게 부과한 의무로서의 일기였다가 마지막 행에 이르러 시로 빠져나가는 문장의 변주를 보여준다. 그러자니 김이듬의 몸은 풍경과 존재의 낯섦 사이에 긴 악기가 돼야만 했을 것이다.

> 파트너 없는 이는 글자 쓴 종이를 벽 위에 붙인다 / 제 이름 나이 키 춤의 수준 / 여자는 분홍색 종이에 남자는 하늘색 종이에 / 어떤 이는 흰 종이에 / 남자이기도 하고 여자이기도 한 그 사람과 / 나는 한 시간 춤을 추었다
>
> —「춤추는 숲」 부분

맥주 공장을 개조한 '살사 댄스 팩토리'에서의 체험을 담고 있는 시다. 그는 이 체험을 "내 발자국을 따라 흔들리는 숲 / 검은 숲엔 가지 않았다"라는 마지막 연으로 마무리함으로써 자칫 일기가 될 뻔한 문장을 시로 격상시키고 있다. 김이듬의 꿈틀거리는 자의식은 이 지상을 떠도는 유목민적 삶의 한 단면이자 소리 없는 비명이다.

안현미

슬픔을 채색하는 환상적 서정

　안현미는 자전적 산문 「시마할」에 "어느 날 갑자기 사라진 엄마, 어느 날 갑자기 바뀐 엄마, 그 변신하는 엄마들"이라고 썼다. 시마할은 할마시를 거꾸로 쓴 것이다. 이런 사족도 붙어 있다. "그냥 멋져 보여서. 아님 말고."

　강원도 태백은 그가 태어나 여섯 살까지 성장한 고향이다. 어느 날 친모는 사라지고 없는 그곳에서 오기와 낙천과 사랑을 유년의 정서에 새긴 뒤 세상 밖 경계선인 문막에서 새엄마와 함께 살았다. 남인수의 노래를 남인수보다 더 잘 불렀다는 아버지는 첫 부인을 놔둔 채, 서른도 되기 전에 남편과 사별한 채 딸 둘을 키우던 태백 장성광업소 부근의 여인을 만나 안현미를 낳았다. 탯줄을 직접 끊었고 갑자기 불어난 아우라지 강물에 떠내려가던 젖먹이 안현미를 구하기 위해 몸을 사리지 않을 정도로, 딸을 예뻐한 아버지였다. 하지만 그는 여섯 살 무렵 아버지의 첫 부인에게 보내졌고, 아버지는 더 깊은 막장으로 내려갔다.

　가난 때문에 인문계가 아닌 서울여상에 진학한 그는 졸업 후 대기업 사무보조원으로 일자리를 얻은 20대 후반에 서울산업대학 문예창작과 야간반에 들어갔고 아현동 월세방에서 살면서 "더듬더듬, 거짓말 같은 시를" 타전하기 시작했던 그는 결국 시인이 되었다.

여상을 졸업하고 높은 빌딩으로 출근했지만 높은 건 내가 아니었다
높은 건 내가 아니라는 걸 깨닫는 데 꽃다운 청춘을 바쳤다 억울하진
않았다 불 꺼진 방에서 더듬이가 긴 곤충들이 나 대신 잘 살고 있었다
빛을 싫어하는 것 빼곤 더듬이가 긴 곤충들은 나와 비슷했다 가족은
아니었지만 가족 같았다 (중략) 그 후로 나는 더듬이가 긴 곤충들과
진짜 가족이 되었다 꽃다운 청춘을 바쳐 벌레가 되었다 불 꺼진 방에서
우우, 우, 우 거짓말을 타전하기 시작했다 더듬더듬, 거짓말 같은 시를!

－「거짓말을 타전하다」 부분

그는 여상을 졸업하고 '더듬이가 긴 곤충들'과 아현동에서 살았다.
누구에게나 젊은 날의 비망록은 있지만 그 비망록이 어둡고 고통스러
울수록 그 젊음은 더 젊었음이 틀림없다. '젊은 날의 초상'을 담고 있는
이 시엔 짐작되는 아픔이 있고 헤아려지는 가난과 고독이 있다.

"고아는 아니었지만 고아 같았다", "가족은 아니었지만 가족 같았다"
라고 반복적으로 말할 때, '~이었지만'을 경계로 앞 문장은 뒤 문장에
의해 뒤집힌다. 경계는 해체된다. "높은 빌딩으로 출근했지만 높은 건
내가 아니었다"라거나 "죽고 싶었지만 더듬더듬 더듬이가 긴 곤충들이
내 이마를 더듬었다"라고 말할 때, 앞 문장은 뒤 문장에서 완성되지
않는다. "꽃다운 청춘이었지만 벌레 같았다"라고 말할 때도 앞 문장은
뒤 문장에서 무참히 무너진다. 이렇게 앞과 뒤는 가파르게 반전하지만
사실은 동어를 반복하고 있는 것이다. 리듬감은 여기서 살아난다.

그런데 나를 울게 하고 결국은 가족이 되는, '더듬이가 긴 곤충들'이
더듬는 건 무엇일까. 고독이나 불안이나 공포나 죽음일까. 그의 경우
인생이라는 막장에서 끊임없이 들려오는 서러운 발신음이다.

새춘천교회 가는 길 전생처럼 패랭이꽃 피어 있을 때 / 흩뿌리는 몇
개의 빗방울 당신을 향한 찬송가 같았지 / 그때 우리에게 허락된 양식은
가난뿐이었지만 / 가난한 나라의 백성들처럼 가난하기에 더 열심히 /
서로가 서로를 향한 찬송가 불렀었지 / 누구는 그걸 사랑이라고도 부르는
모양이지만 / 우리는 그걸 음악이라고 불렀지 / (중략) 춘천을 떠나는
기차 시간을 기다리다 공지천 '이디오피아' 창가에 앉아 / 돌아오지
않는 당신의 눈썹에서 주워온 몇 개의 비애를 안주로 비루를 마실 때
/ 막 사랑을 하기 시작한 연인들의 백조는 물 위에서 뒤뚱뒤뚱, / 그
뒤뚱뒤뚱거림조차 사랑이라는 걸 이제는 알겠는데 / 아직도 찬송가처럼
몇 개의 빗방울 흩뿌리고 있었지 / 누구는 그걸 사랑이라고 부르는 모양이
지만 / 우리는 그걸 음악이라고 불렀었지

-「음악처럼, 비처럼」부분

시에서 익숙한 음악이 들려온다. 그 음악은 우리를 춘천의 어느 외딴길
에 세워 두고 자꾸 귀를 기울이게 한다. 가난한 사랑의 주인공인 화자話者는
이 세상의 술래가 되어 그 사랑을 사랑이라고 말하지 않는다. 다만 음악이
라고 부를 뿐이다.

안현미가 탐색하는 시 세계는 의식으로부터 배제되어 추방된 현대성의
또 다른 영역이고 그 영역은 중의법에 의해 현실에서는 환치될 수 없는
환상의 영역으로 확장된다.

착란에 휩싸인 봄이 그리워요, 비애도 회한도 없는 얼굴로 당신들은
너무나 말짱하잖아요, 착란이 나를 엎질러요, 엎질러진 나는 반성할까

뻔뻔할까, 나의 죄는 가난도 가면도 아니에요, 파란 아침이고 시구문 밖으로 나가면 끝날 이 고통도 아직은 내 거예요 친절하지 않을래요 종합선물세트처럼 주어진 생을 사는 건 당신들이지 나는 아니에요

−「시구문屍口門 밖, 봄」 부분

안현미는 이렇게 말한다. "스스로 생각할 때 좋은 시가 쓰이는 순간은 의식과 무의식의 경계에 선 상태인 것 같아요. 물론 이런 순간은 거의 찾아오지 않지요. 때문에 영감이 어디서 오는지는 꼬집어 말할 수는 없어요. 일상생활에서 가끔 어떤 단어가 튀어 올라올 때가 있는데 그럼 그것에 대해서 하루 종일 생각하죠. '빨강'이란 단어가 튀어 오르면 계속 빨강을 생각하고 다니죠. 그러다 보면 다른 영감과 부딪쳐 시로 표현될 때가 있어요." 현실의 불우를 자신만의 환상으로 채색하는 그의 산문엔 이런 대목이 있다.

"고장난 추억
여량餘糧. 구절리九切里. 첩첩산중. 종착역. 막장. 풀밭에서 똥을 누는 아버지. 물가에서 아이의 똥기저귀를 빠는 엄마. 똥처럼 둥둥 떠내려가는 아이. 까무룩. 그때 죽었다면 아이는 시인 같은 건 되지 않아도 좋았을 텐데. 강원도 탄광촌의 검은 산들. 검은 아버지. 검은 시간. 검은 눈물. 모든 게 검게 태어나 검게 죽는 땅 혹은 검은 그림자처럼 사라진 엄마.

변신이야기
어느 날 갑자기 사라진 엄마. 어느 날 갑자기 바뀐 엄마. 변신하는 엄마들. 오해의 사막을 오래도록 유랑하다 겨우 다다른 이해의 오아시스

항상 너무 이르거나 너무 늦은 출발과 도착. 그러나 어김없이 동행하는 고독. 나무처럼 쑥쑥 자라는 고독. 그 고독의 그림자 속에 붙박여서도 아무렇지 않은 듯 하하하 시시시 웃는 한 그루 미루나무. "내일 또 놀러 오렴. 난 항상 여기 있으니까. 고독처럼 슬픔처럼.

마침표

우주에서 가장 상처 받은 사람처럼 굴던 시절. 사춘기. 비원 앞 월세 문간방. 엄마는 술집 파레스 주방으로 돈 벌러 가고, 심지가 엉망인 석유곤로에 라면을 끓여 채널 손잡이 빠진 수신 화질 엉망인 흑백텔레비전을 보며 혼자 먹던 저녁들. 자학을 밥 굶듯 하던. 기생관광 오는 일본인들을 위해 어디론지 밤이면 봉고차를 타고 일하러 나가던 안방 언니들. 그 언니들보다도 자주자주 비참해지던. 회수권 살 돈이라도 보태기 위해 음식쟁반을 들고 미로 같은 청계천 광장시장을 헤매고 돌아다니던. 참고서 <15년간 총정리> 밖에는 들여다볼 게 없던. 약국 여러 곳을 돌아다니며 사 모은 동그란 알약들을 한꺼번에 털어먹고 15년간의 삶을 총정리해버리고 마침표를 찍으려다 실패한. 그때 죽었다면 시인 같은 건 되지 않았을 텐데. 너무 이르게 도착한 절망과 아직 도착하지 않은 희망 사이. 그 사이로 돌아온 무법자. 아버지."(자전적 산문 『시마할』 중 「어머니들」 부분)

이영주

언니를 찾습니다

    드라마 <추노>가 방영되던 2010년, 주인공의 초콜릿 복근 못지않게 화제가 된 것이 있었으니 바로 추노패들이 남자 손윗사람들을 '언니'라고 부른 호칭이 그것이다. '언니'는 동성의 손위 형제를 부르는 순우리말이다. 그런데 유학자들이 한글을 암글, 언문 등으로 비하하면서 신분 낮은 하층 계급 또는 자매들 사이에서 쓰이는 호칭으로 굳어진 것이다. 그동안 한국문학에서 어머니, 아버지, 누이, 오빠, 형 등은 많이 다뤄져 왔음에 비추어 '언니'라는 말은 상대적으로 소외받았다고 할 수 있을 것이다.

    이영주는 '언니'를 호출하여 그 본질 속으로 과감히 파고든다. 그가 말하는 '언니'는 자매로서의 언니를 넘어, 자기 안의 규정할 수 없는 어떤 것, 그 은밀한 내부를 뜻한다. 자신의 비밀을 나누고 싶은, 세상에서 딱 하나의 존재가 바로 언니이다.

    겨울밤에는 밖에서 안으로 들어가고 싶어. 밖에서 안으로, 아무도 없는 안으로 들어가려 할 때, 차가운 칼날 같은 손잡이를 떼 낸다. 손잡이가 있으면 한 번쯤 돌려 보고 배꼽을 눌러 보고 기하학적으로 시선을 바꿔 볼 수 있을 텐데. 어머니가 방바닥에 늘어놓은 축축한 냄새들. 언니라고 부르고 싶은 버섯들이 있었는데, 잠에서 깨면 어머니는 버섯 머리를 과도로 똑똑 따고 있었다. 손잡이를 어디에 붙여야 할까. 너는 아래쪽에 서 있다. 몸속이 어두워질 때마다 울음을 터트리는 이상한 반동. 축축하게 썩어 들어가는 안쪽을 언니라고 부르고 싶어. (중략) 네가 밖에서 안으로 들어가려 할 때, 바깥에 두고 온 손잡이를 어두워서 찾지 못할 때, 아무도 없는 안쪽이 버섯 모양으로 뒤집어질 때, 너는 성에 낀 202호 창문을 언니라고 부르기 시작한다.

―「언니에게」 부분

이영주는 한때 서울 합정동 다세대주택 202호에 살았다. 추운 겨울이 었는데, 외출했다가 돌아와 문 앞에 섰을 때 열쇠를 가지고 있지 않다는 것을 알고 한동안 멍해진 채로 추위에 떨며 서 있었다. 그 느낌을 간직한 채 시를 쓴 그에겐 사실 언니가 없다. 무남독녀. 아빠와 엄마와 딸. 단출한 세 명의 가족 구성원에서 유일한 여성 파트너는 엄마뿐이었지만 엄마는 엄마일 뿐 언니가 아니었다. 어렸을 때부터 언니를 갖고 싶었다. 무남독녀였기에 부모의 사랑을 독차지하며 살았지만 성장하면서 그에겐 언니의 부재가 일종의 결핍으로 다가왔던 것이다.

서울 무학여고 문예반 시절, 그는 각종 백일장을 휩쓴 문학소녀였다. 정한아 시인의 1년 선배이기도 하다. 하지만 언니의 부재는 중·고교 때 학급친구들과 관계 형성에 장애물이었다. 자기중심으로 살아온 습관 때문이다. 반면 한번 친구를 사귀면 완급조절이 안 될 정도로 상대방의 안쪽으로 깊이 들어가곤 했는데, 상대방은 정작 이런 인파이터 친구를 부담스러워 했다.

'바깥에서 안으로 들어가고 싶다'고 했을 때 그것은 물리적 구조로서의 방을 뛰어넘어 감성적 공간으로서 화자의 내면 의식을 반영한다. 언니라 는 내부가 있었다면, 언니라는 손잡이가 있었다면, 시의 화자는 언니를 호출해 얼마든지 집 안으로 들어갈 수 있다. 하지만 언니는 없다. 그래서 성에 낀 202호 창문이 언니가 된다. 시적 대상을 파고드는 집요함이 '언니'를 탄생시킨 것이다. '나'의 비밀을 털어놓고 싶은 '언니'라는 존재는 우리들의 가장 뜨겁고 은밀한 안쪽이기도 하다. '언니'라는 단어 속에 내포된 시인의 내면 풍경은 외부로부터 내부를 사유하며, 내부로부터 외부를 꿈꾸는 일에 다름 아니다. 그는 자아와 동일화된 무수한 타자를 통해서 자신의 내면을 이렇게 보여준다.

> 엄마는 내 머리를 빗겼다 벌레를 잡을 때는 석유를 발랐다 나는 천정과 벽 틈으로 굴러다녔다 (중략) 아이들은 잘 벗겨진 머리 가죽을 들고 열심히 달렸다 온몸에 기름 냄새가 진동했다 집으로 돌아오는 길을 잃고 저녁 끝까지 교실 안에 남아 있는 시간 새벽은 그 순간부터 멈춰 있다 새벽 이후를 상상하는 것으로 나는 모든 계절을 보냈다 머리에서 잘 떼낸 새카만 머리 가죽을 손에 들고
>
> ―「조회시간」 부분

첫 시집 『108번째 사내』 이후 5년 만에 낸 두 번째 시집 『언니에게』(2010)는 내면의 비밀을 나눌 수 있는 가장 은밀한 암호로서의 '언니'를 전면적으로 호출한 최초의 시집일지 모른다. 그동안 한국 문학에서 그런 의미의 '언니'라는 말은 문학적으로 거의 비어 있었다고 해도 과언은 아니다. 이성복 시인이 "언니라는 말의 내부. 한 번도 따라 들어가 본 적 없"는, "내가 들어갈 수 없는 언니라는 말의 배꼽."(「31 언니라는 말의 배꼽」, 『달의 이마에는 물결무늬 자국』)이라고 표현한 것이 기억날 뿐이다.

이영주가 말하는 '언니'는 모리스 블랑쇼가 말하는 '익명적 우리', '밝힐 수 없는 공동체'와 같다. 비밀을 나누는 가장 은밀한 암호가 '언니'인 것이다.

'언니'라는 '익명적 우리'는 하나의 이미지에서 다른 이미지로, 하나의 대상에서 또 다른 대상으로 전이되는 환유 구조를 통해 의미의 폭을 더욱더 확장한다. 이영주의 상상력은 현실과 환상 세계를 자유자재로 넘나들면서 그만의 독특한 시적 공간을 창출해낸다.

그의 시는 달, 웅덩이, 구멍, 주머니, 미로, 자궁, 배꼽, 버섯, 무덤, 납골당, 구덩이 등 어둡고 축축한 온갖 이미지들이 펼쳐지는 한 편의 잔혹 동화 같다. 축축하게 썩어 들어가는 모든 비밀의 공간에는 하나같이, 쪽문, 골목, 계단, 분화구, 하수도 등 은밀한 통로가 달려 있는데 그의 시는 존재이든 사물이든 그 자체의 '내부'로부터 출발한다. 그것은 '안쪽', 소위 '기억' 또는 '내면'이라고 불리는 것들이다.

우리의 내부는 불화와 흔들림과 균열, 즉 깨진 것들로 이루어져 있다고 할 때 그는 주체의 가장 깊은 곳, 내부의 바닥을 들여다본다. 그 내부는 집요하게 들여다볼수록 분명해지기는커녕 더욱더 모호하고 안개에 휩싸인 듯 불투명하다. 그래서 어떠한 것도 규정할 수 없으며, 그 규정할 수 없음이 외부까지 이어진다.

그의 시에서는 사건들의 세부 묘사가 지나칠 만큼 디테일하게 기술된다. 그러나 그 디테일이 심할수록 본질은 끊임없이 생성되고 소멸되고 그래서 더욱더 알 수 없는 '깊은 것'을 드러낸다. 그것은 그녀가 완결된 세계보다 발생과 소멸의 '과정'에 더 집착하기 때문이다.

그의 시 안에는 소멸과 재생의 순간들이 뫼비우스의 띠처럼 꼬리에 꼬리를 물고 이어진다. 내부는 결국 외부를 구성할 수밖에 없고 외부는 또 다른 내부에 그 구성력을 뻗칠 수밖에 없다, 이를 통해 우리는 내부와 외부의 알 수 없는 교합, 그 자체로 생성되는 질서로 인해 새로운 세계를 만나게 된다. 내부와 외부는 배타적인 영역이 아니라 서로의 통로라고 할 수 있다. 외부로부터 내부를 사유하며, 내부로부터 외부를 꿈꾸는 것. 그것이 시집 『언니에게』를 작동시키는 기본적인 정서이다.

그의 시에 끊임없이 등장하는 '창문'은 '밖'을 내다보는 '창'이자, '안'을 들여다보는 '거울'이다. '밖에서 안으로' 향하는 시선은 또한 '뒤'를 돌아본다. 이영주의 시에서는 '안'과 '뒤'의 깊이를 그리워하는 것은 곧잘 '어머니'를 그리워하는 것과 나란히 배치된다.

그의 시는 이처럼 자아와 동일화된 무수한 타자를 통해서 시인의 내면 풍경을 보여 준다.

> 태어나면서부터 우린 저무는 사람들. 생일은 미리 말해 주자. 젖은 바람 부는 계절에는 얼굴을 보고 이야기하자. 머리를 빡빡 민 사람이 오랫동안 편지를 쓴다. 몸을 보니 여자였구나. 상점 주인은 창밖의 간판을 세다가 저무는 사람. 단 한 명의 노파도 없는 비 오는 골목으로 음악을 흘려보낸다. // 지느러미를 감추고 들어와야 해. 여자인 줄 알았는데 그림자를 보니 물고기구나. 상점에는 푸른 비늘이 가득 찬다. 그녀가 달력을 넘기는 동안 천장에서 물이 새고 있다. 노파를 보고 싶은 계절이야. 생일을 견디며 물고기들이 모서리에 지느러미를 비빈다. // 태어나면서부터 우린 비린내를 풍기는 물건들. 물고기인 줄 알았는데 장화를 벗고 보니 딱딱한 계단이구나. 그녀는 문 밖의 발들을 바라보다 밤늦도록 저문다. (하략)

> −「저무는 사람」 부분

이영주의 '내향성內向性'은 자폐적이고 폐쇄적인 것, 즉 '닫혀' 있는 것이 아니라, 안쪽으로 '열려' 있다. 흔히 '상처'라 불리는 것들, 그 강렬했던 접촉의 순간에 떨려오는 것들을 자각하고 활성화하며, 무감각한 '나'를 흔들어 깨운다.

그의 시에서는 종종 과거의 사건들이 현재형으로 서술된다. 그에게 있어 과거라는 시간은 지나가버린 시간이 아니라 다가오는 시간이다. 그러나 그렇게 다가오는 과거의 시간은 행복한 시간이 아닌 고통의 시간이다. 그건 그 사건들의 트라우마가 아직 끝나지 않았음을 보여준다.

21ᶜ 시인

이원

영원으로 가는 역마차를 탄 순간주의자

경기도 화성군 석천초등학교 사택에서 1남 2녀 중 장녀로 태어난 이원의 본명은 이정은이다. 서울의 한 고등학교 국어교사였던 아버지는 학교 설립을 목적으로 교사를 그만두었으나 몇 년 동안 꿈이 이루어지지 않자 다시 초등학교 교원 시험에 합격해 다시 교사로 부임한다. 사택은 산 밑에 있었고 울타리가 낮아서 집 밖이 훤히 내다보였다. 아버지가 삼남매의 숫자대로 대문 밖에 심은 세 그루의 오동나무는 삼남매보다 더 빨리 자랐다.

"어렸을 때, 아버지는 마루의 전축에 LP판을 걸고 자주 음악을 들었지요. 그중에서도 유독 기억나는 노래는 아리조나 카우보이예요. 지금도 막막할 때는 나도 모르게 그 노래를 웅얼거리죠. '… 황야를 달려가는 아리조나 카우보이 말채찍을 말아들고 역마차는 달려간다 저 너머 인디언의 북소리 들려오면 고개 넘어 주막집의 아가씨가 그리워 달려라 역마야 아리조나 카우보이…'"

마루에 누워 뜻도 모르는 그 노래를 따라하다 보면 옆에서 그 노래를 신명나게 부르던 아버지도 사라지고 가족도 사라지고 '나'도 사라지고 말발굽 소리만 남은 것 같았다.

아버지도 아리조나 역마차를 타고 달리고 싶었을 것이다. "초등학교 때, 오빠가, 중학교 때 아버지가 세상을 떠났어요. 세계가 일순간 사라질 수 있다는 데 충격을 받았죠. 나는 순간주의자예요. 인생 계획을 3개월 이상 잡은 적이 없어요. '미래는 없다'주의죠."

그래서인지 이원은 순간적으로 휘발되는 이미지에 관심이 많다. 그가 이메일로 보내준 자전적 에세이엔 이런 대목이 있다.

"사진작가 로버트 프랭크가 직접 쓴 연보를 읽다 운 적이 있다. 그의 사진과 마찬가지로, 아무 과장도 수식도 없이 그의 손은 계속해서 가족과 친구를 잃어가는 시간 속에서도 이렇게 썼다. '그래도 인생은 계속되었다.' 그 문장 앞에는 몇 개의 말줄임표만 있을 뿐이었다. 그리고 그는 자신의 연보의 마지막을 이렇게 쓰고 있다. '나는 솔직해지려고 애쓰고 있다. 때로 그것은 너무도 슬픈 일이다. 이제 세상은 월요일. 오후의 시작. 준은 대장간을 만들고 있는 중이다. 쇠는 언제나 불에 달궈진 상태로 간직해야 한다. 내 형제여….'"(자전에세이 「이제 세상은 월요일, 오후의 시작」에서)

　　　뿌리가 없다는 사실을 인정한 날 밤부터 잠이 오기 시작했다 두 다리는
　　　뿌리가 아니라는 사실을 길이 확인시켜준 다음날부터 꿈이 찾아오기
　　　시작했다 꿈의 뿌리는 몸에 있고 몸의 뿌리는 꿈에 있다는 사실을 다리가
　　　말한 다음날부터 먼 곳이 보이기 시작했다 어디든 갈 수 있다는 사실이
　　　나다 세계는 푸르거나 검다는 것을 인정한 다음날 아침 신발을 신었다
　　　　　　　　　　　　　　　　　　　　　　　　　　　　　－「실크로드」 부분

중학교 1학년 겨울, 그는 서울로 옮겨 오지만 아버지 없는 현실에서 발을 떼고 싶었다. 썩어가는 사과 사진을 찍었고 한동안 하늘 사진만 찍었다.

"언제인지는 모르지만, 나는 아버지가 정해준 내 나무가 어떤 것이었는지를 잊어버렸다. 아마 중학교 1학년 겨울, 느닷없이 석천을 떠나면서였던 것 같다. 그때는 스스로에게 잊었다고 다짐했고 그리고 여러 해가 지난 어느 날 보니 진짜 잊어버렸다. 서울로 오던 그날 석천에서 조암의 터미널로 가는 버스 안에서 친했던 같은 반 아이를 만났다. 그 애에게도 떠난다는 말을 하지 못했다. 터미널에 붙어있던 중국집에서 엄마와 짜장면을 먹고 그 길로 서울로 올라오는 버스를 탔다. 집의 뒷산에 올라가 보던 저녁 해도, 노을이 점점이 떨어지던 서해 염전도, 서해 바다도, 돌산도 다 두고 왔다. 마당의 오른쪽 화단에서 꽃보다 먼저 피고 꽃보다 나중에 지던 라일락 향기도, 아버지도, 오빠도, 아버지가 듣던 아리조나 카우보이도, 그리고 아버지가 우리 삼남매를 위해 심어주었던 오동나무도, 오동나무 안에서 풀려나오던 어둠도, 바람도 다 두고 왔다. 서울로 오는 동안 단 한 번도 뒤돌아보지 않았다."(자전에세이 『이제 세상은 월요일, 오후의 시작』에서)

남산 시절의 서울예대에 진학한 그는 명동 거리의 쇼윈도에 서 있는 마네킹에게 많은 위로를 받았다. 표정 없는, 아니 표정을 안으로 감춘 마네킹은 그 시절 이원 자신의 모습이었다. 졸업과 동시에 스승인 오규원 시인의 『현대시작법』의 원고를 정서하며 본격적으로 습작을 하다가 1992년 『세계의 문학』 가을호로 데뷔한다.

드라이한 정서가 주조를 이룬 초기 시에서 벗어나 새로운 시적 모색을 하게 된 건 스승 오규원(1941~2007)의 죽음 이후이다. 그는 문장 밑에 가라앉혀 두었던 감정을 위로 떠올리기 시작했다. 삶은 싸워 이겨야 하는 대상이 아니라 한없이 달래고 쓰다듬어야 하는 대상이라는 것도 알게 되었다. 아프면 아프다고 말해야 하는 게 고통의 윤리일지도 모른다.

그는 비명^{悲鳴}을 지르고 싶은 시간들을 너무 오래 참고 살았다. 그런 세월이 없었다면 그는 비명이 자신의 날개라는 사실을 알 수 없었을 것이다. 고통은 스스로 비명이라는 날개를 단다.

> 어제는 참을 수 없어. 들킨 것은 빈 곳을 골라 파고들던 발. 신발이 시킨 일. 발자국은 정렬되고 싶었을 뿐. // 어제는 참을 수 없어. 엉킨 몸으로라도 걸었는데. 줄이 늘어났어. 엉킨 몸은 줄어들지 않았는데. // 몸은 오늘의 소문. 너는 거기서 태어났다. 태어났으므로 입을 벌려라. // (중략) // 어쩌자고 길부터 건너놓고 보니 가져가야 할 것들은 모두 맞은편에 있다. // 발목쯤은 자를 수도 있다. // 그토록 믿을 수 없는 것은 명백한 것. 우세한 것. 정렬된 것. / 발이 그토록 오래 묻고 있었던 것. // 다시 태어난다면 가수나 정원사가 될 거야. / 설마 인간으로 다시 태어나고 싶니 하겠지만 // 흙 속에 파묻혔던 것들만이 안다. 새순이 올라오는 일 / 고독을 품고 토마토가 다시 거리로 나오는 일 / 퍼드덕거리는 새를 펴면 종이가 된다. 새 속에는 아무것도 써있지 않다. / 덜 펴진 곳은 뼈의 흔적
>
> ―「불가능한 종이의 역사」 부분

이원의 자전에세이를 앞에 두면 그의 시가 탄생한 지점에 관한 장황한 해석은 따로 필요 없을 것이다. 다만 그의 에세이를 더 읽어볼 수밖에 없다.

"시를 쓰면, 내가 세상의 어딘가와 닿고 있다는 느낌이 좋았다. 어려서부터 내게는 늘 세상이 낯설었는데 내가 바라보고 있는 창밖이 낯선 것이 아니라 내 두 다리로 딛고 서 있는 창 안이 낯설었다. 잘 모르는

사람보다는 바로 옆 사람이 더 낯설었다. 세상에 대한 이러한 느낌은 죽음을 겪기 전부터 시작된, 태생적 불안이라고밖에 말할 수 없다. 나는 내가 사람들이 북적대는 세상 속으로 몸을 쑥 집어넣지 못하리라는 것을 어려서부터 직감했던 것 같다. 뒤뜰의 햇빛 속에 쪼그리고 앉아 깨진 유리병 조각을 한없이 들여다보던, 방에 웅크리고 앉아 퍼 담아 온 색색의 흙을 한없이 들여다보던 그 시간들부터. 그리고 두 번의 죽음을 경험하면서 그 사실을 더 명확하게 깨닫게 된 것 같다. 그런데 그런 내가, 시를 쓸 때만은 세상에 닿고 있다고 느껴졌다. 아니, 분명 내 몸은 세상과 만나고 있었다. 그렇다, 시 쓰는 순간의 나는, 살고 있었다!"(산문 「시를 쓰면 비명도 날개가 된다」에서)

이원이 탄 역마차는 아리조나 황야로 가지 않는다. 그가 몰고 있는 역마차의 이름은 시詩이고 목적지는 영원이다.

이제니

언어로 언어를 말하는 이브의 반란

　부산에서 태어나 거제도에서 성장한 이제니는 쌍둥이 언니 에니와의 추억이 깊게 새겨져 있다. 학교 수업을 파하고 돌아가는 귀갓길에 언니의 손을 붙잡은 채 "이 다음에 크면 너는 그림을, 나는 글을 써보자"고 말한 건 초등학교 시절이다. 훗날 에니는 화가가 되었고 제니는 시인이 되었다.

　흔히 이제니 시의 출발점을 말할 때 2008년 〈경향신문〉 신춘문예 당선작 「페루」를 언급한다. 「페루」엔 국적을 모호하게 만드는 방식이 있고, 언젠가 있었을지도 모를 고향이 슬그머니 들어와 있다.

　　빨강 초록 보라 분홍 파랑 검정 한 줄 띄우고 다홍 청록 주황 보라. 모두가 양을 가지고 있는 건 아니다. 양은 없을 때만 있다. 양은 어떻게 웁니까. 메에 메에. 울음소리는 언제나 어리둥절하다. 머리를 두 줄로 가지런히 땋을 때마다 고산지대의 좁고 긴 들판이 떠오른다. 고산증. 희박한 공기. 깨어진 거울처럼 빛나는 라마의 두 눈. 나는 가만히 앉아서도 여행을 한다. 내 인식의 페이지는 언제나 나의 경험을 앞지른다. 페루 페루. 라마의 울음소리. 페루라고 입술을 달싹이면 내게 있었을지도 모를 고향이 생각난다.

　　　　　　　　　　　　　　　　　　　　　　　　　　-「페루」 부분

페루는 어디에 있는가. 그에 따르면 페루는 고향이 없는 사람도 갈 수 있다. 스스로 머리를 땋을 수 없는 사람도 갈 수 있다. 양이 없는 사람도 갈 수 있다. 말이 없는 사람도 갈 수 있다. 비행기 없이도 갈 수 있다. 누구든지 언제든 아무 의미 없이도 갈 수 있다. 이런 인식은 대학 졸업 15년 만에 등단했을 만큼 긴 습작 기간 동안 빚어진 것이다.

"어느 순간 어떤 낱말도 어떤 문장도 그 의미 그대로 읽히지 않는 시기가 있었어요. 백지 위의 문자가 무슨 벌레처럼 느껴지면서…. 심리적 상황에서 비롯됐겠지만 신체적으로도 증상이 오더라고요. 책을 읽으려고 하면 현기증이 심해서 읽을 수도 없었고, 그렇게 한동안 읽지도 쓰지도 못하던 시기가 있었습니다. 그 모든 문장들이 의미 차원에서 읽히지 않고, 하나의 덩어리, 하나의 리듬으로 읽히게 되는 그런…."

그 경험이 지금의 이제니를 낳았다. 언어의 또 다른 틈새를 발견한 것 같았고, 글이라는 것이, 시라는 것이, 의미 너머의 어떤 것, 문자로 된 리듬이 아닐까 하는 생각을 하게 된 것이다. 대학 시절 록 밴드에서 일렉트릭 기타를 치며 다른 대학 축제 때 공연을 하러 다니곤 했으니 '리듬'하면 이제니를 빼놓을 수 없다. 시를 쓸 때도 문자로 된 리듬을 즐긴다. 그건 어린 시절부터 보고 자란 거제 앞바다에 대한 생래적 감각에서 발원하는지도 모른다.

"어린 시절부터 바다를 보고 자라서인지, 끝없이 펼쳐진 바다에 대한 감정의 지문이나 어떤 생래적 감각이 남아 있는 것 같아요. 수평선, 무한함, 물결의 반복이라든가, 그런 풍경들을 매일 보고 자라다 보니 언어로 표현할 수는 없지만 그것들이 구체적인 자연의 풍광이기 이전에 세계에 대한 거대한 상징 그 자체로 뭔가를 말하고 있다는 느낌이 들었지요."

첫 시집 『아마도 아프리카』(2010)는 4쇄를 찍을 정도로 주목을 받았다.

> 여기가 아닌 다른 곳에 / 감자와 샐러드 완두와 완두콩 // 당신은
> 감자 샐러드를 먹는다 / 완두를 골라내면서 // 완두는 싫다 싫어요 /
> 완두는 완두 완두하고 울기 때문에 // 나는 감자 샐러드를 먹는다 / 당신이
> 골라낸 완두콩만 골라서 // 완두는 완고하지 않아요 / 완고한 것은 여기가
> 아닌 다른 곳에 / 완고 완고하게 우는 당신의 마음 속에
>
> -「완고한 완두콩」 부분

그는 "감각적으로 유사한 단어들이 서로의 곁에 있는 걸 보는 것이 즐겁다"라고 말한다. 의미상으론 거리가 멀지만 시각적, 청각적으로 유사한 낱말들을 한자리로 불러들임으로써 의외의 친연성을 발견하게 되고 나아가 그 리듬을 통해 그 너머의 의미까지 발생하게 되는 문자들끼리의 교감을 즐기는 것이다. 이러한 교감은 쌍둥이 언니와 둘이서 느끼던 특별한 텔레파시나 정신적 감흥에서 비롯되었을 법도 하다. 첫 시집을 낸 뒤 홍대 앞 카페에서 '더블 플레이 포엠Double Play Poem'이라는 부정기 시낭송회를 열었던 그는 요즘 그 녹음들을 다듬어 홈레코딩 방식으로 앨범을 낼 계획이며 쌍둥이 언니와 함께 산문집도 준비 중이다.

1) 부산에서 태어나 거제도에서 성장한 것으로 알고 있는데, 유년 시절의 기억, 또는 그런 기억에서 비롯된 시가 있는지?
—유년 시절의 기억이 선명히 반영되었다 할 만한 시는 없습니다.

초등학교 들어가기 직전에 거제도로 옮겨왔으니 거제도가 고향이나 마찬가지인 곳이지만, 고향인 동시에 여행지처럼 느껴지곤 합니다. 거제도에 오래 살았다고 하면서도 첫 번째 시집에서 지역의 느낌, 지방의 색깔이 전혀 느껴지지 않는다는 얘기도 들었는데, 첫 번째 시집의 감성은 대학에 입학하면서부터 10여 년 정도 거제도를 떠나 있을 때의 젊었던 시절의 감각에 빚진 시집이기도 하지요. 그리고 특별히 유년의 기억이나 거제도의 기억에서 촉발된 시를 쓰려고 의도하지도 않는 편이죠. 그러나 거제도는 나의 감각의 밑바탕이고 그것들이 희미하게 어떤 감정의 그물처럼, 그림자처럼 내 시 전반에 드리워져 있다고 생각합니다. 그럼에도 특별히 하나의 시를 꼽자면 「피로와 파도와」의 끊임없이 오고가는 물결의 이미지, 그 가없음, 한없음에 대한 유년의 기억이 거제도의 어떤 이미지에서 비롯된 것이라 말할 수 있을 것 같습니다.

2) 문학을 또는 시를 본격적으로 붙든 건 언제였고 어떤 계기에서였는지?
　—초등학생 시절부터 글쓰기를 좋아했고 초중고 시절 내내 학교 문예반에 들어가 학교 대표로 백일장에 나가 상을 받기도 했습니다. 아주 어렸을 때부터 막연히 작가가 되고 싶다는 꿈을 꾸고 있었는데, 초등학교 시절 아버지가 쓰던 타자기를 물려받으면서 본격적으로 이런저런 글들을 많이 쓰게 되면서 작가가 되어야겠다고 확고한 결심을 했던 것 같아요.

중고교 때는 반에서 작은 음악회 같은 걸 만들거나 개그에 소질이 있는 친구들에게 콩트 대본을 써서 수업 시간에 연극을 하기도 했죠. 음악 듣기를 좋아해서 당시 들국화나 산울림의 노래를 카피해서 친구들에게 불러주기도 하고. 대학 시절엔 록 음악에서 심취해서 록 밴드에서 일렉트릭 기타를 치면서 다른 대학교 축제 때 공연을 하러 다니곤 했죠. 주위에 히피라고 할 만한 친구들이 많아 함께 이런저런 공연을 만들고 다양한 기획들을 했었는데, 젊은 시절답게 열정만 가득한 시기여서 이렇다 할 성과물들은 없는, 그야말로 이상향에 대한 열의만 가득한 조금은 쓸쓸한 날들이었죠. 「발 없는 새」라는 시에 이런 청춘의 기억들이 반영되어 있어요.

　3) 어떤 변화된 지점을 통과하고 있는지?

　—첫 시집의 시편들인 「나무 구름 바람」, 「고아의 말」 이후의 지점들에 대해, 어떻게 얼마나 더 나아갈 수 있을지 모색하고 있는 날들이죠.

　이름 붙일 수 없는 사물과 존재를 드러내기 위해 뜻 없고 이국적인 이름들과 무의미한 언어를 반복하면서 어떤 운율을 만들어냈던 시절이 첫 시집이었다면 그로부터 조금 더 나아가, 언어가 사물의 본질과 실재를 완전히 재현할 수 없을지라도 끝없이 그것에 대해 좀 더 적확하게 말해보고자 하는 것, 그렇게 이름 붙이기 이전에 존재하고 있는, 그저 그곳에 있을 뿐인, 그 모든 존재들을 있는 그대로 들여다보고, 그것들의 목소리를 그대로 드러내 보려고 하는 것. 사물에 대한 내 자신의 고정관념을 지우고 지우는 것. 이전과는 다른, 보다 더 새로운 눈目을 가지는 것. 나라는 사람의 편견이나 습관으로 조작한, 조직한 언어가 아닌 언어로 사물과 세계를 있는 그대로 드러내는 것. 그러나 결국 나라는 사람의 필터를 완전히 지워낼 수는 없는 거니까, 나라는 사람의 본질 속으로 걸어 들어가는 문제로, 나라는 사람 고유의 지평을 넓히는 문제로 귀결될 것 같습니다.

　시가 뭘까, 시에 대해 정의를 줄곧 생각하고는 하는데, 결국은 모두가 저마다의 시를 쓰고 읽는 것이 아닐까, 시에 대해 저마다의 정의를 갖고 있는 것이 아닐까 하는 생각을 합니다. 저에게 있어서 시란, 언어로써 무언가를 말하는 것이 아니라 언어로써 언어를 말하는 것, 언어 그 자체를 말하는 것이라고 할 수 있을 것 같네요. 그리고 거기에서 한 발 나아가,

그렇게 언어가 무엇이고, 언어로 말한다는 것이 무엇인지를 밝히는 것을 넘어서서, 그렇게 언어와 의미를 넘어서고, 언어와 의미가 서로 몸 바꾸는 차원을 넘어서서, 다시 결국 어떤 리듬으로 돌아가는 것이 아닌가 하는 생각을 하죠.

그 리듬이라는 것은 음보율, 음수율의 차원이 아니라, 결국 하나의 호흡, 심장박동, 한 사람의 기질이라고 말할 수 있을 것 같군요. 그런 부분들을 모색하는 과정에서, 언어와 언어가 이어지면서 그런 문맥적 배치에서 어떤 낯선 효과가 만들어지는지, 또한 관습적인 의미 차원에서 벗어나 그 말들과 말들이 줄줄이 이어지면서 새롭게 빚어지는, 말 그 자체의 관념과 운율 등에 대해 관심을 갖고 있어요.

4) 요즘 어떤 작업을 하는지, 시 쓸 때 어떤 특별한 습관은 있는지?

—2011년 겨울 시베리아로 여행을 갔다가 뜻밖의 추락 사고를 당해서 2012년은 좀 길고 암담한 시간을 보냈습니다. 이제 일상으로 돌아왔으니까 좀 더 치열하게 읽고 쓰기에 집중할 계획입니다.

시 쓸 때의 특별한 습관은 없고, 글 쓰는 다른 많은 분들도 그렇겠지만, 매일매일 순간순간의 상태가 내 자신과 가장 가까워질 때, 바로 나 자신이 되는 것, 내가 쓰려는 바로 그것이 되는 것, 그런 상태일 때 무언가가 써지는 것 같아요. 소소한 계획들이 있지만 매일매일 읽고 쓰고 보고 듣고 생각하는 삶이 모여 저를 어딘가로 데려갈 거라고 생각하고, 저 자신이 어디로 가게 될지 궁금해 하면서 매일매일의 책상에 앉을 뿐입니다. 물론 이미 그곳을 마음으로 오래오래 보고 그리고 있지만요. 걸어가는 그 삶이 만만치 않을 테지만 분명 아름다울 거라고 생각합니다. 분명 아름다웠으면 좋겠습니다.

진은영

정치적인 것과 문학적인 것의 분배

　시가 다시 정치를 사유하고 있다. 2009년 1월 발생한 용산 참사는 시인들을 다시 정치의 영역으로 호출했다. 그런 호출을 전면적으로 수용한 것이 진은영의 산문 「감각적인 것의 분배: 2000년대 시에 대하여」(『창작과 비평』 2008년 겨울호)였다고 말할 수 있을 것이다.

　"이주 노동자와 비정규직 노동자의 투쟁을 지지하며 성명서에 이름을 올리거나 지지 방문을 하고 정치적 이슈를 다루는 논문을 쓸 수도 있지만 이상하게도 시로 표현하는 것은 쉽지가 않다. 사회참여와 참여시 사이에서의 분열, 이것은 창작과정에서 늘 나를 괴롭히던 문제이다. 나는 이 난감함이 많은 시인들이 진실된 감정과 자신의 독특한 음조로 새로운 노래를 찾아가려고 할 때 겪는 필연적 과정이라고 믿고 싶다."(「감각적인 것의 분배」)

　이제 시와 정치가 만나는 지점은 1980년대와는 달라야 한다는 그의 고민은 우리 시대의 많은 시인들의 문제의식을 대변한 것이었다. 정치적인 것과 문학적인 것을 어떻게 분배하고 결합하느냐에 대한 진은영의 고민은 그가 첫 시집 『일곱 개의 단어로 된 사전』을 낸 2003년으로 거슬러 올라간다.

　봄, 놀라서 뒷걸음질치다 / 맨발로 푸른 뱀의 머리를 밟다 // 슬픔

/ 물에 붙은 나무토막, 그 위로 또 비가 내린다 // 자본주의 / 형형색색의
어둠 혹은 / 바다 밑으로 뚫린 백만 킬로의 컴컴한 터널 / -여길 어떻게
혼자 걸어서 지나가? // 문학 / 길을 잃고 흙가에서 잠들 때 / 멀리서
백열전구처럼 반짝이는 개구리 울음 // 시인의 독백 / '어둠 속에 이
소리마저 없다면' / 부러진 피리로 벽을 탕탕 치면서 // 혁명 / 눈 감을
때만 보이는 별들의 회오리 / 가로등 밑에서는 투명하게 보이는 잎맥의
길 // 시, 일부러 뜯어본 주소 불명의 아름다운 편지 / 너는 그곳에 살지
않는다

-「일곱 개의 단어로 된 사전」 전문

시의 화자는 '봄-슬픔-자본주의-문학-시인의 독백-혁명-시'로 이
어지는 그만의 단어장을 만들어 놓고 단어풀이를 하고 있다. 이 시는
하나의 이야기로 연결되지 않고 분절되지만 그 분절에 감각의 덩어리들이
들러붙어 있다. 각각의 연은 개별적 노래로 들리지만, 연과 연 사이
아득한 공간이 내러티브를 만들어낸다. 처음 말을 배우는 아이처럼,
처음 학교에 들어가 단어장을 만드는 학생처럼. 그는 지금 살아가고
있는 '이곳'에서 '무엇을 어떻게 정의할까'라는 상념을 집약해 놓고 있다.
진은영은 2000년 계간 『문학과사회』로 등단했다. 그렇다고 해서 그의
시가 21세기에 태동한 건 아니다. 그는 1980년대가 아직 저물기 전에
대학생이 되었다. 그렇기에 그의 시적 기반은 1980년대를 막내로서
체험한 사회분위기와 맞물린다. 다만 2000년 이후 등단한 젊은 시인
대부분이 그렇듯, 그 역시 '무엇을 말하느냐'보다 '어떻게 말하느냐'에
관심을 가졌다. '무엇'과 '어떻게'의 결합으로 방향을 틀고 있는 그는
시인이 된 배경에 대해 이렇게 들려준다.

"석사 졸업하고 나서 '공부는 그만하고 시를 써야지'하고 있었는데, 문학회 선배였던 이성미 시인이 '한국문학학교'라는 곳에서 최승자 시인이 강의하신다고 알려 줬어요. 시를 누구에겐가 배운다는 게 굉장히 어색하긴 했는데, 최승자 시인을 뵙고 싶어서 갔어요.

지금은 사진도 많지만, 당시만 해도 사진 보기도 힘들었거든요. 한 달 하시고 그만두셔서 네 번밖에 못 뵈었어요. 그러고 나서 최승호 시인한테 4개월 정도 배웠어요. 최승호 시인은 그 모습도 정말 시인 같으세요. 항상 사유하고 성찰하는 예술가로서의 자세가 인상 깊었어요. 문학적 치기를 걷어내고 난 뒤 남는, 문학에 대한 진정한 애정을 보여 주었다고 할까요. 최승호 시인께서 그런 말씀을 해주셨어요. '항상 시에 대한 자장을 형성해라.' 등단하고 나서는 시간을 정해놓고 쓰려고 노력했습니다. 시가 안 쓰여도 그 시간은 시를 위해서 비워두지요.

시집으로 만나는 시인들도 좋지만, 직접 만나는 시인들은 더 좋거든요. 김정환 시인이 교장 선생님이셨는데, 그분의 삶의 모습을 보면서 너무 좋았어요. 정말 고귀한 영혼이라는 생각을 했어요. 현재 한국문학학교는 폐교되었지만, '예술가의 자존심이란 저런 거구나'라는 걸 느꼈지요. 예술가로서 지키고 살아가야 할 것들에 대해서 알게 되었고요."

진은영은 대학 시절에 토요일마다 구로 공단 근처에서 노동자 신문을 팔았다. 노동문제연구회 동아리를 하고 있었던 시절인데 그 지역 노동자들과 함께 만나기로 한 첫날에 오기로 약속한 노동자가 세 시간이나 늦게 나타났다.

"기다리면서 머리끝까지 화가 났어요. 그런데 늦은 사람이 실실 웃으며 들어오더라고요. '뭐 저런 사람이 다 있어.' 하면서 속이 부글부글 끓어오르는데 가만히 보니까 손에 큰 붕대를 했어요. 사연을 이야기하는데 야근을 하고 이어서 오후 근무를 하다가 너무 피곤해서 졸았대요. 그 바람에 철판을 자르는 절단기에 손가락이 두 개나 잘렸다는 거예요. 붙여 보려고 병원에 갔는데 안 된다고 해서 그냥 간단히 수술 받고 왔다면서 웃어요.

그 이후로 하얗고 길고 상처 없는 내 손에 대한 콤플렉스를 갖게 되었어요. 윤리적인 감정이 아니라 당혹감 같은 거였어요. 가난하고 고된 삶에 대한 연민이 아니라 잘린 손가락으로도 웃으면서 나타날 수 있는 삶에 대한 당혹감…. 손가락이 절단되는 사건이야 종종 일어날 수 있죠. 그런데 충격적인 것은 그 일을 웃으며 넘길 수 있을 만큼 비일비재한 일상이 되는 삶이 내 가까이에 존재한다는 사실이었어요. 상상도 못해 본 다른 삶에 휩쓸려 버린 듯한 느낌이랄까요.

그래서 손가락에 대해서 자주 생각하게 됐어요. 손가락은 대개 자기를 가리키지는 않잖아요? 손가락의 가리킴은 다른 사람을 향하는 행위거든요. 내가 뭔가 보려고 할 때는 그냥 고개를 들어 그 대상을 보면 되죠. 그 대상을 손가락으로 가리킨다는 것은 다른 사람에게, '내가 저 사물을 보고 있어요. 저 사물에 대해 말하고 싶어요. 그러니까 당신도 내가 보고 싶어 하는 저 사물을 함께 보아 주세요'라는 말이에요. 그래서 가리킴의 행위에는 늘 잡음이나 다른 사람의 목소리가 끼어들어요. 내가 가리킨 것과 다른 것을 그 사람이 보기도 하고 그것에 주목하기는 했으나 내가 하고 싶은 이야기와 다른 이야기를 말하기도 하니까. 그렇지만 바로 그렇기 때문에 손가락으로 쓰기가 중요하다고 생각합니다."

이런 상념을 구체화한 시가 있다.

시를 쓰는 건 / 내 손가락을 쓰는 일이 머리를 쓰는 일보다 중요하기 때문. 내 손가락, 내 몸에서 가장 멀리 뻗어 나와 있다. 나무를 봐. 몸통에서 가장 멀리 있는 가지처럼, 나는 건드린다, 고요한 밤의 숨결, 흘러가는 물소리를, 불타는 다른 나무의 뜨거움을, // 모두 다른 것을 가리킨다. 방향을 틀어 제 몸에 대는 것은 가지가 아니다. 가장 멀리 있는 가지는 가장 여리다. 잘 부러진다. (중략) 그래도 나는 쓴다. 내게서 제일 멀리 나와 있다. 손가락 끝에서 시간의 잎들이 피어난다.

—「긴 손가락의 詩」 부분

릴케의 『말테의 수기』엔 이런 대목이 있다. "조금만 더 있으면 모든 것을 다 써서 말할 수 있다. 그렇지만 손이 말을 듣지 않는 걸 보니 날이 밝아 오는가 보다. 손에게 글을 쓰라고 명령하면, 손은 내가 말하지 않은 단어들을 써 내려간다. 다른 해석의 시간이 시작된 것이다. 그리고 어떤 낱말도 그 시간 속에 그대로 남아 있지 않을 것이다. 각각의 의미는 구름과 같이 흩어지고 물과 같이 흘러간다."

쓴다는 행위는 예술가가 생각한 그대로 되지 않는다. 다른 사람들은 '나'가 의도한 대로 읽어 주지 않을뿐더러, 내가 쓸 때마저 의도한 대로 쓸 수가 없다. 쓰고 나면 항상 다른 이야기가 되어버리는 귀결. 그런 의미에서 시 쓰기란 '손가락으로 쓰기'라고 말할 수 있다.

위 시에서 가장 인상적인 구절은 '나는 건드린다'라는 대목이다. '나'와 '타자'의 접촉은 그냥 접촉이 아닌 것이다, 그 '타자'의 뜨거움에 전도되어 휘어지기도 하고, 제한되기도 하며, 혹은 반성하기도 하는 것이다. 게다가 모두 다른 곳을 가리키고 있지 않은가. 제각각 다른 방향으로 뻗어가는 게 '타인'이자 '타자'라는 생각이 들어 있다. 그래서 내 손가락이 일단 '타자'와 접촉하게 되면 내 손가락은 맨 처음 의도한 바를 잃을 수도 있다는 말이다.

손가락은 나에게서 뻗어나간 가장 멀리 있는 나의 분신이며 가장 연약한 가지지만 그건 시적 화자가 세상과 접촉하는 촉매이자 촉수로서 시적 감각기관이 되는 것이다. 나의 뜨거움과 타자의 뜨거움이 발생되는 손가락의 접점에서 그는 시라는 감각적인 것과 정치적인 것의 상관관계를 떠올렸을지도 모른다. 정치(현실)적인 것은 가까이 있고 감각(시)적인 것은 늘 멀리 있다. 그러니 이렇게 말할 수 있다. 지금이야말로 멀리 있는 감각을 믿어야 한다고.

> 홍대 앞보다 마레 지구가 좋았다 / 내 동생 희영이보다 앨리스가 좋았다 / 철수보다 폴이 좋았다 / 국어사전보다 세계대백과가 좋다 / 아가씨들의 향수보다 당나라 벼루에 갈린 먹 냄새가 좋다 / 과학자의 천왕성보다 시인들의 달이 좋다 // 멀리 있으니까 여기에서 / 김 뿌린 센베이 과자보다 노란 마카롱이 좋았다 / 더 멀리 있으니까 / 가족에게서 어린 날 저녁 매질에서 // 엘뤼아르보다 박노해가 좋았다 / 더 멀리 있으니까 / 나의 상처들에서"
>
> ―「그 머나먼」 부분

'좋았다'라는 말과 '멀리 있으니까'라는 말이 시의 뼈대를 이루고 있다. 이 시의 구조는 그렇게 단순하기에 오히려 시를 끝내지 않고 계속 이어 쓸 수도 있을 정도의 유연성마저 갖추고 있다.

김명인 시인은 진은영의 시집 『그 머나먼』을 2011년 현대문학상수상 시집으로 선정하면서 이렇게 평했다. "진은영의 시에는 이렇듯 범람하는 이야기가 있다. 쉴 새 없이 쏟아져 나오는 그의 이야기들은 일견 무질서해 보이지만, 서로 간섭하고 함께 지우면서 어느새 새로운 이야기를 잉태한다. 끊임없이 설화를 잣고 빚어내면서 벗어나려는 이 세에라자드적 충동은 비루하고 누추한 실존을 머금는 것이겠지만, 한편 변신을 꿈꾸는 시인의 유일한 동아줄이기도 하리라. 저마다의 골격을 갖춘 서사들은 결핍으로 가득 찼을 과거의 것이면서도 현대의 고통스러움에 닿아 있고, 미래의 우울로 이어진다. 그러나 그 이야기에는 누추한 현실을 꿇어앉히는 힘이 있다. 장황함과 수다를 떨쳐낸 생기 있고 속도감 있는 화법으로 삶의 경쾌함마저 맛보도록 만드는 것이다."

진은영 시의 매력 가운데 하나는 빛나는 은유를 동반한 아포리즘이다. 하지만 그는 아포리즘을 의도했다기보다는 그냥 혼잣말처럼 중얼거린다. 그에게 있어 아포리즘은 혼자 하는 선포나 결심 같은 것이다. 철학 공부를 오래 해서인지 한마디로 자기 입장을 정리하고 테제로 만들던 체험이 시적 언어에 반영되고 있는 것도 같다. 그래서인지 그는 "고백적인 이야기를 할 때도 사태에 대해 한마디로 발언해 보는 습관 같은 게 있다"라고 말한다.

제4부

증명으로서의 육체

강성은

마법의 주문을 외우는 몽상가

경북 의성에서 태어난 강성은은 1남 2녀 중 장녀이다. 아버지는 낙천적이고 좀 엉뚱한 분이어서 중학교 교사로 재직하다가 그만두고 양봉업을 하다가 장마에 다 떠내려가서 다시 학교에 들어갔다가 또 그만두고 산속에 연구실을 차리기도 했다. 아버지가 사고로 돌아가신 이후 형편이 어려워져 가족들은 한때 힘든 날들을 보내야 했다. 강성은의 유년 시절은 병약했다. 자주 아팠고 초등학교 때까지 몽유병이 있어서 어머니의 과보호 속에서 자랐다. 캄캄하고 추운 곳에서 깨어 울던 소녀, 조용하고 우울했던 소녀는 훗날 유년 시절의 한때를 환상적으로 재구성한다.

> 정수리의 태양이 일순간 검게 변해 흘러내리는데 / 잠든 아이들의
> 눈꺼풀을 나뭇잎처럼 똑똑 따는데 / 나쁜 구름은 뭉게뭉게 피어오르는데
> / 잠옷차림의 나는 운동화 끈을 씹으며 다리 위를 걸어간다 / 이곳은
> 마녀의 젖꼭지처럼 추워 / 잠옷 속으로 얼음손가락들이 들어왔다 이내
> 녹아지고 / 다리 위로 계절들은 달려가고 애인들은 흩어지고 / 나는
> 열두 살 때 입었던 잠옷을 입은 채로 다리 위를 걸어간다
>
> ―「한낮의 몽유」 부분

태양이 일순 검게 변하거나 잠옷 속으로 얼음손가락들이 헤치고 들어

온 꿈은 악몽에 가깝다. 꿈의 주인공은 열두 살 소녀다. 그 꿈은 밤이 아니라 대낮에 꾼 것이다. 한낮의 몽유다. 따라서 시의 화자는 소녀가 아니라 차라리 악몽 그 자체이다. 시를 읽노라면 어느새 누군가의 악몽으로 들어가 어찌할 줄 모르는 '나'를 만나게 된다. 어릴 때부터 잠자는 것에 극도로 예민했고 꿈을 굉장히 많이 꾸던 소녀. 현실 속에서 기시감을 느끼기는 다반사였다.

그는 스물여섯 살 때 친구가 얘기해 줘서 서울예대 문예창작과가 있다는 걸 알게 되었지만 재학 중엔 시보다 소설을 더 열심히 썼다. 시는 너무 어려워 보였고 아무나 쓸 수 있는 게 아니라고 생각했다. 졸업하고 한참이 지난 후에야 시를 쓰게 되었고 서른두 살이던 2005년 『문학동네』 신인상에 당선되어 문단에 나왔다.

> 런던포그는 아버지가 입던 양복의 이름 / 지금은 사라져 버린 / 안개처럼 사라져 버린 / 아버지와 양복 / 어느 날은 겨울 나뭇가지 끝에 걸려있고 / 어느 날은 비에 젖은 채로 중얼거리고 / 눈 내리는 밤 창문을 톡톡 두드리고 / 텅 빈 가을을 가로지르고 / 시시각각 형체를 바꾸며 나타났다 사라지고 / 몇 세기 동안 녹지 않는 눈사람이 되어 / 겨울이 되면 다시 그 집 앞에 서 있다
>
> —「런던포그」 부분

시에 등장하는 소녀는 아버지를 잃은 슬픔에 휩싸여 마법에 걸린 사람처럼 끝없이 슬픈 이야기를 생산해낸다. 슬픔은 계절이 바뀌어도 반복되고, 아버지의 런던포그는 겨울에 눈사람이 되어 그 집 앞에 서 있다. 몇 세기가 지나도 녹지 않는 눈사람이 되어. 악몽에서 빠져나온다고

해도 슬픔이 끝나는 건 아니다. 세세연연 반복되는 슬픈 이야기의 근원은 어머니에게서 딸에게로 전해 내려오는 검은 꿈일 것이다.

　그는 집에 있는 걸 좋아해 잘 나가지 않는 편이다. 몽상이 중심부에 꽉 들어차 있으니까. 이 소박한 듯 다부진 몽상가의 두 번째 시집 『단지 조금 이상한』(2013)은 잠과 꿈으로 이루어진 아름답고 서늘한 몽상의 지도를 펼쳐 보인다.

　　누군가 내 얼굴 위에 글자를 쓰고 있었다 / 나는 눈을 감은 채 그 글자들을 따라가고 있었다 / 내 얼굴은 얼마나 넓은지 / 글은 얼마나 긴지 / 나는 앞서간 글자를 잊고 / 밤새 그의 손길을 따라갔다 / 너무 멀리 가서 / 돌아오지 못할 것으로 생각되었다

–「동지」 부분

　동지의 밤은 길다. 긴 글자들이 몸에 새겨지는 밤이다. 얼마나 긴지 돌아오지 못할 것 같다. 긴 꿈의 밤이다. 시의 화자는 이 긴 밤의 혼돈 속으로 자신을 망명시킨다. 눈을 감은 채, 얼굴에 써진 글자들을 따라, 무의식과 의식 사이를 오간다. 동지에 꾼 꿈은 어떤 징조이다. 화자가 혼돈을 끌어안는 이유는 자신의 맨 얼굴과 마주하기 위해서이다. 그래서 이 잠과 꿈은 '단지 조금 이상한' 여행이다.

　　아직 이름이 없고 증상도 없고 / 어떤 생각에 빠져 있을 때 멈춰 있다가 / 정신을 차리고 보면 다시 생동하는 세계와 같은 / 단지 조금 이상한 병처럼 / 단지 조금 이상한 잠처럼 / (중략) / 일요일의 낮잠처럼 / 단지 조금 고요한 / 단지 조금 이상한

1) 유년 시절의 기억, 또는 그런 기억에서 비롯된 시가 있는지. 가족 관계는?

—서울예대를 들어오기 전까지 경북 의성에서 줄곧 살았어요. 유년 시절은 병약한 아이였고 글자를 알게 된 이후로는 책을 좋아해서 파묻혀 지냈던 것 같습니다. 캄캄하고 추운 곳에서 깨어 울던 기억이 많이 있어요. 조용하고 우울한 아이였는데 어머니가 명랑하고 따뜻한 분이라 잘 지나온 거죠. 「성탄 전야」, 「한낮의 몽유」, 「연 날리는 계절」 등 여러 시들에 유년 시절이 환상을 빌어 재구성되어 있지요.

2) 문학에 심취하게 된 계기와 습작 시절은?

—어릴 적부터 책과 음악을 좋아했는데 뭘 해야 할지 잘 몰랐지요. 글을 꼭 써야겠다는 의지와 각오도 없이 서울예대 문예창작학과에 덜컥 합격하고 난 이후로 학교에 가서는 자격지심과 열등감을 느꼈어요. 재능 있고 똑똑한 친구들이 많아서 맨 뒷자리에서 조용히 있었던 기억이 있지요. 무섭고 완고하신 선생님들에게 혹독하게 배운 것이 지금도 저의 가장 큰 자산이죠.

3) 시 속에서 여자들은 얼마쯤 슬픔을 간직하고 있고, 마법에 걸린 사람처럼 끝없이 슬픈 이야기를 생산해내고 있는데 이러한 착상의 계기는 무엇인지?

—어릴 적에 북유럽 동화를 무척 좋아했는데 거기서 차갑고 슬픈 미학과 정서에 눈을 뜬 것 같아요. 좀 더 커서 음악을 들어도 그림이나 영화를 봐도 그런 비슷한 것에만 끌린다는 것을 느꼈죠. 여성 화자를 의식해서 쓰는 것은 아닌데 내 얘기를 하다 보니 그런 것 같아요.

4) 여성적 자의식은 어디서 온 건지…

―페미니스트라고 불릴 만한 정도의 여성적 자의식은 없어요. 그런 것을 의도하고 쓴 것은 아닙니다. 첫 시집은 제가 살아온 흔적을 그냥 엮은 느낌입니다. 읽는 사람에게는 환상이나 상상력으로 비춰질 수도 있지만 제게는 그냥 일상적인 현실입니다. 어릴 적부터 잠자는 것에 예민하고 꿈을 굉장히 많이 꾸는 편인데 현실에서 기시감이 느껴질 때가 많이 있고 그것이 어떤 미학적인 순간이나 이야기를 만들어낼 때가 있지요. 시를 쓰면서 느낀 것은 소설로부터 많은 영향을 받았다는 것입니다. 카프카나 브루노 슐츠, 아고타 크리스토프 등이지요.

김소연

슬픔과 고독의 발명

　김소연은 경주에서 목장집 큰딸로 태어났다. 천칭좌. B형. 인적을 찾아보기 힘든 동네에서 사람보다 소 등에 업혀서 자랐다. 이후 왕릉의 도시 경주를 떠나 상경, 줄곧 망원동에서 살았다. 망원동 저지대에서 장마철마다 입은 비 피해가 어린 시절에 우울의 물때를 남겼다.

　학교에 거의 매일 지각했고 마음과 몸이 분리되지 않았고 이 일을 하며 동시에 저 일을 하는 게 불가능한 모노 스타일 라이프를 갖게 되었다. 하기 싫은 일은 죽어도 안 하는 스타일이 아니라 하기 싫은 일은 하기도 전에 몸이 거부하는 스타일이었다. 그럴 땐 고열을 동반한 몸살이 올 정도로, 몸과 마음의 완벽한 일원론적 합체를 이뤄야만 일이 되곤 했다. 그래서인지 마음에 관해서는 초능력에 가까운 신기를 보인다. 마음의 결을 가다듬느라 보내는 하루가 아깝지 않고, 도무지 아무데도 관심을 두지 않고 멍하니 하루를 보내는 데 천재적이다. 밥은 그렇다 치고 잠조차 마음이 움직이지 않으면 몇 밤을 그냥 새기도 한다.

　그의 라이프 스타일엔 생래적 고독과 슬픔이 물씬 배어 있다. 그에 따르면 슬픔이란 우리가 평생 몸 깊숙한 곳에 매설하고 살아야 하는 근원적 감성이다.

　　암늑대가 숲 속에서 바람을 간호하는 밤이었데. 바람은 상처가 아물자,

숲을 떠나 마을로 내려갔대. 암늑대가 텅 빈 두 손을 호호 불며, 우듬지에 앉은 지빠귀를 올려다보는 밤이었대. 섭생을 위해서 살생을 해야만 하는 운명에 처한 늑대 이야기에, 한 아이는 밑줄을 긋고 있었대. // (중략) // 바람을 간호하던 암늑대의 긴 혓바닥이 나뭇가지처럼 딱딱해질 때, 비로소 아이는 늑대의 섭생을 이해하는 한 그루 어른이 되는 거래.

−「눈물이라는 뼈」 부분

자신의 섭생을 위해 타인을 살생해야 하는 운명에 내몰린 이들은 '늑대의 눈물'을 흘린다는 그의 늑대 이야기는 일견 약육강식의 자본주의적 현실에 대한 우화로 읽힌다. '늑대 이야기에 밑줄을 그으며 악몽을 꾸던 아이가 늑대의 섭생을 이해하게 되는 순간, 아이는 비로소 어른이 된다'라고 할 때 아이는 곧 시인과 동일인이다. 놀라운 것은 눈물과 뼈라는 이질적인 것을 하나로 인식해 눈물이라는 뼈를 착상해낸 그의 감각이다.

구석기 시대 활을 처음 발명한 자는 / 한밤중 고양이가 등을 곧추세우는 걸 / 유심히 보아두었을지 모른다 // 저 미지를 향해 / 척추에 꽂아둔 공포를 힘껏 쏘아 올리는 / 직선의 힘을 // (중략) // 19세기 베를린에 살던 / 부슈만 씨도 / 한참이나 관찰했으리라 // 기지개를 쫘악 펴고 일어난 길고양이는 / 일평생 척추에 심어둔 상처로 성대가 트인다는 것을

−「고독에 대한 해석」 부분

2012년 여름, 그에게 전화를 걸었다. "지금 터키 여행 중인데 여기는

한밤중이에요. 터키와 그리스에서 두 달이 되어가고 있습니다. 혼자 하는 여행이고, 여름휴가 때마다 항상 어딘가로 여행을 다닙니다. 서울에서 최적화되어 온전한 동기화가 되어 있는 영혼을 언플러그드하기 위해 이러는 것 같아요. 지금껏 남미와 북유럽, 아프리카를 빼고 모든 나라를 샅샅이 다닌 것 같아요. 터키에서는 기원전의 인간들과 2012년의 인간들이 함께 다가옵니다. 도시생태계에 중독된 인간들과 땅과 산과 바다의 섭리를 따르는 자들이 뒤섞여서 살고 있지요. 아무도 그립지 않은 시간, 비애감이 전혀 없는 고독을 마음껏 즐기기에 터키는 참 좋은 곳이에요. 사람들이 너무나도 친절하거든요. 지금은 에게 해가 몇 걸음 앞에서 파도소리를 내뿜는 '아이발릭'이라는 작은 도시의 해변에 있습니다." 전화 통화를 길게 할 수 없어 그에게 이메일 질문을 보냈다.

1) 시를 접한 것은 언제이며 자신의 문학적 기질을 발견한 동기는?
—초등학교 시절, 학교 대표로 웅변대회에 '끌려 나가는' 아이였습니다. 선생님이 써주신 과격한 반공 웅변원고를 앵무새처럼 외워 상을 휩쓸고 다녔던, 엉뚱한 (실은 매우 내성적인 아이였는데 웅변을 시키면 다른 사람으로 변했어요) 업적이 있었고요. 서울에 올라와서, 학교 대표로 사회정화 웅변대회에 나가 예선에서 떨어졌어요. 서울 아이들은 웅변마저 세련되고 우아하게 아주 잘했고 저는 그저 과격하게 목청을 높이는 촌스러운 웅변선수에 불과했지요.

늘 웅변으로 1등을 하며 학교를 빛내던 딸에게 아버지가 학교 앞 문방구에서 파는 시집 한 권을 선물로 주셨어요. '한국의 대표시' 모음집이었고, 국어대사전처럼 아주 두꺼운 책이었어요. 그 책을 마르고 닳도록 읽었어요. 거기서 김소월도 알았고, 윤동주도 알았고, 김종삼도 황동규도 알았어요. 어떤 실패에 대한 위로로 얻게 된 그 시집이 제게는 아주 특별한 경험을 하게 해주었어요. 시들이 어찌나 독하고 쨍하던지, 그래서 정확하던지…. 그러나 저는 문학소녀의 기질은 아무것도 없었고, 문예반 활동 같은 것도 하지 않았어요. 취미 란에 '독서'라고 쓴다거나 글 잘 쓰는 '특기'를 가진 아이들이 유약해 보여서 좀 싫었던 거 같아요. 대학 시절 국어학을 전공하려고 국문과에 갔다가 시를 쓰게 됐습니다. 학교 도서관에 아무도 읽지 않은 시집들(민음사, 창비, 문지, 청하, 실천문학, 청사 등등)이 빼곡하게 꽂혀 있어 눈길이 갔고, 하나하나 읽기 시작하다가 시를 좋아하게 됐습니다.

길들여지지 않은 언어로 가장 정확한 비유를 동원해서 내가 생각하던 것들을 대신 표현해주던 그 구절구절들이 참으로 속 시원했던 것 같아요. 좋아하는 시를 읽는 게 좋아서 시를 쓰게 됐어요. 내 마음에 드는 시는 내가 '직접' 써야 한다고 생각했던 것 같아요.

2) 선생님과 불화하며 청소년기를 보냈다는 고백을 읽은 적이 있는데 그 불화란 무엇인지?

―제 산문집 『마음사전』의 작가 소개란에 쓴 구절이지요. 모든 선생님들을 혐오했고, 혐오를 온 얼굴에 드러내놓고 학교를 다녀서, 선생님들이 지목하여 늘 혼을 내는 학생이었어요. 권위를 드러내는 사람들을 아직까지도 무척이나 싫어합니다.

3) 일산에서 시작한 <웃는책> 운영을 중단한 것으로 알고 있는데 그 많은 책들은 어디로 보냈는지?

―<웃는책>은 사설 어린이 도서관이었고, 1999년에 설립해서 10년 동안 운영했어요. 작은 도서관 운동을 했던 셈이지요. 저는 항상 삶에 밀착된 것으로부터 시작된 정치적 활동을 하려고 노력하는 편입니다.

조금씩 조금씩 예외적 사건을 만들어가면서 세상을 아주 조금씩 조금씩 바꿀 수 있다고 아직도 꿈꾸고 있는지도 모르겠어요. 5만 권 정도의 책을 소장하고 있었고, 좋은 도서관들이 동네(일산)에 자리를 잘 잡아서 그만두기로 하였고, 도서관문화가 미비한 성동구의 저소득층 밀집지역에 새로운 도서관이 만들어진다기에 그곳에 기증했습니다. <웃는책>이라는 이름까지 함께요.

4) 시에 '고독, 유령, 눈물' 등의 단어가 유독 많은데…

—고독이 필요한 세상이라고 생각하는 것 같아요. 고독에 스며있는 비애에 익숙해지면, 시인에겐 고독한 상태만큼 괜찮은 '촉'은 없는 것 같아요. 고독할 때 내가 살아있다고 생각되지요. 그리고 제 시집 『눈물이라는 뼈』의 표사에 쓴 대로 저는 저를 유령이라고 생각합니다. 반인반수처럼, 시인은 절반은 사람이고 절반은 유령이라고 생각합니다. 눈물이라는 시어는 저도 모르게 많이 썼어요. 눈물을 흘리는 자로서가 아니라, 눈물을 들어주는 자로서 쓴 것이죠.

5) 천재시인 이상도 건축가고 남편인 함성호 시인도 건축가라는 공통점이 있는데 시와 건축에 관한 짤막한 단상이 있다면?

—저는 함성호 시인의 아내이지만 그것은 집 안에서의 일이고, 세상에 대하여는 특히 문학하는 제가 드러나는 대목에서는 단독자로서의 김소연 시인이고 싶습니다.

6) 2010년 '노작문학상' 수상 소감이 인상적이더군요.

—2010년에 '노작문학상'을, 2011년에 '현대문학상'을 받았는데, 문학상은 시인에겐 참으로 껄끄러운 뜨거운 감자 같아요. 세상에 길들여지지 않은 영혼이 마모되지 않은 촉을 세워, 이 세상과 인간의 진실한 부위에 대해 거듭거듭 표현하려 애쓰는 게 시인인데… 잘했다고 머리

쓰다듬어주며 주는 상이라니… 난감한 제도라고 생각합니다. 상금이 있고, 축하와 격려가 있으니 달콤하기 짝이 없지만, 이 달콤함은 시인에겐 쓸모 있는 경험치가 아닌 것 같습니다.

저는 시에 대해 '순교주의자'인 거 같아요. 남들이 비아냥까지를 섞어 그렇게 얘기해주곤 하네요. 시가 최상의 특별한 것이어서 시에 대해 순교하는 마음인 게 아니라, 순교라는 게 하고 싶어서 시에 순교를 하려는 것 같아요. 시가 제겐 가장 가깝고 가장 여리고 가장 어리석기 때문이에요. 저는 먹고 자는 일에서부터 살아가는 모든 것까지, 그리고 특히 시를 쓰는 일에 대해 '관성'을 거부하려고 애를 씁니다. 관성이 붙는 것을 어찌나 경계하고 살았는지, 먹는 일과 자는 일까지 관성이 생기질 않는 특이체질이 됐어요. '관성'이라는 것은, 너무나 오래 그렇게 생각해왔고 그렇게 살아와서 당연하게 생각하는 모든 것들을 총칭하는 표현입니다.

김행숙

마주침의 발명

    부산에서 성장한 김행숙은 초등학교를 두 번 들어갔다. 첫 입학했을 때 몸도 아프고 공포감도 있어서 긴 복도가 소용돌이치는 꿈을 꾸곤 했다. 한 달 정도 다니다 중퇴하고 이듬해 재입학한 그의 성장기엔 해변에 대한 기억이 깊게 새겨져 있다.

> 어렸을 때 / 바닷가에서 보았던 익사체가 기억난다 / 갑자기! // 마구 키스를 퍼붓는 젊은 여자는 / 시체의 불타는 애인인가 // 그녀에게 닥친 현실을 깨닫자 뒷걸음질치는 저 여인 // 얼마나 멀어졌을까 / 어디서 무섭게 구역질을 하고 있을까 / 이제 보이지도 않는데 / 왜 그녀는 내게 이토록 친밀한가 / 우리 마을 사람도 아닌데 / 처음 본 얼굴인데 // 그것은 나의 현실도 아니었는데 / 왜 완벽한가 / 어떤 꿈들은 / 어떻게 내 것이 돼버렸는가
>
> —「누군가의 호흡」 부분

    강조점은 호흡이다. 물에 빠져 허우적거리다가 익사한 사람의 마지막 호흡이 그것을 우연히 지켜본 '나'의 기억 속에 박혀서 여전히 마지막 호흡을 되풀이 하고 있다. 마치 익사 직전의 사내가 물속으로 가라앉았다가 물 위로 떠오르기를 반복하고 있듯. 삶과 죽음이라는 두 세계를 교차로

드나드는 이 절대 절명의 호흡이 '나'에게 전이되고 있다.

마침내 떠오른 익사자를 해변에 끌고 와 눕혔을 때, 마구 키스를 퍼붓다가 다음 순간에 그것이 이미 썩어가는 사체라는 것을 깨닫고 무섭게 구역질을 하는 그녀가 등장한다. 익사자의 애인이라는 그녀. 단 몇 초 전까지만 해도 사랑으로 불타고 있던 그녀. 그런데 시적 화자는 마치 빙의에 걸린 듯 이제는 보이지도 않는 그녀가 친밀하게 느껴지고, '나'의 현실도 아닌 그 이질적인 익사 현장에 자신을 세워놓고 있다. 익사 현장에 있던 여인의 구역질하는 순간이 김행숙이 기다리던 시적인 순간이라는 듯.

그런데 처음 본 얼굴의 그 여인이 출몰하는 어떤 꿈은 왜 이토록 친밀한가. 그건 '나'가 '나'라는 자아로부터 이탈하여 꿈에 보이는 익사자의 마지막 호흡을 몰아쉬고 있는 세계의 총체성으로 우리를 이끌기 때문이다. 그의 시에는 우리가 알고 있는 그 세계가 없고, 우리가 믿고 있는 그 자아가 없다. 세계와 자아는 분리된 채로 뒤섞였다가 또다시 모였다가 흩어지면서 우리가 알지 못한 감각을 보여준다.

> 너를 볼 수 없을 때까지 가까이. 파도를 덮는 파도처럼 부서지는 곳에서. 가까운 곳에서 우리는 무슨 사이입니까? / 영영 볼 수 없는 연인이 될 때까지 / 교차하였습니다. 그곳에서 침묵을 이루는 두 개의 입술처럼. 곧 벌어질 시간의 아가리처럼
>
> —「포옹」부분

포옹은 '나'와 '너'가 신체적으로 밀착되는 물리적인 사건이다. 그러나 포옹은 '나'와 '너'를 온전한 하나로 만들지는 못한다. 한없이 가까이

다가간다 해도 '사이'는 남는다. '나'와 '너'의 몸은 그 '사이'를 두고 밀착할 뿐이다. 그런데 가까이 밀착할수록 '너'는 보이지 않는다. 포옹은 역설적으로 시선 자체가 무화되는 지점을 의미한다. 그래서 포옹은 온전히 하나 됨의 불가능성을 담고 있다. 포옹이라는 밀착 행위마저 '사이'가 있다는 것을 김행숙은 마주침의 발명으로 감각화하고 있는 것이다.

아주 가까운 곁에서 눈빛을 던지고 있는 애인마저도 실은 아주 먼 곳에서 출발한 자가 아니던가. 그렇기에 '나'와 '너'가 만나는 일은 결코 쉴 수 없는 여행이다. 김행숙은 이렇게 말한다. "너무 가까워서 뭘 보면 형체가 뭉개져서 안 보이잖아요. 우리가 무엇인가를 인식할 때는 대상을 파악하고 객관적 판단을 내릴 수 있는 거리가 필요하죠. 가까이 가면 갈수록 타인과 결코 합일할 수 없다는 불가능성을 경험하게 되죠."

> 기이하지 않습니까. 머리의 위치 또한. // 목을 구부려 인사를 합니다. 목을 한껏 젖혀서 밤하늘을 올려다보았습니다. 당신에게 인사를 한 후 곧장 밤하늘이나 천장을 향했다면, 그것은 목의 한 가지 동선을 보여줄 뿐, 그리고 또 한 번 내 마음이 내 마음을 구슬려 목의 자취를 뒤쫓았다는 뜻입니다. 부끄러워서 황급히 옷을 주워 입듯이. // 당신과 눈을 맞추지 않으려면 목은 어느 방향을 피하여 또 한 번 멈춰야 할까요. 밤하늘은 난해하지 않습니까. 목의 형태 또한. // 나는 애매하지 않습니까. 당신에 대하여.
>
> -「목의 위치」부분

사랑의 한 장면 혹은 이별의 한 장면 같기도 하다. 중요한 것은 사랑과 이별의 행동이 목을 통해서, 목의 각도를 통해서 이루어지고 이내 소멸한다는 것이다. '목을 구부려 인사를 하고 목을 한껏 젖혀서 밤하늘을 올려다 볼 때' 목의 각도 속에 이미 만남과 이별의 순간이 개관되어 있다.

그게 당신에게 애매한 나의 자의식의 반영이다. 애매한 것은 당신에 대해 마음을 정하지 못한 '나'의 심리를 반영하고 있지만 마음을 정했다고 해도 애매한 '나'는 역시 남아 있다는 이중적인 심리가 읽혀진다. 이 시는 사랑의 사건이란 또한 목의 사건임을 말하고 있기도 하다. 마음은 다만 그 목의 위치와 동선을 뒤쫓는다. 목의 길이가 길어지면 '고통을 가늘게 늘리는' 것임을 시의 화자는 이미 알고 있다. '목의 길이를 늘려봤자 소용없는 일이라는 것을'. 이별은 예정되어 있는 일이라는 것을.

그래서 이 시의 후반부에서 '소용없어요, 목의 길이를 조절해 봤자'라고 강변하고 있다. 시의 전반부에서 목의 위치는 마음에 우선하는 것이지만 후반부에서 목의 길이를 조정하여 무언가를 이루려 하는 갈망은 완성되지 않는다. 여기엔 두 개의 명제가 겹쳐져 있다. 사랑의 사건이 목의 사건 혹은 다리의 사건이라는 것이 그 하나라면, 나머지 하나는 사랑을 향해 몸을 움직이는 일은 궁극적으로 완성되지 않는 일, 즉 불가능한 일, 혹은 사라지는 일이다.

그래서 '그래도 목을 움직여서 나는 이루고자 하는 바가 있지 않습니까. 다리를 움직여서 당신을 떠나듯이. 다리를 움직여서 당신을 또 한 번 찾았듯이'라는 마지막 연이 완성될 수 있었다.

김행숙의 시적 화자들은 단수/복수, 안/밖, 전/후, 성스러운 것과 상스러운 것들의 구별이 없을뿐더러 선악의 기준도, 현실/비현실의 경계도 없다. 어떤 시적 화자를 시로 초청한다 해도, 예컨대 사춘기 소녀, 귀신, 어떤 흔적, 메아리, 꿈, 잠 같은 질료들을 시 속으로 끌어들인다 해도 하나의 순간에 몰입하는 총체적인 시적 화자로 변해버린다. 그의 시적 화자는 우리 모두인 동시에 우리 모두를 지워버린다. 게다가 기승전결의 단단한 구성, 세계를 구원할 것 같은 비장한 메시지도 없다. 시적 주체에 '나'를 넣어도 되고, '너'를 넣어도 되고, '나와 너, 우리 모두'를 넣어 읽어도 '읽힌다'. 독자의 심리상태와 컨디션에 따라 시의 느낌은 다르게 다가온다.

김행숙의 시는 형태, 주체, 메시지를 '분석'하면서 읽는 시가 아니다. 시의 문구를 빌려 누구를 가르치거나 세계와 대결하거나, 싸워서 이기려 할 때, 써먹을 수 있는 시도 아니다. 그냥 느끼면 된다. 그의 시는 독자 개개인의 감성을 통해 다시 태어난다.

우리가 한없이 그의 시에 가까이 다가갈 때 마침내 그의 시는 보이지 않는 영원한 '거리'를 확보하는 것이 된다. 너무 가까워서 보이지 않는 거리의 발명이 김행숙 시의 현 단계를 보여준다고 할 것이다.

이처럼 그의 시는 일상적 사건, 그 사건의 추락 지점에서 촉발해 시간의 주름을 펼치거나 접음으로써 우리를 말로 형언할 수 없는 전체의 풍경 안에 있게 한다. 이게 김행숙 시가 내포한 윤리적 차원일 것이다.

왜 머리카락은 끝없이 자라는가, 성기를 감추듯이 머리카락을 감춘 여인들이 사랑하고 슬퍼하고 투쟁하는 이야기를 밤새 읽었습니다. 아침 이 밝자 소설의 문장처럼 나는 너의 머리카락을 만지고 싶었습니다. 나는 잘못 읽었어요. 나는 잘 못 읽었어요. 나는 못 읽었어요. 어쨌든! 나는 읽었어요. 머리의 반쪽은 비밀로 가득 차 있습니다. 왜 머리카락은 시간처럼 시간처럼 끝없이 자라는가. 왜 머리카락은 정치적인가. 마침내 누가 머리카락을 해석하는가.

그는 이 시에서 현대인의 고독을 물질적 존재론으로 극복하는 모험을 보여준다. 머리가 보이지 않게 자라나는 동안에도 시간을 흐르고 마침내 시간과 머리카락은 동일체가 되고 있다. '왜 머리카락은 정치적인가', 라거나 '마침내 누가 머리카락을 해석하는가'라는 구절은 '시간은 왜 정치적인가. 마침내 누가 시간을 해석하는가'라고 바꿔 말할 수 있을 것이다.

머리카락이 자라는 낯선 순간에 대해 의문을 품고 자기 자신에게 질문을 던지는 방식이 시 쓰기의 방법론인데 이는 미세한 세계에 대한 응시가 없다면 결코 포착할 수 없다. 그것은 그 낯선 순간에 현실과의 관계를 대입하거나 혹은 질문 자체를 사유하기에 가능하다. 비밀로 가득 차 있는 시적 순간에 대해 시의 화자는 스스로 질문을 하고 해답을 찾아간다. 낯선 시적 순간을 찾아내고 그 순간에 대한 해석과 의미를 애타게 찾아감으로써 낯선 시적 순간을 그 자체로 보호하면서 동시에 그 시적 순간을 현실로부터 고립시키지 않고 구원하고 있는 것이다.

신영배

물이면서 그림자이면서

신영배는 충남 태안의 바닷바람을 맞으며 성장한 새카맣고 말 없는 소녀였다. 하지만 열네 살 때 아버지를 여읜 뒤부터 처음 치른 죽음의 공포와 슬픔은 사춘기 소녀의 폐부에 고여 출렁였다. 스물네 살 늦은 나이에 서울예대 문예창작과에 입학한 그는 그러나 사람들과 어울리지 못해 강의실에 있는지 없는지 알 수 없을 정도였다. 그러나 누가 알 수 있었을까. 욕조에 담긴 조용한 물의 이미지 안에 이토록 가혹한 기억들이 출렁거리고 있었다는 것을.

> 몸속에 소녀가 들어서는 때가 있다 / 애 들어서듯이 내 몸에 입덧을 치는 / 소녀가 있다 어둠 속에서 / 그런 날은 암내도 없이 내 몸은 향기롭다 / 내 몸에 소녀가 들어서는 날을 어떻게 알고 / 아버지는 어김없이 나를 찾아온다 / 이십 년 전 죽은 젊은 얼굴을 하고 / 소녀를 찾아온다 그러고는 운다 / 소녀는 아버지의 눈물을 처음 본다 / 소녀도 운다 말간 몸뚱어리를 물처럼 / 서로의 몸에 끼얹어주는 풍경
>
> —「욕조」 부분

돌아가신 아버지를 떠올리는 이 환상적이고 몽환적인 시를 포함해 첫 시집 『기억이동장치』(2006)의 수록 시편들은 제목처럼 그의 아픈

기억들을 다른 지점으로 이동시키는 장치였다. 그 장치란 '물과 그림자'로 상징되는 정화의 이미지이다.

물은 아픈 기억들을 불러내는 표면이면서 그 아픈 기억들을 흐르게도 하고 멈추게도 하고 가라앉게도 하는 치유의 물질이기도 하다. 이때 시의 화자는 욕조 속에 물이 들어차고 빠지는 시간을 통해 죽음에 대한 기억을 정화시키고 있다.

성년이 되어서야 접한 서울이라는 도시는 혼자 숨어있기에 좋은 공간이었지만, 불안과 강박을 키우는 복잡하고 삭막한 곳이기도 했다. 물과 그림자라는 상관적 이미지를 매개로 한 상상적 모험과 현실로부터의 탈주는 그 지점에서 탄생했다. 시 「욕조」엔 죽은 아버지와의 재회, 슬픔의 승화 외에도 육체적인 에로티시즘이 녹아있다. '서로의 알몸에 물을 끼얹어주는 장면'이 그것인데 그의 사랑 이미지엔 늘 아버지의 죽음이 끼어든다. 아버지의 죽음과 실연의 기억들이 현실에 개입하는 것이다. 하지만 또다시 겪는 연애의 실패로 인해 그의 그림자는 더 길어진다. 그런 그림자 이미지는 두 번째 시집 『오후 여섯 시에 나는 가장 길어진다』 (2009)에서 좀 더 유연하게 변형된다.

> 오후 여섯 시에 나는 가장 길어진다 // 하체가 지하로 빠진 골목은
> / 골반에서 화분을 키운다 / 지상에 없는 향기가 흙에 덮여 있다 // (중략)
> // 길가에서 아이들이 / 발끝을 비벼 머리를 지우는 장난을 한다 / 머리를
> 지운 아이들은 사라진다 // 멀리 떨어진 머리를 주우러 / 나는 길어진
> 내 그림자 위를 걸어간다 // 귀가 지하에 잠겨 있을 / 내 그림자의 끝으로
> ―「오후 여섯 시에 나는 가장 길어진다」 부분

평생을 자신의 그림자와 함께 살아가야 하는 게 인간의 숙명이다. 그는 말한다. "시 속에서 머리를 지운 아이들이 사라지는 것처럼 저는 사라지기 위해, 사라지는 시를 쓰기 위해 그림자 위를 걸어갑니다. 하지만 그것은 불가능한 시의 꿈입니다. 하지만 또, 그것은 아름다운 시의 꿈이기도 합니다. 오후 여섯 시 꽃에 살짝 들어갔다 나오는 환몽이 저에게 시를 향한 힘을 줍니다. 제 그림자 끝 그 머리는 지하에 잠겨 있는 귀처럼 생긴 어떤 아름다운 꽃일지 모르겠습니다. 이것이 제가 그림자 위를 걸어가는 이유입니다. 시를 쓴다는 건 나의 그림자 맨 끝에 있는 머리를 향해서 가는 과정이며 잡히지 않는 머리를 주우러 가는 행위와 같습니다."

17년 가까이 서울의 작은 원룸 촌들을 전전하며 살아온 그는 신촌에서의 생활을 정리하고 인천 영종도 앞바다가 보이는 원룸으로 이사한 직후 어머니가 뇌출혈로 입원하는 바람에 2013년 새해를 병실에서 맞았다. 그의 시가 어머니의 혈관으로 투여되는 링거액보다 더 큰 치유력을 가진 묘약이길 기원하면서 그에게 몇 가지 궁금한 것을 물었다.

1) 유년 시절의 기억에 대해 쓴 시가 있다면?

—충남 태안의 작은 바닷가 마을에서 태어났습니다. 농사와 바다 일을 하시는 순박한 아버지와 어머니 밑에서 자랐지요. 열네 살 때 아버지의 죽음을 겪고 어두운 사춘기를 보냈습니다. 죽음의 공포와 슬픔이 평생 바닥에 고여 있는 듯했지요. 시 「욕조」는 돌아가신 아버지를 떠올리는 환상을 그리고 있지요.

2) 문학을 하게 된 계기는?

—태안에서 고등학교 시절까지 보냈습니다. 고등학교를 졸업할 때 국어 선생님은 저에게 김수영 시집을 선물로 주셨지요. 그 어렵기만

한 시집을 영문도 모른 채 읽으며 스무 살 초반에 직장생활을 잠깐 하기도 했습니다. 직장생활에 적응을 못하자 국어 선생님은 글을 써보는 게 어떻겠느냐고 권유하셨고, 그렇게 해서 서울예대 문창과에 늦은 나이에 들어가게 되었습니다. 대학생활은 평범하게 했습니다. 그때는 무언가를 써야겠다는 굳은 의지가 있는 것이 아니어서 어설프고 멍하게 학교를 다녔습니다. 친구나 동료도 없었습니다. 혼자 있는 것을 좋아하고, 여럿이 있을 땐 숨어 있으려고 하고 조용히 사라지기를 잘했습니다.

3) 시에서 상상적 모험과 현실로부터의 탈주가 읽혀지는데…

—자연 속에서 유년기를 보낸 저는 성년이 되어 서울이라는 도시를 접하게 되었지요. 그 도시는 혼자 숨어 있기에 좋은 공간이기는 했지만, 불안과 강박을 키우는 복잡하고 삭막한 곳이기도 했어요. 상상적 모험과 현실의 탈주는 그 지점에서 생겨나지 않았나 싶어요. 시 「기억이동장치 1」에서 저는 의도적으로 그림자를 물가로 데려갑니다. 여기서 그림자는 아픈 기억의 음영을 형상화한 것이라고 볼 수 있지요. 그림자는 물을 만나고, 물을 들여다보고, 물가를 거닐며 그 아픔을 치유해냅니다. 물은 아픈 기억들을 불러내는 풍경이면서 그 아픈 기억들을 가라앉히는 치유의 시간과 공간이기도 하죠. 시 「욕조」에서는 욕조 속에 물이 들어차고 빠지는 시간을 통해 죽음에 대한 기억을 정화시키고 있습니다. 물의 시간과 공간은 도시라는 시간과 공간에서 쫓기며 갇혀 사는 현대인들에게 꼭 필요한 사유적 이미지가 아닐까 합니다.

4) 첫 시집 『기억이동장치』에서 그림자는 아픈 기억들의 형상으로 등장하는데…

—첫 시집에 나오는 이미지들은 참혹하거나 끔찍한 것들이 많습니다. 저는 아픈 기억들을 다른 데로 이동시키는 장치를 만들고 싶었는지도

모르겠습니다. 하지만『기억이동장치』는 아픔을 날것 그대로 드러내는 데에만 그치고 그 작동이 멎은 것만 같아요. 두 번째 시집『오후 여섯시에 나는 가장 길어진다』에서는 그림자의 이미지가 전면에 드러나지요.

여기서 그림자는 여러 의미를 갖다 붙일 수 있겠지만 첫 시집과 연결선상에 놓는 것이 최선일 것 같군요. 두 번째 시집의 그림자는 첫 시집의 그림자보다 더 풍요롭고 자유로워진 듯합니다. 아마도 억누르고 학대하고 날것으로밖에 드러내지 못했던 아픈 기억에 대해 좀 더 유연한 자세가 된 것 같아요. 두 번째 시집에서 그림자는 놀이의 형태로 나오니까요. 그렇다고 해서 첫 시집에 등장한 '물'의 이미지가 두 번째 시집에서 '그림자' 이미지로 대체된 것은 아닙니다.

5) 두 번째 시집엔 점의 이미지가 자주 등장하는데…

—점의 이미지는 대상을 재현하는 하나의 방식이라 할 수 있습니다. 그림으로 치자면, 하나의 대상을 무수한 점의 배열로 나타낸다든지, 복잡한 의미구조의 대상을 한 개의 점으로 나타낸다든지 하는 것이죠. 의도는 이러했으나 실상 시적 효과는 얻지 못한 것 같아요. 점은 생성과 소멸의 같은 지점이기도 하지요. 여러 존재가 분화하기 이전의 상태이기도 하고, 한 존재가 사라지는 순간이기도 합니다. 삶과 죽음에 대한 사유 속에 점의 형태가 있지요. 언어와 이미지를 이런 점의 특성에 놓고 고민하는 것이 제 시 쓰기의 일부분이기도 합니다. 분화하기 이전의 언어, 그때의 긴장과 사라지는 언어, 그 순간의 고요 등에 주목하고 싶습니다. 이미지의 확장과 수렴도 같은 맥락에서 사유하고 싶고요.

6) 시「욕조」에 대해 설명한다면…

—시「욕조」는 죽은 아버지와의 재회, 슬픔의 승화 등을 그리는 것 외에 육체적인 에로티시즘도 나타내려고 했습니다. 아버지의 죽음과

지독한 실연의 기억들이 현실에 개입하는 것이죠. 애인을 이미 죽은 남자로 상정한다든가, 연애를 죽음의 사건으로 침몰시킨다든가, 연애의 시작과 함께 이별을 의식한다든가 하는 것 등입니다. 첫 시집에 있는 「죽은 남자 혹은 연애」 연작시가 이 지점과 연결되지 않을까 합니다. 하지만 연애는 늘 시처럼 실패합니다. 또다시 겪는 이별로 그림자는 더 길어집니다. 그러면 그 길어진 그림자 위를 저는 또 걸어가겠지요. 불가능한 사랑의 머리끝을 향해서 말입니다. 하지만 나쁠 것은 없습니다. 연애는 시를 앓게 하고 이별은 시를 시이게 하니까요.

　7) 세 번째 시집 『물속의 피아노』(2014)에 대해 말한다면⋯

　—『물속의 피아노』엔 물의 이미지가 전면에 드러나고, 물에 닿아 있는 여자들의 이야기가 나옵니다. 저 자신의 우울과 불안, 강박 등을 넘어서 이 시대의 여성이 앓는 병증을 시로써 만질 수 있었으면 합니다. '물'은 첫 시집에서부터 두 번째 시집을 거쳐 세 번째 시집으로 흘러가는 운동성을 갖고 있지요.

21° 시인 **유형진**

비성년의 거울에 비친 자화상

    유형진의 고향은 경기도 고양시 일산구 장항동이다. 일산에 붙박여 유년 시절을 보냈고 학교를 다니고 결혼까지 했으니 그는 근자에 파주시 운정지구로 이사를 갔음에도 여전히 일산댁이다. 지금이야 불야성이 따로 없는 급성장 도시 일산이지만 1970~80년대만 해도 일산은 한적한 농촌지역이었다. 드넓은 논밭이 펼쳐져 있었고 마을 어귀엔 구판장이 있었다.

    '사람을 맞는 장소'라는 의미의 '마즘재', '노루목' 등 정겨운 지명들도 그의 기억 속에 각인돼 있다. 유년의 장소인 시골집 풍경 가운데는 '빨간 밭'도 있다. 흙에 철분 성분이 많아 황토보다 더 빨갛던 밭은 양계장 너머에 있었다.

    수백 마리의 닭 떼들이 꼬꼬 거리던 저녁이었는데. 늦은 저녁잠을 자고 일어난 아이는 아무도 없는 집을 나서는데. 엄마와 아빠가 나가 계실 구판장 아래 빨간 밭으로 가는데. 빨간 밭엔 알타리가 심겨져 있는데. 밭으로 가는 길은 양계장이 있는 밤나무 숲을 지나가야 하는데. 숲 너머 빨간 밭에는 노을이 지고 있는데. 어둠은 빨간 밭의 노을을 자꾸만 살라 먹는데. 아이는 맨발인데. 이슬내린 흙을 밟으며 밤나무 숲의 양계장을 지나가는데. 꼬, 꼬, 꼬, 꼭. 닭들이 슬프게 우는데. 어둠은 아이 등 뒤에 이미 다 와 있는데. 아이 눈에만 어둠이 보이질 않는데.
(중략) 아이는 어둠을 데리고 서쪽하늘 아래 빨간 밭에 도착하는데.
이미 어두워진 밭에도 엄마 아빠는 없는데.

-「빨간 밭」 부분

나이를 먹는다고 다 어른이 되는 건 아니다. 나이가 들어도 여전히 비성년非成年 상태의 자아는 남아있다. 이때 비성년이라 함은 일반적인 사람이 겪는 성장기의 완성을 거부하고 스스로 소외를 선택한 '자발적 열외자'이다. 예컨대 미성년은 성장 대기 중이고 비성년은 성장의 열외에 있다.

빨간 알타리 무밭의 소녀는 시인과 엄마라는 서로 상충된 개체로 세포 분열해 오늘에 이르렀으니 '소녀에서 시인되기' '시인에서 엄마되기'라는 유형진의 성장사엔 비성년과 성년이 혼재돼 있다. 그가 두 번째 시집 『가벼운 마음의 소유자들』의 표제작을 연작으로 쓰게 된 계기도 아들과의 사소한 대화에서 비롯됐다. 우연히 아들과 말을 하다가 "넌 참 가벼운 마음의 소유자구나"라고 말했을 때, '가벼운 마음'으로 살 수 있으면 얼마나 좋을까 라는 생각이 들어 시 제목부터 정한 뒤 연작시를 쓰게 됐다.

"아들과 대화를 많이 하는 편이에요. 이제는 아들이라기보다 친구 같은 느낌이 들어요. 제 고민도 다 털어놓는데 그럴 때마다 나름 조리 있게 조언도 해주지요. 아이가 크면서 나도 크는 것 같아요. 아직 아이지만 나름의 세계관도 있고 제법 논리가 있다는 말을 주변에서 듣지요." 아들 우용 군이 등장하는 시도 있다.

짖는다, 짖다 / 말고 엘리베이터의 버튼을 누르고 / 잉글랜드, 잉글랜드
// 접은 우산대로 두 번 / 배전함을 친다. / 짖다 말고 올라가는. // 101호의
개는 떤다. / 떨다 말고 소리. // (중략) // 누군들 어딘들, 놀랍고도 친근한,
/ '우리'라고밖에 말할 수 없는 / 배전함 안과 밖. // '우용'은 여섯 살,
개의 나이는 모른다. / 101호에 사는 것밖에는 / 그리고 짖는.

-「가벼운 마음의 소유자들-우용과 101호의 개」 부분

어떤 캐릭터를 찾아내 그의 행동을 이야기로 만들어내는 시의 화자는
여전히 성장의 열외 지역에서 서성이는 비성숙의 자아다. 여섯 살 우용의
행동 하나하나에 세계는 반응하는데 그 반응 역시 비성숙의 상태다.
'짖다 말고 올라'가거나 '떨다 말고 짖'거나 그저 '놀랍고도 친근한' 우리
이웃이 유형진이 말하는 가벼운 마음의 세계이다. 그의 시에 등장하는
동화적 캐릭터들은 각자 주어진 역할에 따라 움직이는데 그는 각각의
캐릭터들이 스스로 말을 할 수 있도록 장場을 만들어주고 있다.

"실제로 몇 년 전에 동화를 써보기도 했는데 동화 쓰는 일이 시 쓰는
것보다 훨씬 어렵더군요. 내 시가 '동화적'이라는 것은 이를테면 어떤
캐릭터들이 있는데 이들은 다 큰 어른들은 쓰지 않는 단어들을 쓰기
때문에 그런 느낌을 받는 게 아닌가 하는 생각이 드네요. 그 인물들은
어린아이들이 좋아할 것 같은 인물들이고 또 지금 여기에는 없을 것
같은 인물들이다 보니까 낯설고 그래서 '동화적'이라고 느낄 수 있을
것 같아요. 팀 버튼 영화를 좋아하는데 마치 팀 버튼 영화에 나오는
그런 인물들처럼 말이죠."

유형진의 비성년적 세계는 단순히 현실 도피 수단이 아닌, 또 다른
모험을 준비하는 하나의 심리적 기제이기도 하다. 도심개발의 한가운데

를 통과하면서 그를 둘러싼 외부 변화는 너무 빨리 다가왔고 인지조차
할 수 없는 속도로 옛 기호들은 무너져 내렸다.

그래서 좀 무뎌지고 싶은 마음이랄까, 좀 천천히 변화가 다가오기를
바라는 심리가 그의 비성년을 구축하고 있다. 처음 세상을 겪는 아이들의
시간은 자기 안으로 활짝 열려 있다. 유형진은 「가벼운 마음의 소유자들」
연작을 통해 언어의 음악성을 실험하고 있기도 하다. 첫 시집 『피터래빗
저격사건』(2005)에도 그런 조짐이 있었지만, 두 번째 시집에서 그는
좀 더 과감히 언어적 리듬과 박자를 강화시키고 있다. 쉼표로 연결되는
문장들, 어구나 단어의 반복 등은 단순한 반복이 아니라 변주의 형태를
띤다. 다시 말해 시적 화자에게 거는 일종의 최면으로서의 반복이랄까.

"반복은 아이들의 놀이나 노래에 주로 이용되잖아요. 왜 그렇겠어요?
이렇게 반복하며 주문을 외우듯 하면, 현실의 이면 속으로 더 빨리 빠져
들어가는 거죠. 이런 생각은 오래전부터 해왔어요. 하지만, 그것을 대놓고
계속 쓰다 보면 굉장히 지루해질 수 있으니까, 조심스럽게 쓰려고 하지요.
사실, 이건 누구나 알고 쓰는 방법이지만, 나에게서 그것이 두드러져
보인다면, 이것을 사용하는 방법을 스스로 체득하려 했고, 또 체득한
부분도 있기 때문이겠지요.

칼을 쓸 때 날이 잘 드는 면에 따라 사용하는 방법을 익히는 것처럼,
나는 기본적으로 내가 재미있어야 남들도 재미있을 거라고 생각해요.
내가 재미없으면 발표하기 싫고, 더 고치게 되지요. 맨 처음에는 이야기를
만들어 나가다가 나중에는 거기에 운율을 싣고, 말들을 더 반복하고,
아니면, 너무 반복이 되는 것들은 쳐내거든요. 그것은 칼날을 벼리듯
계속 갈아서 무뎌지지 않게 하는 것과 같아요. 나는 내 문장을 그렇게
이용하고 있다고 생각해요. 그리고 내 시들이 이야기될 때 '동화적'이고

'판타지'이고, '알레고리'가 있어 독특하다, 이를 통해 차별된다, 라고 생각하는 것 같아요. 어떤 부분으론 맞는 이야기인 것도 같아요.

누구나 그렇겠지만 내면에 미성숙한 자아가 있잖아요. 더 자라기를 거부하는, 혹은 자라고 싶었으나 거기서 성장을 멈춘 자아 말이죠. 나는 그런 자아를 불러내서 시를 쓰는 것 같아요. 일상의 내가 아니라. 일상의 나는 자기 역할 속에서 완벽하고 싶어 하거든요. 잘해내고 싶고. 하지만 그러기가 쉽지는 않고. 그래서 그 포지션에서 벗어나 자유로워지고 싶어 할 때, 그 미성숙한 자아를 불러 시를 쓰는 것 같아요.

이 어른이지 않은 자아의 발화가 동화적인 것과 연관이 있는지도 모르겠다고 생각해요. 생각해보면 유년 시절에 나는 또래의 아이들보다 좀 조숙했던 것 같아요. 어른들로부터 나는 늘 똘똘하고 차분하고 꼼꼼하다는 평가를 들어왔죠. 하지만 지금은 오히려 그 반대가 되었거든요. 생각해보면 내 안에는 조숙한 어린아이와 미성숙한 성인이 혼재되어 있는 것 같아요."

그의 첫 시집에도 '피터'라는 비성년의 존재가 등장한다. '피터'는 동화 속에 자주 등장하는 이름이다. 마치 한국인 이름의 '철수'처럼. 고유명사가 대명사가 되면서, 많은 인물들이 그 속에 들어가게 되었다고 그는 생각한다. 지금의 유형진은 성인 여자지만, 피터가 대명사처럼 되어버린 남자아이라면, 그는 그 이름을 통해 현실에 있는 제약된 조건들을 지울 수 있다고 생각하는 것이다. 공간적으로도 시간적으로도. 아이들에게 동화를 들려줄 때 아무 소품 없이 들려주는 것보다 마법사 모자를 하나 쓰고 들려주었을 때 아이들은 더 쉽게 상상의 세계로 빠져 들어가듯 말이다. 그에게 '피터'란 마법사의 모자와 같은 역할을 하는 존재이다.

"나는 언제나 시 속에서 내가 겪고 있는 현상을 이야기하려 하고,

이를 다른 식으로는 표현할 방법이 없어요. 내가 속해 있는 이 세계의 알 수 없는 부조리함과 끝도 없는 슬픔, 규정할 수도, 해결할 수 없는 고통이 힘들 뿐 아니라, 이 고통이 내 것만이 아니고 장소를 가리지 않고 여러 지역에서 대를 이어 이어질 거라는 생각이 드는 거죠. 그런 고통과 슬픔이 끝도 없이 벌어질 거라는 불안감이 나를 슬프게 하거든요.

　그런 것들이 시 안에서 작용을 했을 거라고 생각해요. 누구도 어쩔 수 없는, 계속해서 인류에게 벌어질 해결할 수 없는 일들을 나는 왜 자꾸 해결하고 싶어 하는 걸까? 당황스러울 정도로. 그 역시 시 안으로 들어오는 거겠죠."

이근화

'우리'라는 익명성의 진화

이근화는 또래 여성들과는 달리 속도감이나 변화, 신상품 등을 좋아하지 않는다. "스펙터클한 인생은 싫다"라고 말하는 그는 일주일에 한두 번 강의가 있을 때를 제외하고는 주로 집에서 시간을 보낸다. 아무 일 하지 않고 가만히 있는 것도 좋아하고 집안일과 요리도 좋아한다.

그는 "같은 일을 매일 반복하는 쾌감 같은 게 있다"고 털어놓는다. 고요하고 조용한 일상, 당연한 듯이 주어진 것들 속에서 그는 언뜻언뜻 물음표가 똑똑 떨어지는 느낌을 받는데 '왜 그렇지?' '어떻게?' '정말로?' 같은 의문이 든다는 것이다. 가끔 다른 장르와의 소통을 위해 영화나 전시회 등을 보러 다니는 그는 "문학은 영화나 음악에 비해 촌스럽고 투박한 장르"라고 말하면서도 시에 대한 믿음을 버리지 않는다. 시가 세상을 변화시킬 순 없지만 마음을 움직이는 작은 단초는 될 수 있다는 생각 때문이다.

나는 자전거를 타는데 / 발을 굴리면서 / 왜 트럭은 먼지를 일으키고 / 승용차는 저리도 검은가 생각하는데 / 바퀴들이 눈 같고 입 같다 / 나는 하나의 이름을 가지고 있는데 / 당신도 그렇지 않은가 // (중략) // 우리는 서로 다른 속도로 취하고 / 가로등이 두 개로 세 개로 무너지고 / 모서리가 둥글어지고 / 신발이 숨을 쉰다 / 우리는 같은 이름으로 자전거

를 타자 / 바퀴를 굴리면 쏟아지는 달콤한 풍경들이 / 우리를 지울 때까지 / 우리의 이름이 될 때까지

-「우리는 같은 이름으로」 부분

'우리'는 두 가지 사회적 의미를 내포한다. 첫째, 너와 나를 묶는 집단성이고 둘째, 우리와 우리를 뺀 나머지의 타자성이다. 이근화는 '우리'라는 집단성이 지워질 때까지 자전거 바퀴를 굴리자, 라고 제안한다. 왜 이런 생각을 했을까. 그는 에세이 「구름 위의 집」에서 이렇게 말한다.

"얼마 전까지 '연대'라는 말이 유행이었는데, 이제는 '연동'이라는 말이 그 자리를 대체하고 있는 것 같아요. 연대는 '우리'라는 덩어리를 강조하지만, '연동'은 '나'와 '너'가 개별적으로 '함께 감'을 말하는 것 같아요. 개별적으로 존재하지만 실제로는 이어져 있고 그래서 하나의 움직임이 있고 그것에 조응하는 다른 움직임이 있다면, 저는 그 '움직임'을 촉발하는 실제적 힘과 에너지를 언어로 표현하는 것이 가능하다고 생각합니다."

일반적으로 '우리'라는 호명 방식에는 이데올로기적 색깔이 배어있다. '우리'라는 말에 감정과 이념의 집단적 동일성이나 집단적 주체성이 깃들어 있기 때문이다. 그래서 이근화는 '우리'라는 호명 방식이 갖고 있는 집단적 주체성의 무게를 지워야 한다고 말한다. 우리 시대에 '우리'는 너무 자주 호명되고 무한 증식됨으로써 오히려 그 주체성을 빼앗기게 된다는 것이다. 그렇다면 어떤 방식으로 집단적 주체성의 무게를 지워야 할까.

나의 기분이 나를 밀어낸다 / (중략) / 우리는 바쁘게 우리를 밀어낸다

// 나의 기분은 등 뒤에서 잔다 / 나의 기분은 머리카락에 감긴다 / 소리
내어 읽으면 정말 알 것 같다 / 청바지를 입는 것은 기분이 좋다 //
얼마간 뻑뻑하고 더러워도 모르겠고 / 마구 파래지는 것 같다 / 감정적으
로 구겨지지만 / 나는 그것이 내 기분과 같아서 / 청바지를 입어야 할
것

-「청바지를 입어야 할 것」 부분

'나'와 '나의 기분'은 분리되어 있다. '나의 기분'이 '나'를 밀어낼 때
'감정적으로 구겨지지만' 바로 그것이 '내 기분과 같아서 청바지를 입어야
한다'는 것이다. 그의 시엔 자극적이고 파괴적인 이미지나 어휘가 없다.
다루는 소재도 일상적인 것들이다. 그럼에도 모든 게 '청바지'라는 익명성
으로 함몰되고 있다. 익명성의 공간으로 가볍게 흩어져버린 그의 언어에
서 우리의 감정은 이상한 방식의 진화를 경험하게 된다.

이근화의 시는 무척이나 간결하지만, 간결한 만큼 힘이 있다. 그의
시는 일정한 이야기 구조를 갖는 산문화 경향과는 거리가 멀고, 대신
이미지에 집중함으로써 행과 행, 연과 연 사이의 거리가 퍽이나 넓다.

그는 문학수업과 등단과정을 이렇게 들려준다. "평범한 학생이었는데,
그나마 혼자 앉아 책 보는 걸 즐겼던 것 같아요. 시를 읽고 썼던 대학원
사람들과의 시간이 저를 시인으로 만들었지요. '자극적인' 시간이었어
요."

그의 시 세계는 그 자신의 생활 방식이 반영된다. 그의 시는 새롭지만
그의 생활은 매우 정적이고 지극히 고전적이라는 점이 하나의 역설이긴
하다. 하지만 정적이고 고전적인 상태는 사유하기에 적합하다. 그는
그런 상태를 생활 속에서 유지하고 있다.

"시인들에겐 자기복제를 하지 않는 것이 중요해요. 다른 목소리로 말하기 위해서 장르가 서로 다른 것들을 두루 섭렵하고 반영하는 게 필요하겠죠. 문학이란 장르 테두리 안에 갇혀 사유하는 방식을 벗어날 때 거꾸로 문학이 더 풍요로워질 수 있는 게 아닌가 싶어요."

> 감자와 고구마의 영양 성분은 놀랍다 / 나는 섭취한 대부분의 영양을
> 발로 소비한다 / 내 두 발을 사랑해 // 열 개의 손가락을 오래 사랑했다
> / 고부라지고 구멍이 숭숭 뚫려 있는 / 멈추지 않고 자라나는 // 내 몸의
> 물은 내 몸으로부터 빠져나가고 / 우리는 길을 똑바로 걸어 / 우리가
> 원하는 곳으로 가고 // 우리는 길을 똑바로 걸어 되돌아왔다 / 사라지는
> 골목을 사랑해 / 오래 사랑했다
>
> ─「우리들의 진화」 부분

'우리'가 지칭하는 바는 사람마다 차이가 있겠지만, 이근화의 '우리'는 '나'라는 개체의 여러 상황 인식이 '우리'라는 집단성에 보편적으로 적용될 수 있다고 생각할 때 비로소 '우리'라는 단어는 끄집어내진다. 어쩌면 여러 자아가 겹쳐 있는 현대인들의 의식 가운데 '나'라는 고유성이 어디 있을까, 라고 의심했던 것도 같다.

"그건 철학적으로 사유된 것이 아니라 경험적으로 알아낸 것이에요. '나'라는 존재는 시시때때로 변하고 불안정하게 떨리는 존재임을 매순간 실감합니다. 말을 하면서도, 거울을 들여다보면서도, 목욕을 하면서도, 서류를 작성하면서도 나는 내 자신인 것이 낯설어요. 내 경험과 사유가 미치지 못하는 어떤 것에 대해서까지 '나'라는 진폭과 파장이 무한히 확대되는 기분이 들곤 합니다. 그런 의미에서 '나'에게 들러붙어 떼어낼

수 없는 어떤 것에 대한 승인이 '우리'를 만들어낸 게 아닐까 싶네요.

이 세계에서 벗어날 수 없다는 자명한 사실 앞에서 불가능한 탈주를 꿈꿀 때조차 나는 오로지 내가 아닌 '우리'의 모습을 하고 있었습니다. 나의 감각과 정념을 '우리'에게 되돌려주고 싶다고 해야 할까요. 상호 침투된 존재들로서 고유성이 사라지면서 동시에 그 밖의 것으로는 존재할 수 없는 조건이 표현되었다고 할까요. 그게 '우리'라는 개념일 것입니다. '우리'는 무엇인가, 어디로 어떻게 가고 있는가에 대한 생각들이 두 번째 시집에서 더 깊어졌다고 할 수 있겠지요."

두 번째 시집 『우리들의 진화』(2008)의 주어는 '우리들'이다. 그는 '우리'를 시 속에 적극 개입시킬 뿐만 아니라, 모든 감정의 주체로 만든다. 읽는 사람도 쓰는 사람도 단숨에 묶여, 분리될 수 없다. '우리'라고 누군가 말할 때, '나'는 아무 의심 없이 그 '우리'라는 집단적 주체화의 테두리 안에 포섭되어 있는 자신을 발견하게 된다.

개체를 집단적 주체성에 붙들어두고 그 정서적 일체감을 구축함으로써 우리의 바깥에 있는 타자들을 배제하는 '우리'라는 이데올로기적 호명 방식은 시인과 시적 화자 그리고 독자 사이의 경계를 단숨에 허물어버린다. '이 세계'를 구성하는 모든 것들의 호칭일 '우리'라는 단어에 결속되는 '우리'는 이렇게 시 속으로 뛰어든다.

이 이상한 결속의 경험은 낯선 동시에 아름답다. 그런데 그는 어떻게, 어떤 목적으로 그리고 어떤 힘으로 모든 것을 '우리'라는 '호칭'으로 묶어놓는가. '우리'가 단순한 호명이라면 이게 해결될 리 만무하다. 집단은 '동일한 감정'을 통해 유지되며 '공감'이 없는 유사성은 일회성으로 그치고 만다. 공감과 동의의 영역이 확장될수록, 그 집단은 힘이 세다. '나'의 공감의 영역에 타자들을 포함시키는 것, '우리'가 되는 것은 '공감의 테두리'를 넓히는 일이다. 그러므로 공감의 영역이 둥글고 커질 때 '우리'라는 이름은 성공하게 된다.

그러나 모두의 공감을 얻어낼 만큼의 확장은 의미가 없다. '우리'라는 경계가 무한대로 확장하게 되면, 결국 아무것도 가리킬 수 없기 때문이다. 반대로, 그 범위가 좁아지면 좁아질수록 '우리'는 '우리'가 될 수 없다. 이 모호한 상태의 '우리'에 대한 투명성은 '모두'가 되어버리는 적극적 일치와 '나'마저 타자화된 차가운 거리에서 확보된다. 이 '거리두기'와 '투명성'은 '우리'라는 본질에 좀 더 가까워지고자 하는 지향성을 드러내는데, '우리'의 감정에 대해 적극적이고 투명하게 발언함으로써 오히려 집단적 주체의 무게가 지워지고 익명적 차원의 '우리'가 탄생하는 것이다.

모조 숲을 거니는 황홀한 산책자

한 소녀가 있었다. 전주시 평화동에서 태어난 소녀. 병무청 공무원이었던 아버지의 발령으로 이사가 잦았던 어린 시절엔 골목이 자주 바뀌었고 초등학교를 세 곳이나 다녀야 했다. 친구들의 이름은 물론 낯선 길을 외우는 게 일상이었다. 초등학교 2~3학년 때만 집은 세 번이나 바뀌었다. 자주 길을 헤맸기에 아예 수업을 빼먹고 산책을 하다 귀가하기도 했다.

소녀는 시인이 되었다. 이민하의 유년 시절이다.

그는 2012년 9월 '현대시작품상'을 수상하며 이런 자전에세이를 남겼다. "나는 내 태몽은 모른다. 물어본 적도 들어본 적도 없는 것 같다. 지극히 평범하고 화목한 가정이었고 위아래로 둘씩 남자들을 호위병처럼 거느린 나였지만 이상하게도 나는 늘 이방인처럼 외톨박이처럼 겉돌았다. 가족의 일원으로서 웃음소리를 합창하다가도 당황스럽게도 어색한 뒤끝이 남았다.

자라면서 느꼈던 건, 내 피의 대부분이 아버지의 물림이었다는 것. 빛바랜 법관의 꿈은 슬며시 작은오빠에게 물려주고서 그는 정년퇴직을 하기까지 병무청에서 공무원으로만 일했는데 주말에는 늘 카메라를 들고 외출하거나 캔버스를 벌여놓고 유화를 그렸다. 그러다가 이내 힘들어하며 자리에 누워 멍하니 천장을 보곤 했는데, 이상하게도 나는 건강하고 낙천적이며 사교적이던 엄마가 만들어주는 음식 냄새보다도 늘 외롭고 병약해 보이던 아버지의 유화물감 냄새에서 '더 진짜 같은' 사람 냄새를 맡았었다. 어릴 적 우연히 보았던 아버지의 글에서 일찍이 고독에 감염되었고, 죽으면 화장해 달라던 유언을 공유하게 되었고, 무언가 찾아 헤매는 듯한 눈에서 결핍과 열정이라는 삶의 양면성을 이미 보아낸 듯했다."

엄마가 돌아가신 건 대학 시절이었다. 어렸을 땐 엄마하고도 비밀 얘기를 나눠보질 못해서 항상 외로웠다가 이제 겨우 친해질 수 있는 나이에 어머니를 잃었다는 상실감은 엄청난 충격이었다.

> 어머니에게 렌즈를 맞추었다 눈을 깜박이던 어머니가 벽에 걸렸다
> 액자 속에서 어머니는 두 팔을 바닥으로 길게 내리뻗었다 발 디딜 틈
> 없이 쌓인 사진들을 비집고 가위를 집어 올렸다 // (중략) // 어머니의
> 가위를 피해 습자지처럼 얇아진 나도 허공으로 날아올랐다 창가에서
> 떠돌다 끈적한 천장에 들러붙었다 난자당한 사진들 속에 흩어져 있던
> 나의 눈들이 천천히 걸어 나와 나를 찍었다
>
> ―「사진놀이」 부분

그에겐 자신의 고민과 상처를 들어줄 그만의 언어가 필요했다. 혼자인 때와 혼자가 아닌 때 사이의 괴리감에 대해 예민한 사춘기 시절, 서울로 이사 오면서 죽음에 대한 의식이 강해졌다. 주변 가까운 사람들이 정말 많이 세상을 떠나기도 했다.

그는 자신의 목숨이 그들의 죽음을 빼앗아 연명하는 거라는 죄책감에 시달릴 정도였다. 악몽과 가위눌림이 많았고, 현실과 꿈, 현실과 환상의 구분이 모호해지기도 했다. 깨어 있는 중에도 꿈을 꾸고 잠자는 중에도 의식은 깨어 있었다. 환상은 그에게 현실의 일부였다. 2000년 『현대시』로

등단해 『환상수족』, 『음악처럼 스캔들처럼』, 『모조 숲』 등의 시집을 낸 그는 환상파라는 평을 듣는다.

등단 이후 분가해 서울 강남 한복판인 신사동 주택가에서 고양이 두 마리와 함께 기거하는 그는 이렇게 들려준다.

"고양이는 골목의 사생활이지요. 그리고 시는 세계의 사생활입니다. 길 위에는 산책하는 시, 굶주린 시, 낮잠을 즐기는 시, 병에 걸린 시도 있고, 집 안에는 사람들이 떠받드는 시, 갇혀 버린 시도 있습니다. 그러다 사람들 모르게 탈출하는 시, 사람들 모르게 죽어가는 시들이 있습니다. 거리에는 시가 넘치지만 세계의 화합이나 질서나 품위에 기여하는 것이 아니라, 시는 세계의 사생활을 지켜줍니다. 그것이 시가 공동체에 가담하는 방식일 것입니다."

사생활에서 개인의 취향을 구현하는 것이 '놀이'이고, 이것을 언어라는 공감대 속에 풀어 놓는 것이 '시'라는 얘기이다. 고양이는 그가 말하는 시처럼 어느 날엔 온순한 식구가 되기도 하고 어느 날엔 돌발적으로 발톱을 세워 할퀴기도 한다. 그런 고양이의 본능으로 골목을 산책하다 보면 세상의 비밀을 엿듣기도 한다.

나는 옆집 아이의 태생의 비밀을 알고 있다 / 그 애 아빠의 정치적인
비밀을 알고 있다 / 왜 그들은 내게 입막음을 안 하나 // 하루아침에
미용실 여자가 미인이 된 까닭을, / 편의점 남자가 시인이 된 까닭을,
그들이 손잡고 구청에 간 까닭을, / 석 달 후 남자 혼자 구청에 간 까닭을
나는 알고 있는데 // (중략) // 흩어진 나의 비밀들은 어느 귀를 타고
흘러가는가 / 내가 같은 남자와 백 번째 헤어진 날에 대해

―「세상의 모든 비밀」 부분

1) 전주에서의 유년 시절에 대해. 성장과정이 시 쓰기에 어떤 영향이 미쳤는지, 어떤 경험들이 환상성의 시를 쓰게 했는지?

—늘 길과 대면했어요. 낯선 길 위에서 떠돌거나 새로운 길을 찾아다니거나. 그리고 내 고민과 상처를 들어줄 나만의 언어가 필요하다고 생각했어요. 그리고 또 혼자인 때와 혼자가 아닌 때 사이의 괴리감에 대해서도 예민했어요. 그런 경험들은 다른 사람들의 시야에서 조금 벗어나 있는 것들에 대해 관심을 갖게 했어요. 사람들 사이에서 동떨어져서 나만이 볼 수 있는 것들이 있었을 거예요. 나만이 위로받고 위로해 줄 수 있는 것, 소외되고 겉돌고 아픈 것들을 포함해서요.

악몽과 가위눌림이 많았고, 그땐 몰랐지만 아마 기면증하고도 관련이 있었던 것 같아요. 이후에는 환각이나 환청이 심했던 때도 있었는데 이런 경험들이 실제적으로도 현실과 꿈/환상의 구분을 모호하게 하는 지점이기도 해요. 그러니까 환상은 제게 현실의 일부인데, 시 세계에서 작용을 할 때는 환상성이란 것이 현실에 가려진 이면을 들추는 일이 되는 거지요.

2) 세 번째 시집 『모조 숲』에 들어 있는 '모조가 진짜를 초월한다'는 인식은 어떻게 착안하게 되었는지?

—'모조'를 진위의 개념으로 접근한 건 아니에요. 세계 자체가 불확정적이듯이, 저는 늘 '절대적인' 어떤 것, 가령 '절대선'이나 '절대악' 같은 그런 말들에 의구심이 들었고, 진짜와 가짜의 기준과 구분 자체도 개별적인 관계들에서는 '절대적으로 통용되는' 것이 없다고 생각돼요.

선과 악, 진짜와 가짜—물질 외적인 범주를 포함하자면—라는 것은 대상과 정황, 주체·객체라는 상호관계에 따라 얼마든지 유동적이기 때문에 제3자가 판단해 줄 수는 없어요. 내가 진짜라고 믿고 있는 세계도 언제든 다른 걸로 대체될 수 있고, 확고한 신념으로부터 배반당하거나 상처입기도 하잖아요. 결국 그러한 구분들은 공동체를 유지하고 질서화하기 위한 장치인데, 그 공동체라는 것이 결국은 개인들의 집합체잖아요. 저는 그래서 '개별적인' 정서 체험을 중요하게 생각해요.

그러니까 '모조 숲'은 거대한 기준에서의 '가짜'라는 의미보다는 '인공', '가공', 혹은 '자연에 창작을 가한 형태의 세계' 정도로 보는 것이 좋겠어요. 미추나 우열의 개념에도 대입시키지 않고요. 거리의 우뚝 솟은 빌딩들과 그 사이의 음울하고 비밀스러운 공간들이 공존하고 있는 그런 풍경을 '모조 숲'으로 만들어 본 거예요. 그곳에도 역시 밤과 낮이 있고, 대립하는 두 개의 날씨, 두 개의 세계가 공존하는 그런 숲이요. 특히, 음악이 바람처럼 불고(「음악이 분다」), 햇빛이 필름처럼 돌아가고(「모조 숲」), 사람들은 서로에게 상영되는 거죠(「영화적인 삶」).

언젠가부터 그런 생각을 많이 했거든요. 옛 사람들이 꽃과 나무 이름을 외우고 열거하듯이, 지금은 그것들의 이름은 잘 몰라도 음악이나 영화 제목을 끝없이 입에 담고 교환하고 즐기는 일이 자연스럽잖아요. 자연을 감상하면서 산책하듯 영화나 음악들을 쉽고 편하게 즐기는 세상인데, 저는 그걸 좋다 나쁘다 말하려는 게 아니고 하나의 현실 풍경처럼 다루고 싶었어요. '진짜를 초월하는' 이 모조의 풍경에 대해서는 가볍게 수긍을 하든 사회적·시대적 맥락에서 진지한 해석을 하든 그건 읽는 사람의 몫이고, 가능하면 가급적 여러 방향에서 읽힐 수 있다면 더 좋겠다는 생각을 하면서, 저는 이 '모조 숲' 속에서 일어나는 정서들의 흐름에 몰두한 거예요.

3) 의붓어머니가 시에 등장하기도 합니다. 실제 상황인지?

─물론 실제는 아니지요. 다만 저에게 어머니의 모성을 대체할 만한 시적 대상이라고는 어린 시절부터 줄곧 음악과 글, 그림, 산책길 같은 사물들이었어요. 어떤 사람들이 자연에서 어머니의 품을 느끼듯이 제게는 그것들에서 위안을 많이 받았으니까요. 저는 지금 시대의 도시 공간을 '모조 숲'으로 설정하고 있고 '산책'이란 말도 좋아하고 '황홀'이란 말도 제가 추구하는 키워드이기 때문에 좋아요. 제가 '상처가 없는 매혹은 없다'고 말한 적 있는데요. 아픔이나 슬픔 속에서도 어떤 황홀감이나 매혹을 추출하거나 가공해 낼 수 있는 힘, 그게 시이고 창작이라고 생각하거든요. 그리고 산책은 어렸을 때부터도 즐겼지만, 지금도 산책하고 싶으면 인적이 드문 새벽 시간대에 골목들을 거닐거나 동네 한 바퀴 돌고 오곤 해요. 자칭 '거리산책자'라고 부르기도 하고요.

　4) 지금도 고양이를 키우는지요. 고양이를 키우는 것과 시 쓰기가 어떤 관련이 있나요?

　─고양이가 제겐 가장 밀접한 현실이고 가장 중요한 일과이자 삶의 큰 비중을 차지하지요. 단호하게 말씀드리는 건, 제 경우 고양이를 키우는 건 아니에요. 그냥 같이 사는 거지요. 두 마리예요. 둘 다 길고양이였고요. 무얼 키운다고 말하면 책임감이 동반되는 것인데 그건 일종의 우월감으로 작용할 때가 있는 것 같아요. 하지만 인간이 고양이보다 우월한 존재라고는 생각하지 않지요. 고양이란 종족부터가 애초에 인간에게 키워지거나 길들여지는 것도 아니고요.

　사람들은 인간 본위의 언행에 습관화돼 있는데 그걸 지적해 주는 유일한 동물이 고양이 같아요. 위험 요소만 없다면 밥이나 늘 마련해 주고 자유롭게 다니게 하는 것이 최적의 환경이라고 생각해요. 물론 그렇다고는 해도 이웃들과의 마찰도 해소해야 하는 문제가 따르지만,

고양이들이 집에 갇혀 있다고 생각하면 견디기 힘들 때가 있어요.

생활 능력이 없는 길고양이들을 식구로 들인 건데, 그들이 건강해지고 덜 외로워 보여서 제게도 힘이 많이 되고 그들과 함께 호흡하면서 배우는 것도 많아요. 골목에는 저를 따라다니는 길고양이들도 있고 꽤 많은 길고양이들에게 식사도 제공하고 친하게 지내고 있지요. 그들의 세계를 관찰하는 것만으로도 저는 지금 매혹적인 시절을 보내고 있다는 생각이 들고, 한편으론 그들을 통해 보는 세상이 더 우울하고 답답한 면도 있고 그래요. 그러니까 그들과의 특정한 사건이 시가 되지는 않지만 이 모든 정서적인 반응들이 시에 미치는 영향은 있을 거라고 생각하지요.

정한아

세계의 수상함에 대한 철학적 모놀로그

정한아는 조숙한 소녀였다. 고등학교 시절부터 껌 종이에 인쇄된 시들을 읽으며 마음에 드는 것을 베꼈다고 한다. 처음 시를 썼던 때를 잊지 못한다. 그건 1987년 6월의 어느 날이었고, 학교에서 돌아와 아무도 없는 집에서 작은 치자 화분에 깔린 이끼 위를 기어 다니던 민달팽이를 꼼짝 않고 한 시간쯤 들여다본 후였다.

어디에서 왔는지 알 수 없는 이 단순한 생물은 그토록 느린 속도로 젖은 이끼 위를 돌아다니며 화분을 빠져나갈 생각 같은 것은 하고 있지 않았다. 그는 이렇게 진술했다.

"'집이 없구나, 너도. 이렇게 혼자인데 말이지.' 연무가 깔린 뿌연 대기는 온화하고, 오후 네 시의 햇빛은 알맞게 익어 평온이랄지 나른함이랄지 느리게 유동하는 어떤 집중된 정서가 나를 일종의 명상 상태로 몰아넣었다. 어린아이들이 종종 멍한 표정으로 앉아 있는 것을 볼 때 나는 이때를 생각한다. 그럴 때 아이들은 온몸으로 명상 중이다. 살갗에 열려 있는 모든 땀구멍으로 들어오는 익숙하고도 알 수 없는 어떤 냄새와 상종하는 중이다. 그러다간 갑자기 뱃속에서 나비 떼가 마구 날아오르는 것이다.

나는 방 안으로 달려 들어가 침대에 엎드려 의식의 표면에 떠오르는 것들을 연습장에 적기 시작했다. 이 텅 빈 하얀 종이, 이걸 가만히 내버려둘 수 없어! 긁으면 긁을수록 가려운 두드러기처럼 끊임없이 적지 않고는.
88올림픽을 위해 시범적으로 서머타임제가 시행 중이었고, 그래서 해가
무지하게 늘어나 있었으므로, 태양의 조도가 아주 천천히 낮아졌다.
어스름, 그 어스름의 여러 밝기를 기억한다.

연필로 쓰고 있는 내 글씨가 주변 어둠의 밀도와 뒤섞일 때까지 나는
가려운 종이를 긁지 않을 수 없었다. 조각조각의 글들은 이상하게도
각각 다른 목소리로 쓰여 있었다. 어떤 것은 운문이고 어떤 것은 산문이었
으며, 어떤 것은 "숲으로 가야 한다"로 시작하는 전원시 모양을 흉내
내고 있었고, 어떤 것은 "여우와 갈매기"라는, 우화시라고 주장하고
싶은 어떤 것이 되어 있었다. 나는 나에게 이전에는 전혀 맛본 적이
없는 강렬한 오락을 제공하고 있었다. 그러니 나의 글쓰기 스승은 누구일
까. 민달팽이인가, 6월의 온도와 습도인가, 그도 아니면 호르몬의 부기우
기인가."(산문 「무無의 두드러기에 대한 명상」에서)

민방위 훈련 중에 책상 밑에서, 애국조례 시간엔 앞에 선 아이의
뒤통수를 보면서, 실컷 '멍 때린 채' 명상에 몰두하던 소녀가 정한아였다.
그때 생각했다. "난 커서 뭐가 되지? 아무래도 책상 앞에 앉아, 쓰거나
읽는 걸 해야 할까봐." 생각은 현실이 되었다.

한밤을 펜과 씨름하다 / 책상에 엎어졌습니다 / 거기에는 책상의 이테
아도 질료도 / 아무것도 없었습니다, 하지만 거기서 / 나, / 책상의 나직한
고동 소리를 들었습니다 / (중략) / 내가 후려갈기고 긋고 할퀴고 물어뜯고
종국에 / 머리를 박아대던 책상, / 책상은 제 다리 밑에 숨겨줍니다 /
거기서 손가락 빨며 눈 빨개지도록 웁니다

−「애인」 부분, 2006년 『현대시』 등단작)

책상은 그의 애인이었다. 책상은 완료되지 않은 서사의 상징이자 풀리지 않는 의문이었다. 서울 무학여고에 진학한 그는 곧장 문예반에 들어갔다. '동랑예술제' 포스터 붙은 걸 보고 응모했다. 당선작 없는 가작이었다. 상 받으러 다녀왔는데 '왜 맘대로 수업 빠지느냐'고 선생님에게 혼쭐이 났다.

고교 선배였던 김귀정(1966~1991, 당시 성균관대 불문과 3학년) 열사가 시위 도중 사망해 관에 실린 채 노제를 지내러 학교 교정에 왔다. 80년대의 폭압적 세계를 교정에서 지켜보면서 그는 시대착오적인 삶과 사회학적 균열을 떠올렸고 글 쓰는 것보다 생각을 잘하는 게 우선이라고 판단해 문학보다 철학을 택했다. 성균관대 철학과에 진학해서도 주로 '사회철학'에 관한 저작들을 읽었다.

그를 두고 학교 선배들은 94학번이 아니라 마치 86학번 같다고 말하곤 했다. 80년대는 그가 직접 겪은 체험이 아니면서도 추경험(간접 경험)을 통해 상호 교감함으로써 자아를 보다 확충시켜 주는 교량적 역할을 했다. 대학을 졸업하던 해 IMF 외환위기가 밀어닥쳤고 곧이어 자유무역협정(FTA) 사태가 이어졌다. 2011년 가을, 그는 불현듯 '아름다움은 협잡에 대해서는 늘 볼셰비키다'라는 문장을 노트에 써놓고 밤마다 그 뜻을 부풀렸다 취소했다 갱신하며 생각을 굴렸다.

대량 재배된 슈퍼옥수수와 대량 도축된 돼지고기에 / 공정무역 커피로
입가심을 하면 우리는 / 조금 괜찮은 대량 슈퍼사람 같지 / 않나 기부라도
한 것 같지 / 않나 내가 진짜 식당 애길 하는 것 / 같나 // (중략) //
진짜 식단이 필요해 모든 / 별들은 폭발하며 태어난다 그걸 / 내파라고

불러야 하나 외파라고 불러야 하나 최초의 / 힘은 어디에서 왔을까 /
아름다움은 협잡에 대해서는 늘 볼셰비키다

ー「프랜차이즈의 예외적 효과에 관하여」 부분

　철학을 전공한 정한아는 이렇듯 협잡에 대해 과격해질 수밖에 없는
아름다움에 대해 생각했던 것이다. 이 시에 대한 시작 노트를 그는 이렇게
썼다.

　"성자도, 영웅도, 천재도 아닌 우리의 가장 위대한 특질은 우리가
조금씩 썩어 있다는 것이며, 이 썩은 구멍들로 네트워크를 엮는다는
점이다. 그러니 그 썩은 부위들을 후벼 파지 않고 견딜 수 있는가.

　자, 나의 벗들, 나처럼 조금씩 썩어 있는 나의 친애하는 원수들, 그러니
우리가 서로의 구멍을 핥아주지 않고 견딜 수 있는가. 그 썩은 부위들을
후벼 파지 않고 견딜 수 있는가. 군침 도는 협잡의 냄새를 언제까지나
미워하면서."

　어린 그의 감수성을 강화시킨 것은 학교 앞 문방구에서 파는 시들이었
을지도 모른다. 질 나쁜 공책 표지에 쓰여 있던 아폴리네르와 푸시킨과
박인환. 지금 생각해보면 대개 비극적이거나 감상 일색이었지만 저질
번역이나 오기(誤記)에도 불구하고 이것들이 시의 시대의 강력한 기후 형성
과 관련 있었음을 부인할 수 없었다. 아무튼 그때의 아이들은 모두 시가
적힌 책받침이나 연습장을 하나씩 가지고 있었으니까. 그의 진술은 이어
진다.

　"겨울밤이면 별 대신 쥐들이 천장을 뛰어다니거나 방에 몰래 들어오고,
천장에서 가끔 바퀴가 얼굴에 떨어지고, 때문에 깜짝 놀라 잠에서 깨던
시절. 그러니 나의 글쓰기 스승은 껌 종이인가, 반공 이데올로기인가,

책받침인가, 비 그친 돌배나무에 휘황하게 빛나던 가난한 햇살인가, 하이네인가. (중략)

나는 쓸데없는 것은 아무것도 쓰지 않고도 행복하다고 생각하고 있었을, 거라고, 써본다. 불편할 자유 같은 것은 요구하지 않았을 거라고. 정말일까? 이런 말을 해도 될까?

아니, 아니, 아니, 나는 이 장면들을 모두 찢고 모든 것이 우연이었다고 주장할 수도 있다; 저의 글쓰기의 스승은 우연이라는 어마어마한 사기꾼입니다요, 제가 민달팽이를 바라보다가 쓰러져 잠드는 대신 연필을 들었던 건 베개보다 연필이 가까이 있었기 때문입죠.

아니, 아니다. 증명할 수 없다. 어째서 갑자기 닿지 않는 뱃속이 가려웠는지 나는 설명할 수 없다. 아무것도 아닌 것에 열광하는 데서 시작했다고밖에는. 그래, 그 침묵 속에 무언가가 가득 고였었다고밖에는. 그게 무슨 짓이었는지 전혀 몰랐다고밖에는. 나는 그것을 여전히 알 듯 모를 듯하고, 그러나 여전히 느낀다. 알아도 되고 몰라도 된다. 그러나 느끼지 않는다면, 쓰지 않는 삶도 괜찮을 것이다."(산문 「무無의 두드러기에 대한 명상」에서)

조 말 선

당신이라는 소실점

　1965년 경남 김해에서 3남 3녀 중 다섯째로 태어났다. 이름은 말선末先. 여자 이름치고는 범상치 않다. 굳이 뜻풀이를 하자면 '끝 말末, 먼저 선先', '끝이면서 먼저'라는 불가해한 작명 때문에 무던히도 속을 앓던 그는 김해 대동초등학교 6학년 때 "이름을 바꿔 달라"고 부모님을 졸라댄 다. 하지만 "작명소에 가서 지어온 이름이므로 함부로 바꿀 수 없다"는 대답을 듣고 어린 말선은 좌절한다.

　특이한 이름은 그를 외롭게 만들었고 심리적으로 위축된다. 대동중학 교를 차석으로 입학한 그는 점점 공부를 멀리하면서 일기와 잡문쓰기에 전념했고 '데이지'라는 가상인물에게 편지를 쓰면서 혼자만의 세계에 빠져든다. 김해, 마산 등지의 백일장을 쫓아다닌 것도 이 즈음이다.

　김해여고와 동아대 불문과를 졸업한 그는 결혼 후 경북 구미에서 생활하던 중 다시 문학 병이 도진다. 1990년 타향생활의 외로움을 달래기 위해 참가한 백일장에서 장원으로 뽑혔고 시에 대한 애착은 두 아이 출산 후에도 이어졌다.

　1998년 〈부산일보〉 신춘문예와 월간 『현대시학』을 통해 문단에 나온 그는 『매우 가벼운 담론』과 『둥근 발작』 등 2권의 시집을 내면서 자신의 존재감을 한껏 발휘했으나 상복은 없었다. 그러다 2013년 7월, '현대시학 작품상' 수상자로 선정되었다. 수상작 5편에 공통적으로 들어있는 미학은 '당신이라는 장소'에 가닿고자 하는 간절함 그 자체였다.

> 당신이라는 장소에 도달하기 위해 / 손에서 발까지 걸어갔어요 / 이런,
> 내 손과 내 발인 줄 몰랐는데 말이죠 / 당신 손은 언제나 내 손만 한
> 심장을 꽉 쥐고 있더군요 / 내 발이 계속 더듬는 이유죠 / (중략) / 당신이라
> 는 장소에 도달하기 위해 / 막 내 오른손에 도착한 곳이 당신인가요
> / 당신에게서 당신까지 / 매일 한 시간 십 분씩만 걸어갈게요
>
> ─「손에서 발까지」 부분

'당신'은 이 시에서 하나의 장소로 등장한다. 17년 동안 살았던 부산시 서동을 떠나 금정산이 바라다 보이는 화명동으로 이사 온 뒤부터 사람은 그냥 사람이 아니고, 도달해야 할 어떤 장소적 의미로 새겨지기 시작했다.

"낯선 동네에 오고 보니 사람 생각이 났고 멀리 있는 사람들을 찬찬히 살펴보게 되었지요. 사람은 장소이되 움직이는 장소라서 필요할 때마다 가까이 끌어당겨 들여다보아야 한다는 것을 화명동 낙동강변을 걸으면서 알게 되었어요."

예전엔 산길을 걸었다면 요즘은 툭 트인 강변길을 걷는다. 매일 한 시간 십 분씩. 걸으면서 사람과 사람 사이의 거리를 생각한다. 초기 시편들이 '나'에 집중되어 써졌다면 요즘 시편들은 '당신'이라는 타자에 게 옮겨온 셈이다. '나와 당신'의 거리는 실상 끝이면서 먼저인 '말선末先'의 관계가 아니겠는가. '당신' 없으면 '나' 역시 시작될 수 없고 '나' 없이 '당신'도 존재할 수 없다는 인식에 그는 도달해 있다. 하지만 '당신'에게 도착하면 '당신'은 없다.

이 오물이 튀지 않게 소매 좀 걷어줘요 / 당신은 손을 쓰기 전 내게
부탁한다 / 이만큼이면 될까요 / 나는 소매 속에서 당신의 손목을 꺼내준
다 / 후, 당신은 참은 숨을 쉬기 시작한다 / 코만 나왔으니 조금 더 걷어주시
면 고맙겠습니다 / (중략) / 손쓸 수 없는 당신의 소매접기는 무한대
/ 오물이 튀지 않는 지점은 조금씩 자리를 옮긴다 / 나는 당신의 소매를
한없이 풀고 있다

—「한없이 접혀 올라가는 소매들」 부분

'당신'은 '나'에게 소매를 걷어달라고 부탁하고 '나'는 '당신'의 소매를
한없이 풀고 있다. 당신에게 가닿고 싶은데 애꿎은 당신의 소매만 풀고
있다. '당신'이라는 장소를 탐색해 가는 불안과 상실의 감각은 '끝이면서
먼저'인 그의 이름에 값하고도 남는다. 누군가 작명 한번 잘했다 싶을
정도다.

2012년 가을 출간된 시집 『재스민 향기는 어두운 두 개의 콧구멍을
지나서 탄생했다』는 아마도 최근 나온 시집 가운데 가장 긴 제목의
시집일 것이다. '끝이면서 처음'이라는 역설적인 이름을 가진 시인. 누군
가는 그에게 "이름의 억압으로 시인이 되었군요"라고 한 마디 건넸을
수도 있다. 그는 그걸 시로 썼다.

이름의 억압으로 시인이 되었군요, 그는 내 이름을 듣자마자 정신분석
가처럼 말하지만 전체주의적이다 초면치고는 점쟁이처럼 말하지만 보
편적 오류에 빠져 있다 신비 따위로 수작 부릴 것도 없겠고 안줏거리로
더 씹을 것도 없으니 나는 곧 조말선과 계속 놀 수 있다 가면으로 가명을
쓸 수도 있었지만 너무 빤했으니까 조말선은 항상 오른쪽으로 약간

비켜서서 부제처럼 나를 따라다닌다

이름을 제목으로 한 이 시를 통해 그의 생각을 엿볼 수 있다. 일반적인 잣대, 성급한 판단과 그에 따른 (오해임이 분명한) 이해, 보편적인 것들에 대한 저항, 그런 것에 대한 생각 말이다. "천 개의 공허 천 개의 포만 천 개의 사랑 천 개의 이별"(「천수천안관음보살」)에서도 알 수 있듯 이 우주의 무궁무진한 '보편성' 사이에서 개별성과 고유성은 철저히 무시된다는 그의 생각이 드러나 있다. 그 생각이란 예컨대 "내 생각은 네 생각을 마주하지 // 네 생각과 내 생각 사이가 너무 멀어서 // 나는 중간에 딴생각을 하지"(「내 생각의 내장은」)라거나 "내가 네 앞에 반하는 동시에 / 뒤까지 반하는 건 일루전이다 / 지금 나는 오해하기 위하여 글을 쓰고 있다 / 착각하기 위하여 읽어주면 좋겠다"(「물심양면」)에서 드러나듯 '당신'과 '나'는 아무리 해도 같아질 수 없는 생각의 차이가 존재한다. 그러니 일부러 이해하고 공감하려고 억지 부리지 않는 것, 오롯한 개별성을 찾는 것, '차이'를 인정하는 게 선善인 것이다. 이런 그의 생각은 많은 공감대를 이끌어낸다.

"너는 내가 될 수 없고 // 나는 네가 될 수 없기 때문에 // 어울린다는 말이 어울리니?"(「어울리니?」)처럼 그는 우리가 상투적으로 쓰는 말들에 대해 다시 되짚어보게 한다. 그는 우리의 언어가 사유의 근거가 되지만 그와 동시에 왜곡의 원천이라는 점을 강조하고 있다.

찢어지는 고통은 고통인가 쾌락인가 환희인가 / 찢어지는 고통의 기억
은 능지처참의 기억인가 / (중략) / 이 대담한 수식어는 나에게 경험적인가

/ 이 끔찍한 수식어는 나에게 선험적인가 / 이렇게 무모하게 사용할
만큼 / 나는 끔찍한 지경이 이르렀던가 / (중략) / 찢어진 고통은 말할
수 없는 고통 / 찢어지는 고통은 내가 함부로 쓰는 내 것이 아닌 고통
ㅡ「찢어지는 고통」 부분

그는 우리가 의식적으로나 무의적으로 툭툭 내뱉는 일상어의 상투화된
표현들에 대한 질문을 부단히 던지며 의식의 쇄신을 꾀한다. 그 의식은
언어를 통해 도착하게 될 특정한 장소로 변주되기도 한다. 또한 그것은
장소이되 "당신에게서 당신까지 매일 한 시간 십 분씩만 걸어"(「손에서
발까지」)가는 장소이기에 움직이는 장소이다.

조말선의 시는 해석의 권위에 굴복하지 않으려는 투철함이 빛난다.
'당신'과 '나' 사이의 관계의 진실이 사라진 언어의 세계를 찢고 나가려는
의지가 그것이다. 이 사유의 과정은 비록 고통스럽지만 그 고통이 있기에
세계는 새로운 언어, 새로운 관계로 재생되고 있는 것이다.

제5부

운명을 만나는 방법

김태형

온몸으로 수신되는 주파수

김태형은 시인과 웹디자이너와 서버 관리자까지 1인 3역의 멀티 플레이어이다. 고려대 문예창작학과를 서른 중반에 졸업하기까지 그는 짧지 않은 세월을 고교 졸업 학력으로 살았다. 대학에 가기 위한 공부보다는 시와 소설이 더 좋았고 학교라는 제도와 규율이 싫었다. 글을 쓰기 시작한 것은 고교 1학년 때 누나의 타자기를 만지면서부터이다. 타자기를 장난감 삼아 놀면서 불쑥 무언가가 쓰고 싶어졌다.

만 스물두 살이던 1992년 계간 『현대시세계』 신인 공모에 당선되면서 시인이 됐다. 그리고 장석주 시인에게 286노트북을 얻어 컴퓨터를 처음 알게 됐고, 1994년엔 486노트북을 구입해 각종 소프트웨어를 다운받느라 밤을 지새웠다. 1997년 정보제공업체(IP) '초록배 카툰즈'에 들어가 대중문학잡지 『엑스칼리버』 기자로 일하다 같은 회사에서 만드는 문화웹진 『X-zin』 편집장으로 일했다. 당시 그는 김태형이라는 이름 대신 펑크시인 '이은'으로 활동했다. 하지만 이듬해 회사를 나와 국내 최초의 문학웹진이라 할 『offoff』를 창간한다. 『offoff』는 3년 뒤 문을 닫았지만 그의 웹 노하우는 지금도 문단에서 따라올 자가 없을 정도다.

게다가 홍대 앞과 신촌을 중심으로 록카페가 부흥기를 맞았던 1990년대 후반에 그는 록 음악에 심취했다. 그는 메탈 사운드의 즉물적인 금속성의 서정이 좋았다. 첫 시집 제목을 『로큰롤 헤븐』(1996)으로 정한 것은 그 때문이다.

　　　오직 견뎌내는 일 견뎌내면서 서서히 / 밑으로 더 아득한 심해 속으로
　　숨차 오르는 일 / 그래 무겁다는 것은 얼마나 숨 가쁜 일인가 / 가슴
　　죄는 일인가 허파를 가지고 있다는 이 사실은 / 그 얼마나 솟구치는
　　벅찬 설렘인가 이 고요는

　　　　　　　　　　　　　　　　　　　　　　　-「노란 잠수함」 부분

　　"무겁다는 것은 얼마나 숨 가쁜 일인가"라는 구절은 돌아오지 않는
결핍의 청춘기에 대한 진술한 고백인 동시에 모든 인간은 숨 쉬는 허파를
가지고 있다는 보편적 사실을 상기시킨다. 최저 심해까지 가라앉은 허파
의 소유자(물)들은 얼마나 수면 위로 떠오르고 싶겠는가.
　　일견 단순해 보이는 이 인식은 록 음악의 격정적인 비트 속에서 찾은
것이기에 더욱 빛난다. 하지만 그는 너무 빨리 등단했고 너무 빨리 실험을
했다. 첫 시집 이후 몇 년간 절필하다시피 하면서 첨단과 복고의 끊임없는
길항 관계에 골몰했던 그는 서정적 모험을 중시하는 그만의 시적 코드로
돌아온다.
　　그는 스무 살 갓 넘어 시인이 되었고, 한때 천재라는 소문을 피해
거리로 나서지 않았다. 20여 년 동안 새파랗게 떨리는 시를 써왔지만
그를 아는 사람은 많지 않았다. 첫 시집 『로큰롤 헤븐』을 낸 이후 오랫동안
침묵하다가 30대에 인도에 다녀와 석 달 만에 두 번째 시집 『히말라야시다
는 저의 괴로움과 마주한다』(2004)를 들고 나타났던 그는 이제 세 번째
시집 『코끼리 주파수』(2011)를 통해 다시 자기에게로 돌아왔다. 세상의
중심으로서의 자기 자신 말이다.

그는 2011년에 이어 2012년에도 몽골 고비 사막을 다녀왔다. 처음 고비 사막을 다녀왔을 때 그곳에서 보았던 별, 무지개, 구름 사막 등이 하나도 기억나지 않았다고 한다. 다만 울었던 기억뿐. 두 번째 여행은 그토록 아름다워서 떠올리려 해도 떠오르지 않는 것들을 다시 보고 싶어 나선 걸음이었다.

그는 사막 한가운데 텐트를 치고 밤을 꼬박 새우며 별, 구름, 낙타, 지평선, 무지개를 눈과 가슴뿐만 아니라 카메라에 담아냈다. 그리고 한 달 동안 미친 듯 50여 편의 시를 쏟아냈다.

"필경에는 하고 넘어가야 하는 얘기가 있다 / 무거운 안개구름이 밀려들어 / 귀밑머리에 젖어도 / 한번은 꼭 해야만 되는 얘기가 있다"(「당신 생각」)라고 말문을 연 그는 삶의 기원에 대해, 인간이 마주한 이 세계에 대해, 필연적으로 짊어져야 할 현실의 기억에 대해 전면적으로 이야기를 시작한다. 무엇에 대한 이야기인지는 시편마다 구구절절하지만 그 구구절절함의 스펙트럼은 꽤나 넓어 한 권의 시집에 담아냈다고는 믿어지지 않을 정도다.

> 차가운 마룻바닥의 어둠 속에서 / 어떤 괴물이 태어날지 모른다 / 죄수 안에 또 다른 죄수가 / 이제 막 탄생하고 있을지 모른다 / 내가 외로운 것은 혼자가 되지 못했기 때문이다 / 내가 지금 이토록 괴로운 이유는 / 당신을 끝내 그리워하지 못했기 때문이다
>
> ─「디아스포라」 부분

그에게 혼자된다는 것은 외로운 게 아니다. 오히려 누군가를 오롯이 그리워할 혼자만의 시간을 갖지 못하는 것이 자신을 외롭게 한다고

느낀다. 그리움을 감당할 수 없을 만큼 사랑한 당신이기에….

옛 그림에서나 잠깐 보았던 무릉을 / 한 절벽 앞에서 마주친다 / 그러나 그 무엇이라도 그리워하지 못했으니 / 이 앞에서 나는 그저 / 한 걸음조차 뛰어내릴 수 없는 / 막다른 길일 뿐 / 나 혼자뿐이라고 생각하자 / 가파른 절벽처럼 여기서 / 떨어져 사라져도 좋았을 아찔한 순간들이 / 주차장 뒤로 사라지고 없다

 ―「절벽은 다른 곳에 있다」 부분

예전의 당신, 사랑했던 당신은 지금 여기에 없다. 당신을 잃지 않으려면 절벽에서 뛰어내릴 만큼 용기를 냈어야 하지만 그렇지 못했고 결국 당신은 사라지고 없다. 그립고 그리운 당신의 말이라도 다시 들을 수 있는 방법은 없는가.

수 킬로미터 떨어진 또 다른 무리와 / 젊은 수컷들을 찾아서 / 코끼리는 멀리 울음소리를 낸다 / 팽팽한 공기 속으로 더욱 멀리 울려 퍼지는 말들 / 너무 낮아 내겐 들리지 않는 / 초저음파 십이 헤르츠 / 비밀처럼 이 세상엔 도저히 내게 닿지 않는 / 들을 수 없는 그런 말들이 있다 / (중략) / 들을 수 없는 말들은 먼저 몸으로 받아야 한다는 걸 / 몸으로 울리는 누군가의 떨림을 / 내 몸으로서만 받아야 한다는 걸 알게 되었다

 ―「코끼리 주파수」 부분

시적 화자는 수 킬로미터 떨어진 곳에 있는 다른 코끼리에게도 소리를 전달한다는 코끼리 주파수처럼 차라리 귀가 아니라 온몸으로 당신의

소리를 듣기를 원하고 있다. 그러므로 그가 들려주는 이야기는 자신 안에서 울려 퍼지는 내면의 목소리인 동시에 그 소리는 '당신'에게 닿기 위한 그만의 주파수이다. 그것은 "하나뿐인 심장이 두 사람의 피를 흐르게 하기 위해서 / 숨 가쁘게 숨 가쁘게 뛰기 시작하던 그 순간처럼(「당신이라는 이유」)에서 드러나듯 또다시 사랑을 회복하기 위한 그리움의 주파수인 것이다.

유희경

티셔츠에 목을 넣을 때

티셔츠에 목을 넣을 때 당신은 무슨 생각을 하는가. 가냘픈 목에 티셔츠를 끼워 넣는 그 별거 아닌 찰나, 유희경은 자신의 전사前史가 함께 통과하는 것을 본다.

> 티셔츠에 목을 넣을 때 생각한다 / 이 안은 비좁고 당신은 모른다 / 식탁 위에 고지서가 몇 장 놓여 있다 / 어머니는 자신의 뒷모습을 설거지하고 / 벽 한 쪽에는 내가 장식되어 있다 / 플라타너스 잎맥이 쪼그라드는 아침 / 나는 나로부터 날카롭다 서너 토막이 난다 / 이런 것을 너덜거린다고 말할 수 있을까 // 티셔츠에 목을 넣을 때 생각한다 / 면도를 하다가 그저께 베인 곳을 또 베었고 / 아무리 닦아도 몸에선 털이 자란다 / 타일은 오래 되면 사람의 색을 닮는구나 / 베란다에 앉아 담배를 피우는 삼촌은 / 두꺼운 국어사전을 닮았다 / 얇은 페이지가 빠르게 넘어간다 / 뒷문이 지워졌다 당신이 찾아올 곳이 없어졌다
>
> ―「티셔츠에 목을 넣을 때 생각한다」 부분

서울예대 문예창작과와 한국예술종합학교 극작과를 졸업한 유희경은 2007년 신작 희곡페스티벌에서 희곡 〈별을 가두다〉가 당선되어 대학로에 진출한 그는 2008년 〈조선일보〉 신춘문예 시 부문에 당선되었다.

「티셔츠에 목을 넣을 때 생각한다」는 그의 등단작이다. 모두 3연으로 이루어진 이 시는 3막으로 이루어진 희곡적 전개 양식이 느껴질 뿐만 아니라 지금까지 고정되어 있는 사물의 이미지들을 내면으로 휘어들게 만든다. 설거지 하는 어머니의 뒷모습에서 발견되는 것은 자신의 뒷모습을 설거지 하는 어머니이다. 그걸 바라보는 시적 화자의 위치 또한 '벽 한 쪽에 장식'되어 있을 뿐이다.

게다가 마지막 연에서는 세상을 뜬 아버지가 불쑥 등장한다. 1연에서 어머니가, 2연에서 깎아도 깎아도 자라나는 자신의 까칠한 턱수염이며 함께 기거하고 있는 것으로 추정되는 삼촌이 등장했다가 3연에서는 불의의 교통사고로 돌아가신 아버지를 떠올리는 것이다.

평범한 일상 속에서 고개를 드는 비애가 이 시의 주조를 이루지만, 그 언어가 아주 조용할뿐더러, 평정심을 잃지 않고 있다. 우리의 일상에서는 수많은 사건이 일어난다. 사건보다는 에피소드라고나 할까. 우리는 일하고 자는 것 외에도 빨래를 널고 개고 밥을 짓고 먹고 옷을 입거나 벗고 산다. 이런 행위들은 일상의 연속성 속에 존재한다. 시의 화자는 바로 그 일상 속에서 자신만의 상징을 발견한다.

티셔츠에 목을 넣을 때. 티셔츠는 고독하고 좁은 공간이다. 티셔츠를 입는다는 행위는 그 고독하고 좁은 공간을 통과하는 일종의 제의가 된다. 그 공간, 그 에피소드 안에서, 일상의 모든 것이 새로워지는 방식으로 글쓰기가 시작되는 것이다. 티셔츠에 목을 넣는 순간, 자신이 살아온 삶이 전광석화처럼 지나가고 공기 중에 섞여 있는 산소 같은 기억들이 추상처럼 떠오른다.

시보다 희곡으로 먼저 데뷔해서인지, 그의 시는 한 편의 연극 같다. 등단 당시 유희경은 "지금 손에 쥔 내 손의 온도가 낯설다. 이것은 누구의 것일까. 모든 두근거림의 뿌리를 보고 싶었다"라며 소감을 밝혔다. 그렇게 '모든 두근거림의 뿌리'를 살펴보고자 했던 시인은 고백과 묘사, 대화와 이미 세상을 뜬 이의 시선을 반복해서 복기한다. 그 복기의 방법은 익숙한 일상 언어로 익숙한 감정을 드러내는 것 같지만 바로 그렇기에 일상에 내재된 슬픔과 통증은 더 먹먹하다.

유희경은 짐짓 우리가 말하지 못했던 우리의 감정, 그 '참을 수 없는 감정'에 대해 쓰고 있을 뿐만 아니라 말이 시작되는 발화지점에 대해 알려준다. 그 발화의 감정은 어디에서 비롯하는가? 당신의 느낌은 어느 순간 손아귀에 들어온 듯 분명해지는가? 당신 가슴의 요동과 눈자위 현기증은 무엇으로 인해 증폭하는가? 이런 질문에 의해 시는 써진다.

첫 시집 『오늘 아침 단어』(2011)엔 유희경의 전사前史가 연대기적 배열로 담겨 있다. 시집은 현재에서 시작해 시간을 거슬러 올라간다. 아버지가 돌아가신 후 갑자기 어른이 되었고, 어른이 되고 난 후에야 어머니란 단어를 인식하게 되었다는 유희경은 시집 첫 장에 "나의 어머님께"라는 한 줄의 헌정사를 적었다. 그리고 시집 마지막엔 그를 낳아준 아버지와 어머니의 이야기를 배치했다.

아내는 몰래 깨어 제 무게를 참고 있었다 이 온도가 남편의 것인지 밤의 것인지 모르겠어 이렇게 깜깜한 밤이 또 있을까 눈을 깜빡이다가 도로 잠들고 / 별이 떠 있었다 유월 바람이 불었다 지난 시간들, 구름이 되어 흘러갔다 가로등이 깜빡이고 누가 노래를 불렀다 그들을 뺀 나머지 것들이 조금 움직여 개가 짖었다 / 그때 그게 전부 나였다 거기에 내가 있었다는 것을 모르는 건 남편과 아내뿐이었다 마음에 피가 돌기 시작했다 이야기는 이렇게 시작되었다

「면목동」은 아버지와 어머니가 사랑을 나눈 그날 밤의 이야기이다. 누군가의 무게, 그것이 밤의 정령인지, 남편의 몸인지 정녕 알 수 없었던 그날, 유월의 바람이 불었고 별이 떠 있었고 구름이 흘러갔고 노랫소리가 들렸고 개가 짖었다. 이 모든 것이 '나'를 지상에 데리고 온 조각들이었다. '나'의 영혼이 비로소 하나의 몸으로 빚어지기 시작한 그날을 기점으로 현재에 이르기까지 그의 삶은 역순으로 복기되고 있다.

이렇듯 유희경의 시에는 이야기가 흘러간다. 아니, 그는 흘러간 삶을 첫 시집에 죄다 쏟아내고 싶었는지도 모른다. 시집엔 사랑도 적혀 있다. 왜 아니겠는가. 누군가를 잃었다는 것은 누군가를 사랑했거나 사랑할 수 있다는 것과 같은 말이지 않은가.

시집에 실린 63편의 시들은 낯익은 동시에 낯선 감정의 무늬와 열기로 가득하다. 무겁게 내려앉는 통증의 이야기에서 어룽대는 은빛 눈물과 새벽이슬 속에 피어난 수줍은 꽃의 미소를 '숨김없이 남김없이' 오롯하게 그려낼 줄 아는 따뜻한 시인이 탄생한 것이다.

> 둘이서 마주 앉아, 잘못 배달된 도시락처럼 말없이, 서로의 눈썹을 향하여 손가락을, 이마를, 흐트러져 뚜렷해지지 않는 그림자를, 나란히 놓아둔 채 흐르는 // 우리는 빗방울만큼 떨어져 있다. (중력) 떠올라 가라앉지 않는, 생전生前의 감정 이런 일은 헐거운 장갑 같아서 나는 사랑하고 당신은 말이 없다.
>
> -「내일, 내일」 부분

대학 졸업을 앞두고 밥벌이가 필요했던 그는 책을 좋아했기에 그저 막연하게 편집자가 되기로 마음먹은 후 문학과지성사 홈페이지에서 공채 정보를 알게 되었고 몇 차례의 관문을 넘어 입사할 수 있었다. 그의 이야기는 여기서 그치지 않는다. 직장 선배이자 여섯 살 연상인 이근혜 편집장과 2012년 백년가약을 맺은 일이야말로 21세기 모던 보이 유희경의 실존을 고스란히 보여주는 하나의 사건이다. 소년에서 청년으로, 청년에서 가장으로의 성장 스토리는 마침표가 없고 사랑도 마침표가 없다.

　　결혼 이듬해 그는 직장에 사표를 냈고 두 번째 시집 『당신의 자리—나무로 자라는 방법』(2013)을 냈다. 그리고 특정 공간 안에서 독자와 관객들과 소통할 수 있는 전시회도 기획했다. 여느 시화전처럼 전시장이 액자 따위로 채워진 게 아니라, 새하얀 벽면의 여백과 조명, 나무의자로만 가꿔진 아주 특별한 시 전시회였다. 2013년 3월 말. 서울 용산구 한남동 구슬모아 당구장에서 개최한 첫 개인전이 그것.

　　이 소박한 전시장엔 액자 대신 나무의자 34개와 그 위에 시가 적힌 종이가 관객을 맞았다. 공간이 한 권의 시집이 될 수도 있기 때문이라는 게 그의 설명이다. 전시를 위해 한 달 반 동안 34편의 시들을 새로 쓴 그는 시와 함께 공간도 창조해야 했다.

　　"나무 의자를 하나하나 구상해 조명에 맞춰 배치했죠. 시인으로서 경험할 수 없었던 공간 연출도 도전해봤어요. 큐레이터 역할이 따로 없었습니다. 의자 높이가 제각각인 건 우리 몸에 맞는 의자에 앉으면 편안하잖아요. 관객들이 아무 데나 앉아서 시를 읽고 휴식할 수 있도록 했죠."

　　왜 나무를 주제로 정했는지 묻자 "나무는 시와 같은 것 같다"는 대답이 돌아왔다. "시와 나무의 공통점은 한 점에서 시작해 무수한 선으로 번지며 끝을 맺지 않는다는 겁니다. 정해진 방향 없이 자유롭게 뻗어 나가죠."

어쩌면 지난 세월 동안 텍스트를 꼼꼼하게 읽고 교정해야 하는 편집자 일과 시 쓰는 감성 사이에서 괴리감이 컸을지도 모른다. 그는 "시를 위해서라도 짜인 판 밖으로 나와야겠다"는 생각에 사표를 던졌다고 했다. 그러던 중 패션창작그룹 '씨와이 초이'가 구슬모아 당구장에서 먼저 <두 개의 그림자>라는 패션·설치작품을 선보였는데, 이때 청탁받은 시 한 편을 쓰면서 공간과 첫 인연을 맺었다.

"협업(꼴라보)은 다른 분야의 아티스트들과 함께 모험할 수 있는 기회를 줍니다. 대중과 다른 방식으로 소통도 가능하고요. 우리 관객들이 전시를 볼 때 경직된 게 아닌 자유분방한 분위기를 감상했으면 합니다." 희곡 전공자답게 그는 자신의 생을 멋지게 연출하는 중이다.

이기인

노동시의 새로운 실험

　이기인은 인천시 학익동에서 유년 시절을 보냈다. 학익동은 인천 남부의 달동네를 끼고 있는 공장지대였다. 소년이 학교를 오가면서 본 풍경은 삭막했다. 철강회사와 방직공장과 냉장고 공장도 있었다. 공장엔 외지에서 온 어린 여공들이 많았다. 사람들이 '공순이'라고 부르던 그 소녀들은 대개 회색 작업복을 입고 있었고, 그녀들을 통제하는 사람은 노란 완장을 차고 있었다.

　완장의 지휘를 받는 현실은 여공이라는 신분적 질서를 그대로 노출시켰다. 세월은 흘러 학익동은 아파트촌으로 바뀌었고 방직공장 소녀들도 어디론가 떠나가고 없지만 이기인의 기억 속엔 소녀들이 깊이 각인되었다.

　목화송이처럼 눈은 내리고 / ㅎ방직공장의 어린 소녀들은 우르르 / 몰려나와 따뜻한 분식집으로 걸어가는 동안… 제 가슴에 실밥 / 묻은 줄 모르고, / 공장의 긴 담벽과 가로수는 빈 화장품 그릇처럼 / 은은한 향기의 그녀들을 따라오라 하였네 / 걸음을 멈추고 / 작은 눈 / 뭉치를 하나 만들었을 뿐인데, / 묻지도 않은 고향 이야기를 늘어놓으면서… 늘어놓으면서 어느덧 / 뚱뚱한 눈사람이 하나 생겨나서 / 그 / 어린 손목을 붙잡아버렸네 // (중략) // 입김을 불고 있는 ㅎ방직공장의 굴뚝이, / 건강한

남자의 그것처럼 보였네

－「ㅎ방직공장의 소녀들」 부분

'공순이'로 불리던 여공들에게 '소녀'라는 호칭을 부여하고 있다. 여공들을 계급적 약자라거나 불평등의 희생자로 규정하면서 좌파적 이데올로기의 색깔로 채색했던 사회적 시선의 눈금을 이기인은 조금 더 오른쪽으로 옮겨놓고 있다. 가난한 노동자라고 해서 언제나 슬픈 것은 아닐 것이다.

예컨대 진학을 못하고 공장에 온 여공들은 교양에 대한 콤플렉스를 감추기 위해 비록 사글셋방에 살면서도 백과사전을 들여놓거나 리본 커튼을 달아 방을 꾸미기도 한다. 그들의 삶은 나름 나약하지 않다. 그들도 그들만의 확고한 세계가 있는 것이다.

눈이 오면 가던 걸음을 멈추고 눈사람을 만들며 서로의 속내를 털어놓거나 완성된 눈사람에게 눈을 박아주며 까르르 웃는 그들은 여느 소녀들과 다를 바 없이 해맑고 순수하다. 현실과 고투苦鬪하면서도 낭만과 희망을 잃지 않는 그들의 내면을 이기인은 과거와는 다른 방식으로 들여다보고 있다. 이런 시도는 열악한 노동현실과 미래에 대한 불안으로 고통 받는 이 땅의 수많은 비정규직 노동자들에게 삶의 주체적 자리를 돌려주는 소중한 작업이기도 하다. 이제 시인의 시선은 더욱 깊고 넓게 확장된다.

지난해 기침소리와 함께 회사로부터 해고통지를 받고 쫓겨나온 이는 / 얼마 전에 새끼줄처럼 기다란 이력서를 써봤다 / 아파트 경비원이 되고 싶어서 꾹꾹 / 눌러쓴 이력서를 꼬르륵 꼬르륵 배고픈 편지봉투 속에 넣어두었다 / (중략) / 빗자루가 말끔히 쓸어낸 마당은 빗자루의 새 이력서가 되기도 하였다

　　소외된 이들을 향하는 이기인의 낮은 눈길은 고통과 희망이 오가는 삶의 장면 장면들을 정제된 시어로 포착해낸다. 그의 시에 등장하는 이들은 과일장수, 청소부, 재개발지역의 철거민, 건축공사장 인부, 외국인 노동자, 공장 노동자, 늙은 농부 등 하나같이 우리 시대의 하위자들이다. 그들은 현실의 무게에 짓눌린 존재들이다.

　　고달픈 삶을 하루하루 꾸려나가야 하는 사람들이기에 이들의 일상은 슬픔과 고독으로부터 자유로울 수 없다. 눈여겨볼 부분은 그럼에도 그가 이러한 슬픔들을 눅눅함 없이 담담하게 그린다는 점이다. 그는 어떤 거창한 담론을 부르짖거나 현실의 심연을 파헤치려는 격정 없이 삶의 한 장면을 세심하게 포착하는 데 집중한다.

　　소외된 이들을 소재로 삼는다는 차원을 넘어 이기인의 시가 한층 더 깊은 울림으로 다가오는 것은 이것이 어딘가에 있을 그 누군가의 이야기만이 아니라 '당신'과의 소통을 매개하는 진심어린 고백이기 때문이다.

　　흔히 이기인을 두고 노동시인이라고 부르기도 하고 '포스트 박노해'라고도 부르기도 한다. 이렇게 불리는 이유는 그의 시에 사회참여적인 측면이 있기 때문인데 사실 그런 호칭은 번지수를 잘못 짚은 것일 수도 있다. 그는 본질적으로 시인이다.

　　그는 한 잡지사에서 인터뷰 기자로 일한 적이 있다. 그 잡지에서 인천 지역 공장지대 사람들을 인터뷰했는데 인천 출신이기도 한 그는 이를 계기로 첫 시집 『알쏭달쏭 소녀백과사전』(2005)을 엮었다. 그는 시인으로 사는 삶에 있어서 가장 두드러진 점에 대해 이렇게 들려준다.

"감성이죠. 민감하게 모든 것을 살펴야 하죠. 지금은 감각이 깨진 시대 같아요. 예술가들 또한 돈 벌고, 밥 먹고, 국민연금도 내야 하지요. 옛날엔 더 자유로웠을 텐데… 마치 소설 『향수』의 주인공 그르누이처럼 어떤 것에 대한 절대적인 감각을 끌어와서 시 한 줄을 쓰는 것이죠. 그리고 나는 지금도 그 일을 하고 있지요. 시인은 늘 민감하고, 늘 겸손하고, 늘 깨어있어야 해요. 간절한 사람은 시 한 줄 한 줄 사이에서 '사랑'을 찾아낼 것입니다.

그렇게 예술가는 중증환자를 치료하지요. 마음이 가난한 사람은 그 대상이 무엇이든 간절하지요. 마치 훈련병이 찢어진 신문 한 조각에 집착하는 것처럼. 내 시의 중심축이 '약자' 쪽에 있는 것은 맞아요. 그러나 약자를 대변하는 최전선에 서 있지는 않을 것입니다. 왜냐면 예술은 더 큰 범위에 있기 때문이죠. 인간이 인간을 구원하거나 혹은 지배하거나, 둘 다 위험해요. 이심전심으로 통했다는 것, 그것으로 둘의 역사가 시작되지요. 예술은 '소통'을 기반으로 합니다."

그는 노동시인이라는 호칭에 대해서도 이렇게 언급한다. "나는 노동시인이 아니에요. 사람들은 자기가 본 대로만 몰아가는 것 같아요. 평론가들이 양극화시키는 것 같아서 아쉬울 때도 있었지요. 시는 변합니다. 생명체처럼 살아 움직이는 것 아닌가요. 생활의 체험이 가라앉으면 그것에 바탕을 두고 쓰는 것인데, 앞으로 노동현장만 보고 살 것도 아니고…, 가난한 노동자라고 해서 모두가 슬프지는 않을 겁니다.

공장 일이 모두 다 희생이라고 생각하는 것은 좀 아닌 것 같아요. 롤러 블레이드를 타는 주유소 직원의 몸짓은 춤에 가깝지요. 작은 임금을 받고서도 꿈을 키워가는 사람은 아름답게 보입니다. 자기 인생을 책임지고 잘 연출해서 살고 있는 그들은 외롭지만은 또한 슬프지만은 않을 겁니다.

예컨대 진학하지 못하고 공장에 온 여공이 교양에 대한 불안함을 가지고 있었을 거예요. 그래서 사글셋방에 살 때에 백과사전을 사 놓고 읽기도 하고, 못난이 인형으로 자기 방을 꾸미며, 리본 커튼을 달기도 하지요. 그들의 삶은 그다지 나약하지 않아요. 그들도 그들만의 확고한 세계가 있어요. 지금까지 이런 게 잘 조명되지 않았지만 앞으로 그걸 담아낼 필요가 있다고 봅니다.

요즘 시인들은 고학력이 유행인 것 같아요. 저 역시 대학원(성균관대 국문학과)을 수료했지만, 요즘 시인들에는 학위 있는 사람도 많고, 시인들이 똑똑해져서 그런지 시가 어려워졌고, 차용하는 얘기들이 많아서 시에 각주가 많이 달리지요. 그러나 생각해보면 백석, 김영랑 등도 다 그 당시엔 엘리트였고 학자였지요. 좋은 인재들을 정치적 격랑 속에서 빼앗겨 온 역사가 있었으나, 지금에 와서는 훌륭한 사람이 이데올로기에서 벗어나 문학으로 오고 이렇게 문학의 외연이 확장되는 것이 아닌가라는 생각이 듭니다. 문학에 현실이해뿐만 아니라 인문학적, 철학적, 나아가 우주적 상상력이 담긴다는 건 좋은 일이지요."

두 번째 시집 『어깨 위로 떨어지는 편지』를 거치며 이기인의 시는 변화하고 있다.

> 참을성 있는 생명이 빨간색 모자를 썼다 / 사과는 캔버스에서 나오지
> 못한 독방의 주인이었다 / 수감된 방에서 사과의 불멸을 훼손하고 싶었다
> / 정숙한 가운데 캔버스를 정면으로 걸어놓았다 / 잔인한 형벌을 겪었으
> 므로 사과의 죄목을 떠올렸다 / 비공개적으로 사건 칼날을 버리고 세밀한
> 붓을 만들었다 / 위협을 감춘 날에는 빨간색 수인번호를 붓끝에 올려놓았

다 / 형벌의 틀을 갈아 끼우는 마당에서 혼자 사과를 그렸다 / 실수로
사과를 흙에 그렸을 때 사과에 흙이 묻었다 / 흙을 씨앗처럼 갖고 싶어
사과에 햇빛을 덧칠했다 / 환한 두 눈을 뜨고서 저지른 잘못을 후회하였다

-「사과 정물」 부분

그는 "요즘 내 시가 좀 길어지고 있다"고 했다. 또 "왜 길어지나
스스로 생각해봤더니 하고 싶은 이야기에 대한 강렬함, 시 쓰고 싶은
마음이 더 간절해지기 때문인 것 같다"고 말했다. 2011년 이기인은
30편의 시로 미당문학상 후보에 오른다. 예심위원들은 그의 시에 대해
"상투성에서 벗어나 세상을 낯설게 본다", "대상의 뒷면까지 시선을
밀고 가는 힘이 느껴진다"고 평했다. 그런 특징 때문에 이기인의 시는
쉽게 읽히지는 않는다. 오래 들여다보게 만든다. 이미지들이 시 전체를
관통하며 낯선 대상들을 한 줄로 꿰어내는 끈질김 같은 게 느껴진다.

「사과 정물」의 전체적인 의미는 불확실하다. 시적 화자가 사과인지,
사과를 그리는 화가인지, 캔버스 자체인지 쉽게 의미를 파악할 수 없다.
어쩌면 사과는 과일 사과일 뿐 아니라 잘못한 일에 대한 사과謝過의 의미도
갖고 있는 것 같다.

그는 "실수로 사과를 흙에 그렸을 때 사과에 흙이 묻었다"는 문장에
주목해 시를 읽어보라고 권했다. "가령 발끝으로 사과를 그리면 그 순간
사과에 흙이 묻지 않느냐"는 것이다. "실수로 어떤 대상을 사랑하게
됐을 때 진짜 사랑하게 되는 것 같다"는 말도 했다. 이기인은 '알쏭달쏭
소녀백과사전'을 지나 '알쏭달쏭 사과 정물'로 가고 있다.

박장호

언어로 우려낸 진짜배기 공룡 사골탕

시인은 대개 두 개의 관문을 통과하기 마련이다. 수백 대 일의 경쟁을 뚫어야 하는 등단도 어렵지만 그건 어디까지나 첫 술을 뜬 것이다. 밥 한 사발(첫 시집)을 다 먹어치운 후 트림까지 해야 비로소 프로가 되는 게 문단의 불문율이다. 수고롭기로 말하자면 등단보다 첫 시집을 묶을 때가 더하다.

2003년 『시와 세계』로 등단한 박장호의 경우가 그렇다. 그는 말수가 적다. 그래서 가끔 오해가 빚어지기도 한다. 하고 싶은 말을 끝까지 하지 않는 언어 생략의 습관 때문이다. 그는 같은 말을 하더라도 자신이 말한 단어와 다른 사람들이 말한 단어가 좀 다른 의미로 쓰이는 것 같다는 생각이 든다고 한다. 그만의 언어 체계가 따로 있다고나 할까.

달리 말하면 '시란 이러이러해야 한다'거나 '시는 주제가 드러나야 한다'는 등의 천편일률적인 창작 기법에 대한 저항감이 그만의 언어체계를 필요로 했을 것이다.

첫 시집 『나는 맛있다』(2008)를 펴냈을 때 "놀랍도록 남성적이고 직설적인 강한 스파크의 세계"라든가 "맑은 청력으로 모두가 놓친 말 한 마디를 홀로 귀에 담아놓을 줄 아는 시인"이라는 평을 들은 것도 자아의 아이러니라는 그만의 직관에 기인한다. 그는 "아무도 다치지 않고 자기 자신에게 날리는 말이 있는 셈인데 이것이 자아의 아이러니"라고 귀띔했다.

> 고장 난 자동차를 몰아본 사람들은 안다 / 목적지를 가진 운행의 아픔
> 에 대하여 / 창문이 열리지 않는 진동의 공간 / 교통방송은 착신되지
> 않고 / 카스테레오는 도돌이표만 재생한다 / (중략) / 유턴 푯말만 있는
> 도로 / 끝내 추락할 수 없는 질주 / 그 멀미에 대하여 / 목적지를 잃어본
> 사람은 안다 / 달리는 차 안에 있는 고통에 대하여
>
> —「내 마음의 스키드 마크」 부분

그에겐 혼자만의 생각을 공글리는 그만의 언어 스타일이 있다. '목적지'
라고 말하지만 그 목적지는 지도에 있는 어떤 지점이 아니라 언어의
목적지인 것이다. 많은 시인들이 언어로 말할 때 그는 그 언어 자체에
대해 말하고자 한다. 그는 언어에 민감하다. 그 민감함은 첫 시집 제목과도
관련된다. "시집 제목이 문제였어요. 내 시엔 아이러니의 상황이 많이
등장하니, 있을 수 있지만 있을 수 없는 '공룡 사골 전문점'을 내정했었지
요. 하지만 정작 그 제목으로 착상한 시가 완성되지 않아 결국은 수록
시 가운데 한 편인 '나는 맛있다'를 표제로 달게 되었어요."

그로부터 3년 후인 2011년 그는 월간 『현대시학』 9월호에 한 편의
시를 발표한다.

> 나는 공룡을 재료로 식당을 차렸다 / 입구엔 공룡 사골 전문점이라는
> 간판을 붙였다 / 개업과 동시에 소문이 돌았고 / 사람들이 줄지어 식당
> 안으로 들어왔다 / 하나같이 귀마개를 하고 있었다 / 소리가 차가운
> 시대였다 / 식당 안엔 뿔테안경을 쓴 잡상인이 / 사전 속의 낱말을 파느라

분주했다 / 문자가 가벼운 시대였다 / 문장 밖의 나는 키보드를 눌러
잡상인을 쫓았다 / 식당에 순수한 주문과 접수의 시간이 왔다 / 공룡의
뼈를 우려낸 탕이 식탁에 전달되었고 / 탕 속엔 지워지는 주둥이가 건더기
로 떠 있었다 / 문장 밖에서 볼 때, / 그것은 훼손된 사람의 심장 같았다.

-「공룡 사골 전문점」 부분

진짜 공룡(언어)은 없고 출처 불명의 언어적 괴물만 난무하는 이 시대에
그는 진짜배기 공룡 사골탕을 우려내고 싶은 것이다. '개업과 동시에'
손님(독자)들이 공룡 사골(시)을 시식하려고 들어선다. 이때 뿔테안경을
쓴 잡상인(시인)은 손님들에게 낱말들을 사고파느라 분주하다. 나(출판
사)는 팔리지 않는 시인을 문밖으로 내쫓는다. 그리하여 공룡 사골탕엔
지워지는 주둥이만 건더기로 떠 있다.

산문 「꿈으로 돌아가지 못하는 빗방울」에 그는 이렇게 썼다. "이 세상에
는 시인이라는 말만 있을 뿐, 시인이라는 존재는 없는 건지도 모르겠다.
그렇지 않고서야 이렇게 시인이 많을 리가 있겠는가."

박장호는 시라는 진짜 공룡의 사골탕을 우려내고 싶고 시집 『나는
맛있다』에는 진짜 언어의 공룡에서 사골탕을 우려내고 싶은 그의 전위적
욕망이 묻어난다.

시집 제목에 등장하는 '나'는 대상인가 아니면 주체인가에 대한 의문으
로부터 그 전위성은 시작된다. '나'는 욕망을 추구하는 주체적 인물인가,
혹은 욕망의 대상으로서 던져진 사물과 같은 존재인가? 하지만 시적
화자인 '나'는 주체도 대상도 아닌, 주체이면서도 대상인 둘 사이의
경계 위에 놓여 있다. 때문에 '나'는 욕망을 찾아 떠나는 존재인 동시에
욕망을 부추기는 인물이다. 그의 시에 등장하는 '나'는 일반적인 인식의

틀 속에서의 '나'와 다르다. '나'는 사회적 관계망 속에서 일정한 시간과 공간을 점유하는 존재라기보다는 끊임없이 공간을 가로질러 시간을 해체시키는 존재이다. 그는 그러한 '나'를 '오래도록 스쳐만 가는'(「취향을 중심으로 한 소규모 공동체」) 존재라고 말한다.

> 담배가 탄다. 구겨진 메시지들이 수신된 토요일 아침이다. 흙 속의 검은 산소를 마시며 담배가 탄다. 광물의 밤은 어둠의 깊이보다 불면의 길이를 강요했다. 커피 잔에서 시든 장미의 꽃잎이 떨어진다. 마주 볼 수 없는 나의 앞모습과 뒷모습 사이에서 담배가 탄다. 나라는 것은 아주 오래도록 스쳐만 가는 것이다. 금요일의 고백천사가 서로를 구원할 수 없는 토요일의 상담 천사들 사이에 내던져져 있다. 천사들의 아침은 우유처럼 고요하고 유리 테이프처럼 투명하다. 신체의 윤곽선이 마모된 채 선천적인 질문의 형태로 이루어지는 천사들의 돌림노래. 나라는 것의 혀는 나의 심장만을 겨누고 있는 것이다.
>
> —「취향을 중심으로 한 소규모 공동체」 부분

그의 시에서 '나'는 타자와의 관계망이나 시선에서 철저하게 배제된 채 오직 '나'의 개성에 의해서만 결정되는 존재이다. 이러한 '나'를 두고 그는 "나는 이 분야의 최초의 개성. 나도 내가 뭔지 아직 모른다"(「멀티 스타디움의 복면 심판」)라고 말한다. 그렇다면 '나'는 누구이며 무엇인가.

> 정신질환의 나와 폐질환의 네가 / 극장에 나란히 앉아 영화를 본다. / 혼자라면 오징어나 씹었을 대사를 우리는 / 어깨를 맞대고 들썩이며 깔깔대고 웃는다. / 공기 속을 떠다니는 우리들의 입김 / 한 달 만에

만난 두 사내가 왜 극장에 나란히 앉아 있는지 / 그 한증막 같은 습도를
사람들은 모른다. / 배역을 받지 못한 배우처럼 / 나는 머리가 아프고
너는 가슴이 아프다. / 우리는 다른 부위를 동시에 앓고 있다. / 퇴화된
꼬리뼈를 악착같이 꽂고 / 갈 곳 없는 정오의 백수처럼 / 나는 너의
기관지에 매달려 웃고 / 너는 나의 정수리에 서서 웃는다.

—「푸른 신호등」 부분

이 시에서 '나'와 '너'는 중성화되어 있다. 극장에 나란히 앉아 영화를
보는 상황이지만 이 부분에서 흔히 연상되는 남녀 간의 데이트 장면이
이 시에서는 상기되지 않는다. 그는 성별을 삭제하고 중성화시킨 대신
'나'와 '너'를 환자로서 성격화시킨다. 뇌질환자나 폐질환자가 그들이다.

"이 둘을 매개하고 묶어준 것은 무엇이었을까. '나'와 '너'는 '우리'가
되어 함께 유쾌하다. 무엇이 유쾌하게 하는 것일까. 분명한 것은 '우리의
입김이 공기 속을 떠다녔다'는 것. '뇌'환자인 '나'는 '폐'가 아프고 '폐'환
자인 '너'는 '뇌'가 아파 '함께 앓게' 되었다는 점이다. 성별을 소거시켜
이성 간의 만남을 지워버린 것은 시인의 세심한 의도에 의해서였다는
판단이다."(김윤정, 「전위 시인들의 무기로서의 언어」)

'나'는 입김에 의해서 '너'에게 방사되고 침투되는 존재, 욕망보다도
더 정형화되지 않는 존재, 어떠한 의지에 의해서도 응집되지 않은 채
마치 먼지처럼 공기 중에 떠다니는 존재이다. 다시 말해 '나'는 '나'에
갇혀 있지 않다는 것이다.

'나'의 성질을 규명하는 일은 박장호의 시를 여는 관문이기도 하다.
그의 시는 '나'의 분출이자 방사에 다름 아니기 때문이다. 따라서 그에게
있어 '나'의 의식이나 타인의 의식은 주제가 되지 못한다. 그의 시적

언어는 일상화된 언어의 기능을 벗어나 있으며 이 점이 난해함의 요인이
된다.

> 생각 속에 물고기들이 산다 / 어종 없는 물고기들이 생태계를 이룬다
> / 물고기들은 몸과 눈이 투명하다 / 물고기들은 대화하지 않는다 / 물고기
> 들은 마주 보는 것에 익숙하다 / 물고기들은 먹이를 찾아 헤엄친다 /
> 먹이사슬이 자유롭고 피식이 두렵지 않은 곳 / 물고기들은 질긴 말보다
> 빛나는 살결을 좋아한다 / 물고기들은 빛나는 살결만큼 투명한 위장을
> 좋아한다 / 피식어는 포식어의 몸속에서 헤엄을 멈추지 않고 / 포식어는
> 피식어의 속도를 가로채지 않는다 // 물고기들은 날마다 싱싱해진다
> / 물고기들은 자지 않고 헤엄친다 / 물고기들의 생태계가 넓어진다
> —「나는 맛있다」 부분

「나는 맛있다」는 곧 '나'의 있음의 방식과 '너'를 찾아나서는 운동의
양상을 보여준다. 서로가 서로에게 포식자가 되고 피식자가 되는 지점과
그 결합을 형상화하는 작업이 박장호의 시 세계인 셈이다.

박후기

가족도감의 유전자

　박후기. 본명 박홍희. 경기도 평택시 팽성읍 도두리에서 5남매의 막내로 태어났다. 큰형과 셋째형이 중앙대 문예창작학과를 나온 터라 집안이 워낙 글 쓰는 분위기였다. 나이 차이도 꽤 났지만 어렸을 때부터 형들이 읽던 『창작과비평』, 『현대문학』 등 문예지를 읽고 자랐다.

　그의 신춘문예 도전기는 고교 때부터다. 서울예대 문창과에 진학했지만 서른 중반이 다 되어가도록 본심에만 올랐을 뿐, 등단 소식은 들리지 않았다. 투고할 때마다 최종심에 오르내리니까, 누가 알아볼까봐 '후기'라는 필명을 만들었다. '후기後氣'는 국어사전에 엄연히 '버티어나가는 힘'이라고 뜻풀이가 되어 있다. 그걸 '후기後記'로 잘못 알고 지금도 그를 '에필로그'라고 부르는 사람이 가끔 있다.

　독특한 필명 덕분에 그는 가족사의 후기後記에 집착하게 되었는지도 모른다. 그는 갓 스무 살 시절에 아버지를 잃었다. 아버지는 미군 부대 격납고에서 떨어져 추락사했다. 믿기지 않았다. 믿고 싶지 않았다. 아버지는 '늘 고맙고 착한사람'이었다. 자신은 물론 형제들에게도 매 한번 든 적 없었고, 없는 형편에 문학을 하겠다고 했을 때도 묵묵히 지지를 해주었다. 그래서 아버지에 대한 부채의식은 더 컸다. 아버지를 잃고 시를 쓰기 시작했으니 그가 살아온 과정엔 아버지가 깊숙이 자리한다. 아버지의 일터는 평택 '캠프 험프리'였다.

전신주 위의 애자가 몸을 떨고 있네 / 기지촌에 비는 내리고 / 먼 데서 달려온 뜨거운 전기가 / 쉴 새 없이 애자의 몸을 핥고 지나갔네 / (중략) / 깨진 애자의 젖은 몸이 길 위에 뒹굴고 / 미제 험비(군용차량)가 마지막으로 한 번 더 / 불에 그을린 애자의 몸을 밟고 지나갔네

-「애자의 슬픔」 부분

첫 시집 『종이는 나무의 유전자를 갖고 있다』(2006)에서 아버지만큼이나 두드러진 이미지가 있다면 바로 미군부대이다. 그는 어린 시절, 아버지가 일하던 캠프 험프리에 몇 번 들어간 적이 있었다. 자연스럽게 미국문화, 기지촌 문화를 접하면서 자랐다. 그때만 해도 그에게 미국은 아름다운 곳이었다. 미군이 우리나라에 오랫동안 있으면 우리나라도 이렇게 변할까, 하는 아주 단순한 생각도 했었다.

그러다 미군 문제에 대해 눈뜨게 된 것은 고등학생 때이다. 우리 땅을 빌려 살고 있으면서 캠프 험프리의 주소를 미국 캘리포니아로 쓰고(실제로 그는 미국 캘리포니아로 써야만 편지가 들어간다고 알고 있었단다) 그들이 먹고 자는 돈이 우리 국방비에서 나오는 걸 알게 되면서 그는 평택 미군기지 확장저지 운동인 대추리 투쟁에도 뛰어들었고 평택 지역 예술인들과 함께 '우리 땅 지키기 평택 문화예술인 모임'에도 참가했다.

이처럼 늘 현장 가까이에 있는 것은 그가 문학을 하는 방식이기도 하다. 하지만 그는 시가 현장을 곧바로 담아내는 것은 아니라는 것을 누구보다 잘 알고 있기도 하다. 시는 구호가 아니기 때문이다. 그런 만큼 그는 자신의 일상 속에서 곡진한 삶의 희망에 대해 말한다.

싱크대 옆 선반 위 / 물이 담긴 유리그릇 속에서 / 감자 한 알이 소
눈곱 같은 싹을 틔운다 / 똑똑한 아기 낳는 법, 이라고 씌어진 / 두툼한
책장을 넘기다 말고 / 고추장 김치 돼지고기가 들끓는 / 찌개 곁에서
아내가 입덧을 한다 / 햇빛이 잠시 문 밖에서 서성이다 / 돌아가는 지하
단칸방 / 식탁 위 선인장이 우울하다 // (중략) // 아내의 배 위로 불거진
핏줄이 / 한 가닥 금을 긋는다 / 아내의 뱃속에는 / 꼼지락거리는 손가락이
열 개 / 발가락이 열 개 그리고 / 바위의 안부를 묻는 빗방울처럼 /
쉬지 않고 내세를 두드리는 / 희망이라는 유전자가 하나

―「종이는 나무의 유전자를 갖고 있다」 부분

두 번째 시집 『내 귀는 거짓말을 사랑한다』(2009)도 첫 시집에 이어
혈육과 가족에 대한 끈끈한 애정을 드러낸다. 다만 '혈육'이나 '가족'은
'나'의 의지나 선택과 상관없이 주어진다는 점에서 문제적 이슈가 될
수 있으면서도 고전적인 주제인 게 사실이다. 박후기는 이 고전적인
주제를 다루는 데 능숙하다. 여기서 능숙함이란 새로운 감각이나 감성으
로 언어를 구부러뜨리지 않고 지극한 연민을 통해 바라보는 고전적인
표현을 고집한다. 요양원에 보내진 노모를 바라보는 연민과 슬픔이 드러
나는 시 「소금 한 포대」, 자기 기원의 고백을 담은 시 「채송화」, 강원도
오지에서 든 민박집 풍경을 그린 「미산」 등에서 볼 수 있듯 그는 현란한
감성과 표현 감각을 늘어놓지 않고 솔직한 감성을 그대로 드러낸다.
궁핍한 일상적 사건과 가난에 초점을 맞추고 무너져 내리는 가족의
존재에 대한 안타까움을 담담하게 들려주는 것이다.

치매 걸린 노모, 요양원에 들여놓았습니다. 날이 갈수록, 멀쩡하던
몸 물먹은 소금처럼 녹아내립니다. 간수 같은 누런 오줌 가랑이 사이로
줄줄 흘러내립니다. 염천 아래 등 터지며 그러모은 자식들 뒷짐 지고
먼 산 바라볼 때, 입 빼뚤어진 소금 한 포대 울다가 웃었습니다.

-「소금 한 포대」 부분

기지촌에서 보낸 유년 시절의 기억과 하층민들의 신산한 삶을 중첩시
키며 '비루하지 않은 가난의 시 세계'를 구축해왔던 그는 두 번째 시집에서
도 사회에서 밀려난 자들에 대한 연민의 시선을 거두지 않는다.

눈 내리는 밤 지하철역의 노숙자(「자반고등어」), 기타 공장의 해고 노동자(「
6번 현관」), 단속에 걸릴까 숨 죽여 국제전화를 돌리는 외국인노동자들(「불법
체류자들」) 같은 이들을 그는 그냥 지나칠 수가 없다. 힘없는 자들에 대한
시인의 관찰은, 더없이 아름답지만 입이 없는 존재-꽃의 이미지에 도움을
받는다. 망루 농성을 벌이는 용산 재개발지구의 철거민들의 모습은 "버려
진 꽃들이 생사의 경계 위에서 목을 길게 빼고 망을 본다. 가끔, 발을
헛디딘 꽃잎이 난간 아래로 추락하기도 한다"(「난간에 대하여」)라는 시구로
형상화된다.

취직에 실패한 어느 중년 실업자의 허청거리는 귀갓길은 "떨어진
꽃잎이 제 그늘을 밟고 간다"(「실업자」)로, 어느 가난한 가장의 모습은
"일곱 식구 부양하는 아버지 / 피곤한 얼굴로 돌아와 / 밥도 안 먹고
/ 수련처럼 / 까칠한 입 벌린 채 / 코 골며 주무신다"(「괄호」)로, 각각
꽃잎과 수련으로 묘사된다. 사회 중심부에서 밀려난 하층민에 대한 관심
을 식물적 상상력과 결합시킨 시편들이야말로 현실 문제에 관심을 놓지
않는 박후기 시 세계의 진경이다

21ᶜ 시인

장석원

이질적 기억을 뒤섞는 하이브리드 원심력

충북 청주시 우암동 395의 10번지는 장석원이 태어나 근 20년을 살았던 고향집이다. 장독대와 공용 수도와 구기자나무가 서 있던 마당 깊은 집이었다. 교사인 아버지는 2남 5녀 가운데 막내인 장석원을 한여름 밤에 불러내 등목을 시켜주었다. 누나들 틈에 끼어 성장한 그는 수줍음 많은 소년이었다.

가지 많은 나무에 바람 잘 날이 없듯, 7남매를 키워야 했던 부모님은 딱히 막내라고 해서 특별대우를 한 적은 없다. 그는 오히려 누나 방에서 보거나 들었던 모네, 르누아르, 세잔, 피카소의 그림들과 팝송들을 통해 자신만의 세계를 구축했으니, 음악을 매개로 한 자의식의 깃발은 이 시절부터 펄럭였던 것이다. 고교 때는 지리를 열렬히 좋아해 지도를 통째로 외우기도 한 그는 한 바가지 찬 물에 소름이 돋던 기억을 뒤로 하고 고려대 국문학과에 진학한다.

대학 시절의 안암문예창작강좌를 듣던 그는 복학생 선배들 틈에 끼어 있다. 강사로 초빙된 정현종, 신경림, 최승자, 허수경 제씨를 경청하던 이 문학청년은 학사 장교로 군복무를 마치고 대학원에 진학해 박사과정 중에 있던 2002년 〈대한매일신문〉을 통해 등단한다. 한 · 일 월드컵이 열린 해였다.

숨 가쁘게 흘러가버린 10여 년의 세월 속에서 현실사회주의는 붕괴되었고 월드컵의 광기어린 응원가는 귀를 찔러댔다. 어디가 중심이고 어디가 변방인지 갈피가 잡히지 않는 시대에 시인의 닻을 올렸으니 그는 우리 시대에 '언어'는 무엇을 해야 하는가 라는 질문을 늘 품고 다녔다.

> 광장은 쪼개지는 곳 / 바람이 그러하듯 / 광장은 중심을 지니지 않는다 / 바람과 햇빛, 습도와 명암까지 똑같다 // 지루하고 무한한 한 번의 삶이었지만 / 걸인이기도 하고 한 그루 나무이기도 하고 / 첨탑에 걸린 구름이기도 하지만 / 지워진 얼굴로 여기까지 걸어왔지만 // 횡단하는 비둘기로 가득 찬 하늘 밑에서 / 잠을 생각한다, 사랑의 복습을 꿈꾼다 / 그때 우리는 아무것도 아니었고 또한 아무것이기도 했다
> ─「모래로부터 먼지로부터」 부분

그 질문은 '시가 시대와 현실을 기억하고 기록할 수 있다면 그것은 과연 무엇일까'라는 질문으로 변했다. 그가 찾아낸 대답은 '하이브리드(잡종) 되기'였다. '나'의 결단에 따라 능동적으로 먼저 '타자들'과 섞이는 것을 그는 소통의 적극적 양상이라고 말한다. 대중문화라는 무궁무진한 텍스트의 바다에서 수많은 이질적인 것들이 뒤섞여 새로운 돌연변이가 헤엄치고 있는 이미지가 그것이다. 세 번째 시집 『역진화의 시작』(2012)의 4부엔 'DJ Ultra의 리믹스'라는 부제의 시가 여러 편 수록되어 있다. 노래를 중심으로 다른 작가들의 작품을 무작위적으로 절취해서 뒤섞은 작품들이다.

> 사랑은 깊어져도 실행할 길 없는 이념, 노래는 흘러나왔지만 몸을 적시지 못하고, 빗나간 우리는 돌아가지 못한다네, 사랑이여, 잘도 도는

차돌 맷돌이여, 정의 없는 세상 길 가다 피곤한 몸 쉬었다 가는데, 만나자
이별이지만 이별이 서러워 돌고 도는 // 물레방아처럼 몸을 잃고 노래를
잃고 사라진 나의 주인이여

―「형벌」 부분

이 시엔 미국의 헤비메탈 밴드 Lamb Of God의 노래 <Walk With
Me In Hell>과 조영남의 노래 <물레방아 인생>과 정지용 시 「조찬^{朝餐}」이
섞여 있다. 그는 대중가요의 가사와 순수시가 만나 저마다의 이질성을
드러낸 채 새로운 감각으로 전이될 수 있는 가능성을 실험 중이다. 이러한
'잡종되기'는 그가 일상의 무작위적이고 이질적인 속성을 시에 수용하려
는 특유의 형식을 낳고 있다.

1) 유년 시절의 기억에서 비롯된 시가 있는지요? 가족 관계는요?

―2남 5녀 중에 막내입니다. 형제자매 많은 것이 자랑은 아닌데요.
많은 누나들 사이에서 성장해서 그런지 어릴 적에는 무척 수줍음을
많이 탔다고 어머니께서 말씀하십니다. 미술을 전공했던 둘째 누나의
방에서 팝송을 듣고, 세계의 화가들 화집을 보고, 아무것도 모르면서
『현대문학』 같은 잡지를 훔쳐보고… 그런 시절이 기억납니다. 가족이
많으니, 기쁨도 슬픔도 그만큼입니다. 태어나는 아기들과 돌아가시는
어른들이 짝을 맞추기도 합니다. 도청소재지인 청주는 예전, 제가 살
때만 해도 집 주변에 논밭이 잔뜩 있었지만, 분명 제법 큰 도시였고
나 역시 대가족의 일원으로 성장했지만 일찌감치 서울로 옮겨와 혼자
오랫동안 살았다는 것이 저의 태생적인 이중성 같아 보입니다.

2) 문학에 심취하게 된 계기와 고려대 재학 당시 습작 시절에 대해서도

알고 싶네요?

　―국문과에 입학하게 된 이유는, 학력고사 점수가 잘 들어맞았다는 것이 큰 이유인데요. 나중에 알고 보니 고등학교 3년 동안 담임 선생님들이 전부 저를 국문과에 보내는 것이 좋겠다고 생활기록부에 적어놓으셨더라고요. 적성이 글쓰기에 어울렸다는 생각을 하고 있습니다. 대학에서는 막연하게 시를 써야겠다는 생각만 했지, 실제로 시에 전념하지는 못했습니다. 대학원 입학해서 습작에 전념했습니다. 본격적인 습작은 1998년 1월부터 시작했습니다. 고대 출신의 많은 시인들이 그때 우연하게도 대학원에 모여 있었고, 그들과 함께 2주에 한 번씩 합평회를 빼먹지 않고, 정말로 열심히 했습니다. 저는 모임 때마다 두세 작품씩 들고 갔고요, 벗들의 '까기'를 싫어하지 않고 잘 받아들였습니다. 들은 평을 거의 전부 받아들였습니다. 저의 시는 '서정시'가 아니라는 것에 벗들의 의견이 일치되었습니다. "다른 사람들과 1cm라도 다르게 쓰고 싶어 한다"는 선배의 말이 기억에 남습니다. 어떤 거창한 의도가 있었던 것은 아니었습니다. 나보다 잘 쓰는 사람들, 내가 갖지 못한 것을 보여주는 사람들에게 '장석원'만의 것을 내보이고 싶었던, 치기어린 바람이 시를 쓸 때마다 저를 밀어붙였던 것 같습니다.

　3) 평단에서는 장 시인의 시 세계를 두고 '언어와 말, 그 어떤 것에도 묶이지 않은 아나키즘에 의거한 자유자재한 상상력'이라고들 말합니다. 도시를 횡행하는 신자유주의의 내면도 읽혀지는데 그런 시를 쓰게 된 계기는?

　―우리가 지녔던 이상이, 우리가 지켜왔던 신념이, 갑자기, 송두리째, 무너졌을 때가 있었습니다. 저는 개인적으로, 다행히도, 그 시절을 군대에서 보냈습니다. 1994년 서울 불바다 위협으로 우리 사회가 들썩였을

때에도 저는 군대에서 '유폐된 채' 생활했습니다. 타의에 의해 '객관'을 유지할 수 있었던 것입니다. 만약, 그 모든 것들이, 혁명과 혁명을 기원했던 염원이 사라졌다면, 그 이후의 상태를 폐허로 바라봐야 하는가의 문제부터 따져보아야 한다고 생각했습니다. 과연 이곳은 폐허인가요. 폐허라면 무엇을 해야 할까요. 저는 현실을 확인하는 것, 현재를 인정하는 것이 중요하다고 봅니다. 실패면 어떻고, 패배면 어떻습니까. 문학이 그러하듯, 우리의 삶은 언제나 지속되는 것이고, 삶을 살아가기 위해 시를 쓰는 자로서 무엇을 해야 하는가의 문제 앞에서 제가 잡을 수 있었던 것은, 언제나 그렇듯이, 다시 쉬지 않고 시를 쓰는 일이었습니다. '나'는 무엇을 해야 하는가 같은 질문보다 '언어'는 무엇을 해야 하는가 같은 질문을 품고 다녔습니다. 시가 시대와 현실을 기억할 수 있다면, 그것은 과연 무엇일까 같은 질문도 비슷한 맥락을 형성합니다. 명사들로 표징되는 시대의 기억을 온전히 기록하고 싶었습니다.

4) 잡종 의식이 자신의 시적 지향에 어떤 영향을 미쳤는지요?

— 저의 의도가 잘 구현되었는지를 확신할 수는 없지만 대중가요의 가사와 순수시가 만나 저마다의 이질성을 저의 시에서 드러낸 채 병치되어 새로운 감각으로 전이될 수 있는 가능성이 보인다면 저는 만족합니다. 비록 그런 시도가 헛스윙이 되거나 파울볼을 날릴 뿐이더라도 다른 사람들에게 그러한 가능성의 일말을 보여주었다면 바랄 것이 없습니다. 이러한 '잡종되기'의 경향은 김수영 연구자로서, 김수영이 후기 시에서 보여준 자유자재한 형식의 시도에 용기 얻은 바가 있다고 생각합니다. 김수영은 후기 시에서, 일상으로 침잠해 시적 언술의 배치를 '편하게' 시도합니다.

보는 사람에 따라서는 무질서로 보일 수도 있는 이러한 구술적^{口述的}인

시행 배치는 김수영 자신이 말한 산문성의 한 가지 범주이면서, 제가 보기에는, 일상이라는 생활 세계의 무작위적이고 무질서한 측면을 받아들인 김수영 특유의 형식입니다. 그의 사상적 지향 중에 하나인 '자유'가 초기 시에서 시의 주제로 집약되는 측면이 있다면, 후기 시에서는 그것이 시의 형식으로 응결되고 있다고 생각합니다. 이 점에서 김수영은 그의 말대로, '내용-형식'의 일원적 관점을 잘 보여준다고 봅니다. 저는 김수영이 죽음의 문턱까지 밀고 갔던 시의 부정성에 감동을 받습니다. 잡종되기 역시 김수영에게서 얻은 자유로운 변양태^{變樣態}의 한 가지라고 생각해주시면 좋겠습니다. 외국시인 중에서는 등단 이후 여러 동료들과 함께 읽은 테드 휴즈의 시가 기억에 남습니다.

5) 아나키스트적 기질은 어디로부터 기원한 것인지요?

―질문하신 대로 '아나키스트적'이었으면 좋겠습니다. 저는 자연과학이 우리가 존재하고 있는 이 세계의 본질에 대해서 문학과 철학이 시도하는 그만큼 어떤 결과를 말하고 있다고 생각합니다. 가끔은 종교적인 근원에 벌써 닿은 것은 아닌가 하는 생각도 합니다. '신의 입자' 같은 말의 내용을 잘 모르지만 말입니다. 자연과학의 어법은 이런 것 같습니다. 이것과 저것은 상호적이며, 이것과 저것은 다르다는 것이며, 이것과 저것은 둘이면서 하나라는 것. 말장난 같지만 존재의 본질을 잘 설명하고 있는 말로 판단합니다.

6) 첫 시집 이후 현재에 이르기까지 어떤 변화된 지점을 통과하고 있는지요?

―아나키에서 출발하였습니다. 『태양의 연대기』에서는 1980년대로 압축되는 저의 청년기를 어떤 식으로든 결론짓겠다는 마음이 강했습니다. 세 번째 시집은 새로운 모색이었습니다. 앞으로 어떻게 해야 하는가,

어디로 가야 하는가, 무엇을 가져야 하는가. 이런 질문을 하기 위해 『역진화의 시작』이라는 타이틀을 달았고, 이런 질문에 대한 답을 찾기 위해 표제작을 시집의 맨 끝에 놓았습니다. 저는 세 번째 시집 이후가 비로소 시작始作-詩作이라는 생각을 합니다. 그리고 세 번째 시집 이후에 저는 다시 한 번 '혼돈'에 대해 생각합니다. 이제까지의 전부를 '혼돈'에 던져 넣고, 다시 새로운 그 무엇을 찾기 위해, 저 자신을 오랫동안 바라볼 생각입니다.

7) 자신의 시에 어떤 사회성이 내재되어 있기를 바라는지요?

—어려운 질문을 하셨습니다. 왜냐하면, 제가 시를 쓰면서 '어떤 사회성'을 기획하거나 바란 적이 없기 때문입니다. 제가 바라는 것은, 질문에 대한 답과는 거리가 멀다고 생각하지만, 저의 시가 또는 저의 진술이 기억에 대한 기록이 되기를 바란다는 것입니다. 그 세계를 기억하는 일인데, 바꾸어 말하면 잊지 않는 일인데, 그것을 시의 언어로, 시의 형식으로 기억할 수 있다면 좋겠습니다. 저의 작품들이 사실에 대한 재구再構가 아니라 사실을 기억하기 위한 이미지와 감각의 형태 중 하나가 되었으면 하는 바람이 있습니다.

최금진

불행과 허기를 꿰뚫는 상생의 생태학

충북 제천에서 태어나 춘천교육대학을 졸업하고 교사생활을 하던 중 1997년 〈강원일보〉 신춘문예와 2001년 계간 『창작과비평』 제1회 신인시인상을 수상하며 등단한 최금진의 가족사 앞에서 우린 할 말을 잃는다.

"할머니는 1907년생이었어요. 할머니는 저승사자도 탐내지 않는 여든 셋에 자살을 했지요. 어쩌다 나는 아버지 없는 집에서 태어나, 어머니 없는 유년 시절을 보내고 서둘러 대책도 없이 어른이 되었을까요. 아버지(1940년생)는 내가 세 살 때 역시 자살로 생을 마쳤지요. 서른셋의 나이였어요."

최금진은 지금도 젊은 아버지가 뛰어든 강물 근처에 가지 못한다. 아버지의 사촌들도 모두 마흔이 되기 전에 유명을 달리했다. 대체 무슨 운명의 애꿎은 장난이란 말인가. 친척 가운데 누군가가 그때 그 일을 입에 올릴라치면 모두들 황망한 얼굴로 "어이, 그만하지"하고 손을 가로 저었다. 최금진도 철이 들면서 그 얘기를 하는 게 얼마나 그들에게 부담을 주는 것인지를 알게 되었다. 아니, 죽음의 그림자 같은 게 드리워진 그의 얼굴을 보는 것만으로도 친척들은 괴로워했다.

내 꿈속에 오는 **삐삐** 마른 조상들은 / 왜 둘씩 셋씩 숨죽이고 앉아

／ 한국식으로 육회를 먹나 ／ 피 묻은 쇠고기를 허겁지겁 맨손으로 떼어먹
나 ／ 손등까지 싹싹 핥아먹고 ／ 굶주린 개들처럼 나를 뚫어지게 바라보다
가 ／ 다들 어디로 가나 ／ (중략) ／ 귀신들도 국경이 있나, 정부가 있나
／ 왜 나는 한 번도 본 적이 없는 증조부와 닮았나 ／ 고향을 한참 떠나왔고,
친척도 이젠 없는데 ／ 내 가느다란 팔다리마다 최 씨들 뿐이다

ー「다들 어디로 갔나」 부분

인간이 현실의 어떤 현상을 수용하고 용인하기 위해서는 그것에 대한
자기 나름의 납득과 이해가 필요하다. 최금진이 가족사에 깃든 비극의
장면 하나하나를 '시'라는 언어 형식에 담아내는 일은 일종의 제의,
살풀이와 같다. 그의 시에 등장하는 '죽은 자' 혹은 '산 자'는 모두 탯줄로
연결된 가족이다. 그의 가위눌린 꿈에 나타난 환영들은 이 지상에 부재하
는 존재들이지만 '피 묻은 쇠고기를 허겁지겁 맨손으로 떼어먹을' 만큼
리얼해서 오히려 환영이 아니라 바로 눈앞에서 펼쳐지는 현실인 것만
같다. 따지고 보면 부재하는 존재들이 그를 호출하는 게 아니라 오히려
최금진 자신이 억울한 넋들을 언어로 호출해 달래고 있는 이 형식이야말
로 그만의 그로테스크한 미학으로 읽힌다.

불행의 내력을 온몸을 던져 끊어내겠다는 의지야말로 최금진 시의
운명이자 미학이다. 이러한 태도는 시적 훈련의 결과이든, 성숙의 결과이
든 그 자신으로부터 거리를 두는 데 성공하지 못한 사람이라면 쉽사리
나올 수 없다.

사람들은 누구나 한번쯤 초저녁잠에서 깨어 ／ 여기가 어딘가, 고개를
두리번거리며 황망히 운다 ／ 오래된 그릇은 저절로 금이 가고 ／ 인간은

거기 담긴 한 국자의 검은 물처럼 쏟아져 대지에 스민다 / 물줄기가
산 아래로 흘러가 마을의 잠을 이루는 저녁 / 미농지처럼 얇은 잠 사이로
/ 산수유꽃이 피어 있는 게 보인다 / 나는 눈을 감고도 환한 구례 어디쯤을
지나고 있는가 / 내 귀에서 어린 은어떼가 조각조각 꿈을 물어뜯고 있는가
/ 누가 내 잠을 석회처럼 하얗게 강물에 풀어내고 있는가 / 발끝까지
환하다, 화안하다

　　　　　　　　　　　　　　　　　　－「구례 어딘가를 지나가는 나의 잠」 부분

　그의 시엔 비극적 리얼리즘이 만들어낸 환영이 얼핏얼핏 떠오르고
있다. 그로테스크한 풍경을 시적 촉수로 어루만질 수밖에 없는 그는
이 비극을 어떻게 견딜 수 있었을까. 게다가 그 비극을 원천으로 해서
어떻게 '문학'의 세계로 입문하게 되었을까.

　"왜 다른 건 다 잊고 살면서 도무지 잊히지 않는 게 있는 것인지
모르겠다. 무허가 우리 집을 허물기 위해 시청 사람들이 집을 드나들던
기억이며 고모와 어머니의 칼부림을, 어머니의 울음소리를 왜 기억해야
하는 건지 모르겠다. 할머니는 절을 신봉하고 부처를 섬겼으나 말년엔
아무것도 믿지 않으셨다. 내가 예수에 미쳐 살던 학창 시절, 나는 할머니의
무신론을 악하게 생각했으나 지금은 얼마든지 이해할 수 있다. 전능하신
신은 어느 누구 편도 아니다. 그저 방치하기만 한다. 그리고 그 방치된
환경에서 지독하게 잘 살아남는 행복한 그들이 있는 것이다. 신은 아무것
도 돕지 못한다. 주말이면 로또 복권을 사고 새해엔 소원을 빈다. 하지만
기적은 일어나지 않는다. 나는 날마다 거울을 보며 웃는 연습을 한다."(신문
「나는 후루꾸다」)

그의 시 의식의 근저에 자리하고 있는 가족사는 불행과 비극으로 점철되어 있다. 그 또한 조상과 같이 "고향을 한참 떠나" 유랑의 길 위에 서 있다. 그럼에도 불구하고 조상은 여전히 온전치 못한 몸으로 제주濟州인 '나'를 따라다닌다. 중요한 것은 제삿날 꿈에 나타나는 조상 중 한 번도 본 적이 없는 증조부와 '나'가 닮았다고 생각하는 운명적 연대의식이다.

이는 불교의 연기설緣起說과 같은 맥락이기도 하겠으나 조상들의 생김새와 행동이 하나같이 유사하다는 것을 '나'가 꿈의 현시를 통해 인식한다는 점에서 그의 의식은 샤먼의 의식 상태와 동일하다고 볼 수 있다. 그의 이러한 의식은 반대로 죽어서도 떠도는 조상과 아직도 어느 한 곳에 정착하지 못했다고 인식하는 자신의 삶에 대한 안정성의 희구와도 맥락을 같이한다. 다시 말해 그의 운명적 주술성은 부정과 울분으로 가득 찬 현재의 삶을 운명으로 받아들이고 현실을 감내하겠다는 의지의 표출이다. 그는 가족사에 깃든 비극을 풀기 위해 스스로의 언어를 샤먼의 그것으로 바꿔버린 셈이다.

그는 두 번째 시집 『황금을 찾아서』(2011)에서 가족사의 이야기에 환영을 뒤섞으며 좀 더 유장한 진술방식을 드러낸다.

> 은율, 재령, 남아프리카공화국 그리고 엘도라도를 생각하면 / 우리 집 마당도 금 뿌리 가득한 어느 만석꾼의 밭인 것만 같다 / 그러면 식탁에 달랑 올라온 김치와 밥으로 때우는 저녁상도 / 푸짐한 금빛으로 넘치고 / 내 이름의 '金'자도 왠지 거부巨富의 돌림자 같기만 하고 / 설핏 든 잠은 스페인 사람들이 믿었던 엘도라도로의 통로라는 생각 / 어쩌면 개미들이 기어 다니는 허물어진 방바닥 귀퉁이를 / 숟가락으로 파볼

일인지도 모르는 / 어젯밤 뜬금없는 누런 똥꿈을 자꾸 왕관처럼 머리에
썼다가 벗으며 / 할아버지 화장터에서 주워온 금이빨을 고모는 어디에다
썼을까 하는 생각

-「황금을 찾아서」 부분

시적 화자는 부자가 되어 가난에서 벗어나겠으면 좋겠다는 단순한
욕망을 말하지 않는다. 스스로 황금을 만들어내는 연금술사가 되고 싶
지만 그게 불가능하다는 것을 이미 잘 알고 있기 때문이다. 다만 자신의
이름 석 자 가운데 한 자인 '금(金)'에서 시작된 상념은 왜 내 이름에 '금'자가
들어가 있는데 '금' 문제를 해결하지 못할까, 라는 단순한 착상에서
시작된다. 그렇게 해서 시작된 '금에 대한 몽상'은 역사적으로 황금의
땅으로 알려지거나 또는 금광이 있었다는 은율, 재령, 남아프리카공화국
그리고 엘도라도로 이어지고, 다시 할아버지 화장터에서 주워온 금이빨
을 고모는 어디에다 썼을까 하는 상념으로 번져간다.

이 시는 자신에게 결핍된 것, 결락된 것들을 쓰다듬으며 비극적인
성장사가 야기한 고통에서 어느 정도 거리를 두고 있다. 최금진은 환영이
라는 장치를 통해 집안의 비극적 내력을 스스로 위안하는 방법을 체득하
고 있는지도 모른다. 그가 말하는 금은 그냥 금이 아니라 깊숙한 내면에서
오래 숙성된 삶의 본색 같은 느낌을 준다. 금이라는 글자가 새처럼 날아오
르려는 영혼을 눌러놓은 형국이다.

최 치 언

구술의 역동성으로 무장한 전사

　2013년 1월, 최치언 시인에게 전화를 걸었다. 인도네시아에 있다고
했다. "보름 일정으로 원시림을 뚫고 들어가는 오지 탐험을 막 시작했으니
전화도 곧 끊길 것"이라고도 했다.

　1970년 전남 영암 산. 1999년 〈동아일보〉 신춘문예에 시가, 2001년
〈세계일보〉 신춘문예에 소설이 당선돼 등단한 그는 2011년 희곡 「미친
극」으로 대산문학상 희곡 부문을 수상하며 장르를 넘나드는 전천후
작가임을 '입증'했다. 기왕 '입증'이라고 했으니 말이지만, 그는 세상이
한 편의 부조리극임을 '입증'하는 데 발군의 힘을 보여준다. 서울과학기술
대 문예창작학과가 그의 최종 학력이지만 그의 초창기 시를 살펴보면
그가 만난 최초의 문학적 학교는 화장터라고 해도 과언은 아닐 것이다.

　　아주 놀라운 일이 일어났지 / 내가 장작더미 위에 누워 화장을 당하고
있었던 거야 / 가족들은 타오르는 불 밖에서 춤을 추고 / 나는 불 안에서
불안에 떨고 있었지 / (중략) / 어머니가 조용히 일어나 말간 숯불을
들춰보는 거야 / 식구들 몰래 숯불에 감자를 구워 먹는 저 여자는 /
다시는 처녀가 될 수 없는 어머니는 / 울고 있었던 것도 같은데 / 그러니
너도 배고프지 않니 / 주둥이 미어터지도록 어서 너도 한입 베어 물렴
/ 잘 익은 허기 한 근.

"가족은 늘 죽음의 그림자 같은 것"이었다는 말로 가족사에 깃든 슬픔과 비애를 갈음하는 그의 첫 시집 『설탕은 모든 것을 치료할 수 있다』(2005)는 "가난과 소외를 신화의 세계로 이끄는 구술의 역동성이 두드러진다"는 평을 받으며 세간의 이목을 받았다.

하지만 그는 이내 '시'라는 들판에서 '희곡'이라는 종합무대로 옮겨간다. 광주민중항쟁을 다룬 희곡 「충분히 애도되지 못한 슬픔」(2008)은 그가 슬픔이 치유되지 않은 상태에서 맺힌 어떤 상처들에 대한 생각을 하다가 구체적으로 캐릭터가 잡힌 뒤 결국 희곡으로 완성한 작품이다.

"시의 언어가 상징과 은유로 이루어진 난공불락의 성이라면, 희곡은 그 성문을 열고 마치 쏟아져 나오는 군사들처럼 육질화된 언어입니다. 그런 의미에서 단어 속에서 이미지가 나오고 이미지에서 서사가 나오지요. '광주'는 다함이 없이 지속적으로 해결해야 할 문제이며 여전히 '충분히 애도되지 못한 슬픔'이 아닌가 생각됩니다."

두 번째 시집 『어떤 선물은 피를 요구한다』(2010)는 시와 희곡이라는 두 장르의 융합을 통해 강렬하고 극적인 시 세계를 보여준다.

좌측은 연필의 힘을 믿는다 / 나무의 치졸함을 믿고 / 의사당의 순결을 믿는다 / 좌측은 형제들의 오만을 믿는다 / 그러므로 좌측은 아무것도 믿지 않는다 / 우리가 늙는다는 것도 / 너희들이 여자이었다가 남자가 되고 그리고 여자로 사랑하는 나약한 방식을 믿는다 // (중략) // 아무도 없는 거리에서 우리는 우측하고만 싸웠다 / 그리고 / 모두 죽었다 / 이것이 좌측이 준 선물이다

이 시를 쓰게 된 동기에 대해 그는 "'우리 모두는 실체 없는 편협한 추상하고만 싸우고 있지 않는가'라는 반성을 한 뒤"라면서 "편협한 추상에서 빠져나와, 보다 즉물적이고 계획화되지 않은 날것의 미학을 추구하고 싶었다"고 말한다.

1) 유년 시절은?

—영암에서 유년기를 보냈습니다. 2남 3녀 중 장남으로 태어난 저에게 가족은 늘 죽음의 그림자 같은 것이었습니다. 그것은 슬픔과 비애 속에서 나왔지만, 모두에게 있는 그런 것입니다. 하지만 제가 장남이라니요!? 이 어처구니없는 일 때문에 가족들이 지금까지도 시름시름 앓고 있습니다.

2) 문학에 심취하게 된 계기는?

—세상과 사물이 숨겨 놓은 비밀을 저의 시 「창문에 비친 거리의 방식」으로 이해하고 싶었습니다. 저에게 문학은 그것이 가능한 장르였습니다. 문학청년 시절의 치기란 백설공주의 독사과와도 같은 것입니다. 먹으면 안 되지만 안 먹으면 이야기 전개가 안 되는… 저도 적당히 먹었습니다. 희곡을 쓰게 된 계기는 특별히 따로 없는 것 같고, 생각해 보면 지금 같은 유희적 말버릇과 호흡 때문에 자연스럽게 쓰게 된 것 같습니다. 외젠 이오네스코의 부조리한 작품 세계를 존경합니다.

3) 첫 시집의 표제 시에 대해 '미각적 심상이 드러난 시편'이라는 평을 읽은 적이 있는데 시집의 전체적인 아우라는 무엇인지요?

—첫 시집의 아우라는 가난과 소외를 신화의 세계로 편입시키는 구술

의 역동성에 있지 않을까 싶습니다. 이런 시를 예로 들 수 있을 겁니다. "이 마을 가장 높은 곳엔 세탁소가 있다. / 바짓단을 줄인 듯 껑충한 머리의 주인장은 / 지붕 위에서 함석을 기우고 있다. / (중략) / 종일 천둥처럼 망치를 내려치는 사내가 있고 / 때 묻은 옷더미 속에서 바늘대로 꼿꼿이 말라가는 / 그의 여자가 있다. / (중략) // 저녁 안개가 흰 빨래처럼 펄럭거릴 쯤 / 주인장은 지붕 위에서 내려온다. / 풀어진 세제 속에 붉게 달아오른 두 손을 담그고 / 여자는 하루 종일 바람을 맞은 / 그의 구겨진 마음을 다림질한다.(「올림푸스 세탁소」 부분)

4) 첫 시집 이후 현재에 이르기까지 어떤 변화된 지점을 통과하고 있는지요?

─보다 즉물적이고, 융합적이며 계획화되지 않은 날것의 미학을 추구하고 있습니다.

5) 어디선가 읽은 기억이 납니다. "최치언은 자칫 모호해 보일 수도 있는 시공간을 세계의 폭력과 비의를 드러내는 매력적인 공간으로 솜씨 좋게 탈바꿈 한다." 모호해 보일 수 있다는 시공간에 대한 독특한 발화법이란 무엇인지요?

─극단적인 힘들이 부딪히는 지점을 정점이라고 합니다. 정점이 어떤 힘에 의해 폭발하면 극단은 엄청난 에너지를 뿜어내며 새로운 것으로 융합되어버립니다. 이와 같이, 저는 제 속에 있는 극단적 장르들의 융합을 통해 강렬하고 신선한 새로운 극적 시 세계를 창조하려고 합니다.

6) 시 「캘리포니아 오렌지에 대한 짧은 유감」을 감명 있게 읽었습니다. 이야기시의 특성 같은 것도 있고 장르 통합적인 성향도 읽혀지는데 여기서도 남과 여의 대화체가 반복됩니다. 대화체를 즐겨 사용하는 동기는?

─구술하듯 시를 전개하는 발화법에서 자연스럽게 나온 창작기법입

니다. 이 기법은 인물과 사건을 효과적으로 극화시켜 이야기시의 재미를 배가시켜줍니다. 그래서 즐겨 사용합니다.

7) 자신의 시에 어떤 사회성이 내재되어 있기를 바라는지요. 진술=사회성이라는 등식으로 볼 때 말이죠. 시와 정치, 혹은 희곡과 정치의 문제에 대해 어떤 생각을 갖고 있는지요?

—모든 문학은 넓은 의미의 정치적 주장입니다. 저는 시나 희곡을 통해 일관되게 부조리한 세상의 실체를 폭로하는 작업을 하고 있습니다. 글은 현재냐 과거냐의 시점을 떠나 한번 세상에 발표된 후엔 본인이 인정하든 안하든 계속적인 정치적 행위라고 생각합니다.

제6부

자기에게 돌아오는 머나먼 모험

김근

기억의 변주와 설화적 재생

김근은 운명적으로 시인이 될 수밖에 없는 성장기를 보낸다. 그 근거지가 고향인 전북 고창이다. 미당의 고향이기도 한 고창에서 그는 무엇을 보고 무엇을 겪었던가. 1996년 『문학동네』 신인상으로 등단해 8년 만에 첫 시집을 냈을 만큼 문학적 출발선에 선 그의 고심은 깊었다고 말할 수 있을 것이다. 대학 졸업 전에 등단할 만큼 문운도 좋았지만 이후 그는 밥벌이를 위해 출판사와 잡지사, 프리랜서를 전전하며 바쁜 나날을 보낸다. 그 와중에서도 그는 자신이 써야 할 시적 정체성에 대해 고민했다. 등단하고 보니 몇 편 안되는 시들이 모두 교과서적으로 느껴져 몇 년 동안 시를 쓰지 못했다. 본격적으로 작품 활동을 시작한 것은 2002년 겨울, <불편> 동인 활동을 시작하면서다.

"막상 문단에 들어와 보니 문학적 고민을 나누고 소통할 만한 자리가 없었지요. 그래서 평소 알고 지내던 동종업계 경쟁자에게 손을 내밀었어요. 그게 <불편> 동인입니다. 처음에 이영주, 안현미가 의기투합했고, 김민정, 장이지, 김중일이 합류했지요. 나중에 김경주, 하재연까지 모두 8명이었지요. 2002년 겨울이었지요. 시 세계가 비슷한 작가들이 모여 활동했던 기존 동인과 달리 우리 동인은 각자 시 세계가 다르지만 그 안에서 세계와 문학에 대한 고민을 충분히 나눌 수 있었어요. 개인적으로 나에게 큰 도움이 됐지요. 동인 이름 <불편>은 '세상도 불편한데, 언어라고 편할 수 있겠는가'하는 단순한 발상에서 붙인 이름이지요. 사실 아직도 동인 이름을 발음하는 것이 '불편'한데, 대부분이 동의하는 바람에 그렇게 만들어졌습니다."

　　항아리 같은 잠의 뚜껑을 열고 사내애는 깨어났다. 낡고 낡은 잠 바깥엔 삼백예순 날 종일 비 내리고 빗방울 하나마다 부릅뜬 눈알들 추녀 끝 마당엔 여자가 온몸으로 눈알을 맞고 서 있었다. 여자는 희게 젖고, 엄마 나는 저 눈깔들이 무서워요 무서워할 것 없단다. 애야. 지느러미나 혓바닥이 내릴 날 있을 거다. 저것들은 엄마가 죽인 아이들의 눈깔인가요? 애야 저것들은 네가 무수한 날에 바꿔 달 눈알들이란다. 또로록 또로록 굴러다니며 검은자위들이 본 저 징글징글한 것들을 내가 다 봐야 한다고요? 보이는 건 아무것도 아니란다. 애야 너 같은 건 다 거짓말 이란다.

-「어제」부분

　　김근은 이 시가 수록된 첫 시집 『뱀 소년의 외출』(2005)에서 성장사를 이렇게 요약했다.

　　1) 태몽은 모른다. 돌아가신 할아버지가 태몽을 꾸었다고 어머니가 전하지만, 그 꿈에서 닭이 노닥거렸단 것밖엔 들은 바 없다. 할아버지의 뗏장을 들추고 물어볼 수도 없으니 태몽 따위야 있어도 그만인, 살면서 옷에 붙은 티끌처럼 생각해버리고 말법도 하지만 그럴 수 없는 것이 희한하다. 내가 태몽을 꾸미게 된 연유다. 이렇게도 꾸미고 저렇게도 꾸몄다. 없었던 기억이 있었던 기억이 되어버렸다.

　　어느샌가 그가 꾸며진 태몽과, 이제는 사라져 오직 시인의 기억 속에만 존재하는 새로 난 길에 뒤덮여버린 집, 어릴 적 뛰어놀던 동네는 시인에게는 사라지고 없는 것들, 즉 시를 이끌어내는 "어미"이자 "신화"이다. 이 신화의 터전에서 뻗어 나온 시는 언어의 몸을 얻어 생생하게 살아난다.

2) 태어난 집은 사라졌다. 길에 뒤덮여버리기 전에 우리 식구는 그 집을 황급히 빠져나왔다. 세간도 살았던 모양 그대로 둔 채 몸만 빠져나와 새로 살 집으로 들어갔다. 그 집에는 뒤란이 있고 항아리가 하나 묻혀서 축축한 바닥으로 우산이끼가 자라났다. 장독대도 하나 있었는데 독 안에서 무슨 장이 발효되는지 알 수 없었다. 얼마만큼 구더기가 꿈틀거리는지도 알 길 없었다. 우물에는 이따금 뱀이 기어들어가 빠져 있곤 했다. 그 뱀을 꺼내는 것은 늘 할아버지 몫이었는데 어머니가 그때 어떤 표정을 지었는지는 아무리 해도 생각나지 않는다. 아버지는 그 집에 자주 없었다. 어머니는 그 집에서 자주 유산을 해댔다. 생겨나지 못하고 죽은 아기들은 어디로 갔나. 사라져 없으니 기억하기도 어렵다.

3) 뛰며 놀며 자랐던 서울 변두리의 판잣집들과 골목들은 사라져 없다. 배꽃 흩날리던 자리엔 고층 아파트들이 우뚝 우뚝 일어서 흔들리고 있었던 것인데 말해 무엇하랴 사라지는 것들은 다 어미다. 사라진 것들은 그러므로 다 신화다.

4) 자연으로 옛날로 돌아갈 수 있다고 믿는 자들이 있는 모양이다. 그들이야말로 세계가 아직도 견고하다고 믿는 자들일 것이다. 어느 틈에 부드러운 피부에 싸여 있는 세계가 제 피부에 생채기를 내어 시뻘건 속살을 보여줄 때 그들은 기절초풍하고만 말 것인가. 어미에게 돌아간들 이미 쭈글쭈글 천만 개 주름을 단 자궁일밖에 어하리 넘차 어어허.

첫 시집 『뱀 소년의 외출』(2005)엔 '유년'과 '현재'라는 두 개의 시간대가 맞물려 있다. 먼저 '유년'의 시간은 신화적/설화적 세계와 맞닿아 있다. "어린 시절 증조부모를 다 보면서 자랐어요. 외가 쪽으로는 외할아버지가 양자를 가서 증조모가 두 분이셨지요. 할머니의 친정어머니는 백 살도 넘도록 사셨는데, 그분들의 이야기는 원색의 민화 같았지요. 어머니는 유산을 자주 하셨는데, 나를 낳기 전에 세 번이나 유산을 하셨다고 들었어요. 내가 태어난 이후로도 몇 번 유산을 하셨던 것 같아요. 어릴 때 그 얘길 듣고 자랐는데, 어쩌면 나도 그렇게 사라질 존재는 아니었을까 하는 생각을 나중에 했지요. 열여덟 살로 기억하는데, 장마가 계속 지다가 어느 날 오후 앞산 하늘이 반짝 개인 것을 보고 그쪽으로 달려갔지요. 그곳은 마을 앞 커다란 저수지였지요. 여름이라서 물을 모두 뺀 저수지 바닥에서 물속에 잠겨있던 마을을 보게 됐어요. 아직 무너지지 않은 담벼락과 장독대, 우물, 고인돌 같은 것들이 그대로 남아 있더군요. 그 흔적들이 마치 나의 과거 같다는 생각이 들었고 무엇에 홀린 듯 집에 와서 시를 써 내려갔지요. 지금 와서 생각해 보면 그때가 내가 시를 쓰게 된 어떤 계기였던 것 같아요. 지금의 세계, 말하자면 역사적 세계로서의 현재는 시에서 늘 상실의 경험으로 드러나곤 합니다."

그렇다면 그에게 '현재'의 시간은 어떤 의미로 다가오는가. "내게 현재적 삶이란 고향에서 떠나온 이후의 삶이지요. 고향이 내게 안온한 곳은 결코 아니었지만, 도시의 삶은 내게 치명적인 상처를 안겨주었지요. 하루하루 삶을 이어가기가 쉽지 않은 시절이 있었어요. 지하철 입구에서 날을 새기도 했고, 길에서 자다가 얼어 죽을 뻔도 했지요. 친구 자취방에 얹혀서 산 적도 있었는데, 거긴 아래는 변소고 벽은 축대로 이루어진 방이었지요. 그때 나는 내 삶이 무슨 거대한 존재에 의해 편집당하고 있다고 생각했어요. 지금은 비교적 안정된 것처럼 보이지만 여태도 지나온 어떤 시간들은 끊임없이 내게 상처를 입히지요. 그래서 '상실'이란 건 생의 근본적인 것이라는 생각이 들었지요. 지금, 여기서 나는 자꾸 나를 잃어버리는 경험을 하게 됩니다. 결국 나 자신을 인식하게 하는 것은 타자와의 관계를 통해서일 텐데, 소통이 어려워지고 타자와의 관계가 허물어지다 보니 나 자신이 어디에 어떻게 존재하는지 알 수 없는 경우가 많지요."

대개의 경우 세계는 두 개로 분열되어 있는데, 한 세계는 긍정으로, 다른 세계는 부정으로 대변되기 마련이다. 그런데 김근의 시는 두 세계를 동시에 부정하고 있거나, 두 세계로부터 동시에 버림받고 있다는 느낌을 준다. "떠돌고 있다는 생각을 어릴 적부터 해왔어요. 그 어디에도 안착하지 못하는 삶인 듯. 그렇다고 떠오를 만큼 가볍지도 못한 것이 내 언어지요. 부정이나 긍정을 의식하고 시를 쓰는 건 아니지만 대개 부정적으로 비치는 것은 그 어디에도 안착하지 못하는 삶의 불안함 때문인 것 같아요. 과거나 현재의 날것들을 맞닥뜨리게 되면 그러나 결코 그것들을 긍정할 수 없을 것이라 생각해요. 과거와 도시(현재)의 속살은 결코 아름답거나 평온하지 않지요. 그것들을 뒤집어보면 그것은 치명적이고 끔찍하지요."

그의 시에는 설화적 세계를 상징하는 소재들이 많이 등장한다. 오래된 물건들, 우물, 강, 자궁 등등. 그것들은 시 속에서 긍정되지 않는다. 그에게 오래된 것들이란 어떤 의미를 갖는가. "내게 오래된 것들이란 기억 이전의 것들인지 모릅니다. 그것들이 호명되어 내게로 왔을 때 그것들에 나는 새롭게 옷을 입혀주고 싶었지요. 그것들은 내 시에서 자주 전복되고 그래서 부정적인 것으로 보일지 모르지요. 오래된 것은 내 언어의 렌즈에 끼우는 일종의 필터예요. 나는 그 필터를 통해 현실 혹은 세계를 보고 싶었지요."

어느샌가 꾸며낸 태몽과 이제는 사라져 오직 시인의 기억 속에만
존재하는 저수지 바닥의 오래된 마을과 집들…. 그에게 사라지고 없는
것들은 시를 이끌어내는 모체이자 신화로 변주된다. 신화의 터전에서
뻗어 나온 시가 언어의 몸을 얻어 생생하게 살아나는 것이다. 그에게
오래된 것들이란 기억 이전의 것이다. 그는 지금은 사라지고 없는 것들을
현재의 시제로 불러들여 새로운 옷을 입혀주고 있다.

김산

지구별에 불시착한 우주 소년

    소년은 충남 논산시 연무대읍에서 태어나 성장했다. 부모는 재래시장
에서 닭집을 하며 가계를 꾸렸다. 열 살 때인 1985년 가을. 닭집은
남의 손에 넘어갔고 부모는 서울로 야반도주를 했다. 조부모와 함께
살아야 했던 소년은 방학 때만 서울 하월곡동 달동네에 사는 부모와
함께 지낼 수 있었다.

    고속버스터미널에서 헤어질 때 소년은 닭똥 같은 눈물을 뚝뚝 흘리곤
했다. 왜 식구끼리 떨어져 살아야 하는지 도무지 이해할 수 없었다.
차츰 말수가 줄었고 바깥출입을 하지 않았다. 항상 1등을 했지만 담임은
반장을 시켜주지 않았다.

    초등학교 때 장래 희망 란에 '나는 것'이라고 썼다. 담임 선생님은
친절하게 '비행기 조종사'로 정정해줬다. 소년은 고개를 도리도리 저었
다. 그의 희망은 조종사가 아니라 '나는 것' 그 자체였다. 부모와 떨어진
후 그는 내성적으로 변해 텃밭의 꽃이나 나무에게 말을 걸며 외로움을
달랬다.

    그는 날고 싶었으나 그것은 조종사와 같은 구체적인 게 아니라 다분히
관념적인 심상이었다. 중학교 2학년 때 아버지가 그를 전학시키려고
내려왔을 때 국어 선생님은 이렇게 말해주었다. "너는 시인이 되면 잘
어울릴 것 같구나." 하지만 이 말을 오래도록 잊고 살았다. 가정형편

때문에 서울 대방동의 한 공고에 진학한 그는 군대에 가서 선임이나 장교들의 연애편지를 대필해 주며 문학에 눈떴다. 대학에서의 전공은 일본어였으나 전공은 제쳐놓은 채 10년 동안 습작시를 끼적였다. 그리고 2007년 계간 『시인세계』 신인작품 공모에 「날아라 손오공」으로 당선의 기쁨을 안았다.

> 엘프족을 닮은 여자가 있다 / 이름 모를 행성과 충돌하고 / 흩어진 가계를 수습하기 위해 / 가위 하나만 달랑 손에 쥐고 / 지구별로 야반도주 한 여자 / 건조한 내 머리에 물을 뿌리며 / 숙련된 손길로 싹둑싹둑 / 한 달간의 근심을 가지 치는 여자 / 웃자란 생각들을 좌우로 보며 / 마침맞게 중심을 잡아주는 여자 / 이따금 새순으로 피어난 꽃말들이 / 그믐처럼 그윽하게 입가에 스미는 여자 / 언젠가 여자는 나를 쓸어 담고 / 그녀가 왔던 행성으로 되돌아갈 것이다
>
> ―「은하 미용실」 부분

첫 시집 『키키』(2011)에 수록된 시의 화자는 소행성에서 온 외계인이다. 지구 어머니의 몸을 빌려 태어난 그는 지구인들의 살아가는 모습을 글로 기록하고, 그것을 자신의 고향인 소행성에 돌아가 얘기한다. 김산은 소년 시절부터 날고 싶었던 꿈을 지구에 불시착한 외계인의 시선으로 변주하면서 개인사를 우주사 속에 끼워 넣는 독창적인 방식을 구사한다.

첫 시집을 내기 전까지 우여곡절도 겪었다. 2009년 2월의 마지막 날 새벽, 그는 인천 간석동 집으로 가던 중, 오른쪽 어깨와 다리뼈가 으스러지는 교통사고를 당했다. 그 찰나에 머릿속에 떠오른 것은 '죽는구나'가 아니라 '시집 한 권도 못 냈는데…'였다. 대수술을 두 번이나 했다.

다행히 머리와 손은 멀쩡했다. 시를 쓰고 싶어 물리치료와 재활 운동에 매달리는 동안 그의 시의 진가를 알아보는 사람들이 늘어나기 시작했다. 생과 사의 기로에서 돌아온 그는 한층 더 강화된 재기와 발랄함, 선명한 시적 감각으로 무장했다.

그래서 『키키』는 '우주 세대의 출현' 혹은 '우주적 명랑함'이 집약된 주목할 만한 작품집으로 평가받는다.

> 치키치키, 빗방울이 16비트 리듬으로 / 살아나는 광릉수목원에 가 본 적 있나요 / 수십만의 히피나무들이 부동자세로 / 입석 매진된 한밤의 우드스탁 말이에요 / 레게 머리 촘촘한 수다쟁이 가문비나무와 짚내복을 사철 입고 사는 늙은 측백나무 사이 / 우르르쾅, 천둥 사이키가 번쩍거리고 / 다국적 수목원 안에 쏟아지는 박수 소리 / 고막을 찢으며 축제는 시작되지요 / 굵어진 빗방울이 시름시름 앓고 있던 / 뽕나무 그루터기를 흠씬 두들기고 가는 밤 / 비자도 없이 말레이시아에서 입국한 / 고무나무도 언제 새끼를 쳤는지 말랑말랑한 / 혀를 내밀고 빗방울을 받아먹고 있네요 / 때론 아무것도 흔들지 못한 빗방울들도 있어요 / 맨땅에 헤딩을 하고 어디에도 스미지 못하고 / 웅덩이에 모여 울고 있는 음악들을 나무들은 / 뿌리를 뻗어 싹싹 혀로 핥아 주기도 해요 / 지상의 모든 음악들이 생생불식 꿈틀거리는 / 수십만의 히피나무들이 밤새 기립 박수를 치는 / 광릉수목원 즐거운 우드스탁으로 놀러 오실래요
>
> ─「광릉 우드스탁」 부분

불시착으로 지구별에 떨어진 우주 소년처럼, 김산의 기발한 상상력은 비 내리는 고요한 광릉 숲을 역동적인 록페스티벌의 현장으로 변모시키거

나 금성 마크가 붙은 라디오에서 우주의 비밀스러운 소리를 엿듣는 등 상상력의 시적 공간을 세속의 삶에 밀착시키며 탁월하게 엮어낸다.

그는 소소한 존재들의 언어를 온전히 받아들이는 신낭만주의적 태도로 '의미는 무의미하다'며 무의미의 의미를 따져 묻는다. 크기를 가늠할 수 없는 상상력, 팔딱거리는 신선한 시적 감각, 그리고 이를 현실 속의 이미지로 조각해 내는 그의 언어적 재능은 우리 시단에 새로운 미감을 추가시킨다. 세계를 재현하는 도구로서의 이미지, 표피에 떠도는 이미지가 아니라 그 자체가 당당하고 씩씩하게 현현하는 이미지로서의 미감이 그것이다. 짐짓 무심하게 나열하는 블랙코미디 같은 시어들은 김산의 시를 읽는 또 다른 즐거움이다.

> 스물두 살에 야간 여상을 마친 봉자 누나가 첫 봉급을 쓰리 당했다 // 울음은 몇 갈래로 터져 나왔다 오장 근처를 휘돌던 설운 마음은 먼저 목구멍을 타고 올랐다 분노는 휘발성이 강해 가녀린 팔뚝으로 내려가 주먹을 불끈 쥐게 했으나 곧 스르르 풀렸다 애증의 덩어리들은 눈 코 입에서 짠 분비물로 흘렀다 베개가 흥건해지면서 새롭던 각오는 축축해졌고 희망은 이불을 비집고 빗소리를 찢으며 처마에 기댔다 기침까지 섞인 울음은 오토바이 쓰리꾼처럼 급커브를 틀더니 급기야, 우리 집 토담벽을 넘었다 (중략) 아! 이 정체불명의 도둑은 어찌하여 내 귓바퀴를 넘어서는가? 悲인가, 飛인가, 수학 문제집의 도무지 풀리지 않는 根의 공식처럼, // 토닥토닥, 봉자 누나네 슬레이트 지붕을 타고 빈 독을 메우는 雨

-「월담의 공식」 부분

첫 봉급을 쓰리당한 봉자 누나의 표정이 손에 잡힐 듯 다가온다. 마치 연기파 여배우를 보는 것 같고, 일견 봉자 누나가 출연하는 이 드라마는 영원히 끝나지 않을 것만 같다. 그런데 김산이 들려주고 싶은 것은 정작 소매치기 당한 봉자 누나의 슬픔이 아니다. 오히려 그 슬픔은 휘발성이 강해 팔뚝을 타고 내려와 주먹을 불끈 쥐게 하고 급기야 '우리 집 토담벽을 넘고 내 귓바퀴를' 엄습하기에 이른다. 한번 불이 붙으면 걷잡을 수 없는 슬픔이라는 휘발성은 그리하여 스물두 살에 야간 여상을 마친 봉자 누나의 지고지순한 슬픔의 이미지를 세계 위에 불쑥 올려놓는다. 우리로 하여금 봉자 누나네 슬레이트 지붕 위로 내리는 빗소리를 듣게 하는 힘이 김산의 시적 감각인 것이다.

신동옥

유전되는 아버지, 누전되는 누이

　서울 은평구 신사동에서 7년여 자취를 한 신동옥은 서울 서북지역을 지칭하는 '서북청년단'의 일원이다. '서북청년단'이란 이름을 지어준 이는 소설가 이순원이지만 미군정 당시 조직된 반공주의 청년단체 '서북청년단'과는 아무 상관이 없다. 소설가 김도언, 김태용, 시인 박장호 등 이 지역 거주 문인들의 친목 모임인 '서북청년단'은 주로 지하철 6호선 새절역 부근의 호프집이나 신동옥의 자취방에 자주 모였다. 신동옥의 내방객도 많았지만 한때 위층에 사는 소설가 김도언 부부까지 합세하면 밤샘을 하기 일쑤였다. 그런 신동옥이 2012년 어느 날 집을 옮겼다. 다른 지역으로 가려고 전세방도 알아봤지만 다시 신사동에 주저앉았다.

　전남 고흥 출신으로 순천고등학교에 다닐 무렵부터 자취를 해온 신동옥은 한양대 국문과 시절을 포함해 20년 자취남이다. 그의 뿌리는 증조부, 조부, 부모가 한 지붕 밑에 살았던 '고흥 4대'에서 비롯된다. 아흔을 훌쩍 넘겨 장수했던 증조부는 아들이 많았다. 어렸을 때부터 할아버지와 함께 한 방을 썼던 그는 성장하면서 가족사의 불우에 대해 알게 된다. 장남인 할아버지 밑으로 남동생들은 한국전쟁 때 사망하거나 알코올 중독으로 폐인이 되어 사망했다. 그래서 그의 시엔 역사와 탈역사의 왕복운행이 뚜렷한 흔적으로 남아 있다.

1977년, / '유전은 밥상머리의 난투극'이라고 썼다. / 오이디푸스는 제 아비 처용을 때려죽이고 / 실종됐다는 풍문이다. // 내 증조할아버지는 아흔둘에 노환으로 죽었다 평화롭게. / 내 할아버지는 여든여덟에 노환으로 죽었다 평화롭게. / 내 아버지는 예순을 맞았다 평화롭게. // 죽음을 향해 걸어가는 이 무뚝뚝한 항렬行列의 연쇄/ 갑작스레 서로를 닮아버린 모반의 개인사.

-「성묘」 부분

이 시의 다음 연은 로댕의 작품 〈칼레의 시민들〉의 이미지와 함께 '성묘 길의 신동옥 씨와 그 아비들'이라는 설명이 붙어 있다. 쇠사슬에 묶인 채 사형장으로 끌려가는 〈칼레의 시민들〉처럼 시의 화자는 아버지와 조부와 증조부로 거슬러 올라가는 무뚝뚝한 유전자적 항렬의 일원으로 성묘를 가고 있다. "모든 아비들은 열쇠를 들고 앞장선다 / 지나온 길을 이 유서 깊은 삶 바깥으로 꺼낼 준비를 하며 계속된다"로 종결되는 이 시의 궁극은 삶 바깥에 존재하는 죽음만이 그 항렬에서 벗어나게 하는 유일한 열쇠라는 의미로 확장된다. 집을 떠나 떠돌아봤자 결국은 선산으로 돌아와 묻히기 마련이며 후손들은 유전자의 쇠사슬에 묶인 채 성묘를 갈 수밖에 없다. 그러니 여기서 말하는 쇠사슬이야말로 죽음이 아니고 무엇이란 말인가. 아버지와 그 아버지로 연결되는 거대한 유전의 세계는 항렬의 시스템이자 벗어날 수 없는 생의 순환 고리다. 그는 자신의 시에 숱하게 등장하는 아비의 정체에 대해 말한다.

"모든 아비들은 …을 '향해 걸어가는 무뚝뚝한 항렬'의 연쇄의 일부다. 때문에 '아비'는 단수가 될 수 없다. '아비-아들'의 단순한 계기가 아니라는 말이다. 아비의 실패는 내게 금과옥조가 될 수 있고, 나의 실패는 나와 '나의 아들'의 여지가 될 수 있다. 때문에 내가 시에 '아비'라고 쓰는 순간 이런 아비 연쇄의 일부를 시에 맞게 그때그때 써놓은 것일 뿐이다. 반대로 아들로서 나라고 쓰는 순간에도 이런 의미의 아비를 가정하고 쓰는 경우다. 아비건 나건 긍정적인 실패를 거듭 유산으로 대물림하는 인간군으로 봐주면 좋겠다."

역사에서 벗어나고픈 욕망마저도 역사가 되어버리는 성묘의 행렬은 '누이 연작시'로 이어진다.

> 이제는 지붕도 처마도 장독도 감나무도 기억에 없다 / 마당을 나서며 한 걸음에 하나씩 잊은 거다 / 마침내는 한없이 낮고 푸르렀을 대문만 / 마치 누이 표정처럼 또렷하다 // (중략) // 누이가 우리 집이라 말했던 그곳을 떠나고 나는 쉬이 다른 사랑에 빠졌다 / 떠날 때마다 표정을 바꾸고 뒤태를 바꾸는 파렴치한으로 / 더는 이 세상에 고향을 두지 않는 족속이 되어버렸다
>
> —「이사철」 부분

'누이'가 등장하는 연작시에서 누이는 시인의 두 여동생일 수도 있고 유전자적 쇠사슬로 묶인 아비들의 세계에서 벗어나고픈 영혼의 게토일 수도 있다. 성장할 때는 한 지붕 밑 근친의 관계였으나 나중엔 타성의 남자와 결혼해 새로운 유전자를 퍼뜨리게 될 누이에 대한 천착은 직계에서 방계로 누전되는 새로운 시적 유전자가 아닐 수 없다.

2001년 『시와 반시』를 통해 시단에 나온 신동옥은 7년 만에 첫 시집 『악공, 아나키스트 기타』를 냈으니 시인의 이름을 달고 한 권의 시집을 낳기까지 그 긴 기다림은 얼마나 모진 사투의 시간이랴. 시인에게 첫

시집은 더욱 그렇다. 달이 차는 것처럼 배불러 낳아지는 것도 아니고 공들여 백 달을 품어 키워도 쑥쑥 자라주지 않는 것이 시란 놈이다.

그러기에 공들여 지어진 시는 시인에게 뿐만 아니라 읽는 이에게도 귀하고 감사한 일이라 행마다 정성껏 더듬어 읽게 된다. 시집 『악공, 아나키스트 기타』의 독특한 표제가 암시하듯이 그의 시들은 다양함과 낯섦, 과거와 현재, 현실과 이상향이 섬세한 현絃 위에 공존한다. 그의 시에서 직간접적으로 반복되는 악공, 현악기, 아비 등은 시인 자신이 지금까지 그리고 앞으로도 끊임없이 끌어안고 풀어내야 할 화두인 동시에 그의 시를 읽어내는 키워드이다.

악공樂工은 악기를 연주하는 사람이다. 그러나 악공은 악사나 연주자와 는 확연히 다른 깊이를 지니고 있다. 음音을 조합해내는 자가 아닌 음音을 만들어 내는 장인이다. 여기서의 악공은 현음絃音을 다루는 장인이다. 현악기의 역사는 수렵시대의 활시위에서부터 시작되었으며 기록상의 가장 오래된 현악기는 메소포타미아 유적지에서 출토된 리라Lyer다. 이는 시를 의미하는 서정Lyric의 어원이기도 하다. 즉 Lyric는 Lyer에 맞추어 노래 부른다는 뜻에서 유래되었다. 그렇다면 시詩는 음音이며 시인은 악공이라 할 수 있지 않을까. 서정의 자기표현의 역사와 현악기의 역사는 서로 겹쳐지면서 현악기 자체는 하나의 집합적인 페르소나가 될 수 있다. 현이 지닌 긴장tension의 자질은 시에서도 마찬가지로 나타나는데 그것이 긴장의 사인-코사인 곡선을 조율함에 있어 현악기를 떠올리게 되는 이유라고 그는 말한다.

그의 시 속에 등장하는 현악기는 심금心琴, 일현금一絃琴, 무현금無絃琴, 기타, 전자기타 등 다양하다. 그중에서도 무현금無絃琴에 주목하게 된다. 무현금은 줄 없는 거문고이다. 줄이 없어도 마음으로 울린다는 의미에서 심금心琴과 같다. 울림은 현에서 나오는 것이 아니라 공허로부터 발현된다. 내면의 소리 또한 비워졌을 때만 파장을 만들어낼 수 있는 것이다. 그러기 위해 그는 무언가를 갈망하지도 않은 혼자였고, 혼자이며, 혼자이기 위한 싸움을 하였을 것이다.

> 당신의 기차는 내 창가에 묶여 있어요 / 창을 열면 낯선 구두가 이마를 꾹꾹 눌러요 / 하늘엔 새들이 오래도록 멈춰 서 있고요 / 여섯 가닥의 먹구름이 흘러가요 그 위로 / 한 줄기 번개가 소리 없이 디스토션을 걸어요 / 고압선을 따라 당국의 메시지가 전송되는 아침 / 소리 분리 수거법이 강화됐다는 전갈이에요 / 주부들이 소음을 가득 채운 쓰레기봉투를 던져요 / 기타줄은 소각됐고 당신의 기타는 / 기다란 손톱을 사랑하는 소리의 방주예요 / 레일을 잃은 기차예요 // (중략) 그 많던 기타줄은 다 어디로 갔을까요? / 역사가는 백가쟁명의 선사라고 우기고 / 정치가는 반국가적 복화술 책동이라 우겨요 / 사람들은 몰라요 / 기타는 달리고 기차는 울고 / 소리 없이 뛰는 건 당신의 심장이에요
>
> —「악공, 아나키스트 기타」 부분

줄이 없는 기타를 홀로 뜯고 있는 악공에게는 정부가 없다. 그에게 정부가 있다면 소리일 것이다. 하지만 언제부턴가 소리는 소멸을 강요당해왔다. 마치 서사의 힘에 밀려 자리를 내주고 있는 시의 운명처럼. 소리는 쓰레기처럼 내몰려 소각되고 우리는 고압선을 타고 전달되는 강력한 메시지에 지배되고 있다. 소리가 수거된 세상에서는 수화로 재잘거리거나 초음파로 대화하는 법에 익숙해져야만 한다. 이 시대의 아나키스트들은 모든 억압으로부터 해방되기 위해 내면의 반란을 도모한다.

소리를 복화술로 전달하며. 복화술은 내면의 의지를 끌어내는 무현無絃의 소리다. 그는 첫 시집의 '시인의 말'을 이렇게 썼다.

"여기 한 권의 시집이 당신 앞에 놓였다. 행간에서 심장까지 가닿는 간극을 손톱으로 헤아리며, 책갈피를 넘기는 당신의 손가락도 있다. 나는 단 1초 동안 기쁘고, 다시 홀로 있으리라. 마침내 당신은 내 지음知音이 되라."

신용목

과장 없는 새로운 사실성의 재현

대학 총학생회 회장 출신이라는 '뜨거운 이력'만을 염두에 두고 신용목의 시를 대하는 사람들은 자칫 그의 느리고 서늘한 세상 관찰법에 놀랄 수도 있다. 그는 전북 남원에 소재한 서남대에서 학원자주화 투쟁을 주도하던 학생 중 하나였다. 사학비리 척결과 학원 민주화를 위해 삭발과 단식도 마다하지 않던 열혈청년이었고, 일신의 행복보다는 타인과 더불어 사는 삶에 더 큰 의미를 부여하고 살던 사람이었다.

고등학교 시절부터 전교조 관련 유인물을 만들어 돌리던 열혈 청년이 시인이 되기까지의 경로를 더듬어보는 것, 신용목의 삶을 추적해 가는 것은 그가 써내는 시의 뿌리가 어디에 닿아있는지를 알아낼 수 있는 방법 중 하나일 것이다. 그는 문학보다 사회에 대한 관심이 먼저 성숙한 사람이었다.

신용목은 경남 거창에서 4남 1녀 중 막내로 태어났다. 형제 많은 집안의 막내가 대개 그렇듯 그 역시 말썽 많은 개구쟁이였다. "싸움을 잘 했어요. 나한테 얻어터진 아이의 엄마가 개 손을 잡고 우리 집을 찾아오는 일이 일주일에 몇 번은 있었으니까요."

하지만 그런 외향적인 모습과는 또 다른 면이 그에겐 있었다. 특별활동 시간에 야구부나 축구부가 아닌 '문예부'에 가겠다고 손을 들었으니까. "숨겨진 내성적인 어떤 측면이 혼자서 책 읽는 걸 좋아하게 했겠죠.

하지만 그건 문학적 재능 따위와는 아무 관계가 없는 거였어요."

고등학교 시절 문학서클 '이어도는 멀다'를 만드는 데 주도적인 역할을 했지만, 그에게 문학서클 결성이란 문학적 관심보다도 사회적 관심의 표출에 가까웠다. 그의 표현처럼 그는 '본격적인 전교조 수혜세대'였고, 그것에서 받은 영향으로 경직화된 제도교육에 반대하는 유인물을 만들어 돌리곤 하던 것을 발전시킨 게 문학서클이었다.

"문학서클 외에도 풍물서클과 역사연구서클을 만들었어요. 나와 함께 서클 결성을 주도했던 친구 둘은 다시 서울에서 만나게 됐지요. 한 명은 영화 일을 하고 한 명은 연극판에 있어요."

그는 김남주의 『조국은 하나다』와 신경림의 『농무』를 읽고 역사 속에서 시가 발휘하는 힘을 발견한다. 시가 가진 비유와 상징의 힘을 체득하지 않고서야 '이어도는 멀다'와 같은 서클의 이름을 어떻게 지을 수 있었겠는가. 1993년 그가 입학한 전북 남원의 S대는 사학비리 척결을 위한 학원자주화 투쟁이 한창이었다. 고교 시절부터 달구어진 '뜨거운 피'는 그를 도서관과 강의실에만 머물러있게 하지 않았다. 붉은색 머리띠와 선전·선동, 그리고 삭발….

그 와중에서도 그는 '섬돌문학회'에서 활동하며 꾸준히 습작을 했고, <동아일보>와 <한국일보> 신춘문예에 작품을 응모하기도 했다. 학생운동과 시작詩作을 병행해야 했던 대학 시절을 그는 이렇게 회상한다.

"잘 먹고 잘 살고 싶다는 개인적 욕구와 타자他者를 위한 삶을 살아야 한다는 의식이 갈등하던 때였죠. 좌절도 많이 겪었고, 심적인 괴로움도 컸어요. 하지만 지금 와서 생각하니 그런 좌절과 괴로움이 내 문학의 힘이 돼준 것 같아요." 그래서 그는 문학을 기교나 감성만으로 대하지 않는다.

대학을 졸업할 즈음. 시에 대한 본격적인 고민이 그를 찾아왔다. 곤혹스러운 시절이었다. '현실의 아픔을 절절하게 전달하는 시는 이미 많지 않은가. 그걸 완성시킨 시인 또한 적지 않고. 그렇다면 나는 어떤 걸 써야 하나? 그들이 노래하는 아픔 속엔 이미 나의 아픔도 포함되어 있는데'라는 고민이었다.

리얼리스트들의 시만 읽던 그의 독서 성향이 모더니스트의 작품으로까지 넓혀진 게 그때다. 황지우의 시는 단박에 강렬한 파장으로 그를 사로잡았다. 내면을 통해 자신을 바라보는 방식에 매료된 것이다. '자아의 분석을 통한 세계의 해석'은 이후 신용목 시의 한 근간을 이룬다. 그런 과정을 거쳐 그는 2000년 『작가세계』 여름호에 「성내동 옷수선집 유리문 안쪽」 등 4편의 시를 발표하면서 등단한다. 등단작 가운데 하나인 「대합실에서」도 실제 기차를 기다리며 썼다. 그에게 '여행'은 그 자신의 삶과 문학에서 대단히 중요한 위치를 점하는 단어다. "한 달에 한 번은 떠나고 싶어서 미칠 지경이에요. 일종의 역마살이죠. 지리산과 변산반도, 강화의 풍광이 시로 만들어진 적도 많아요."

잉어의 등뼈처럼 휘어진 / 골목에선 햇살도 휜다 세월도 꼽추가 되어 / 멀리 가기 어려웠기에 / 함석 담장 사이 낮은 유리 / 문을 단 바느질집이 앉아있다 / 지구의 기울기가 햇살을 감고 떨어지는 저녁 / 간혹 아가씨들이 먼발치로 / 바라볼 때도 있었으나 / 유리 뒤의 어둠에 비춰 하얀 / 얼굴을 인화했을 뿐 모두가 / 종잇장이 되어 오르는 골목에서는 / 누구도 유리문 안을 궁금해 하지 않았다 / (중략) / 유리문 안엔 물결이 있다 / 부력을 가진 실밥이 떠다니고 / 실밥을 먹고 사는 잉어가 숨어있다
　　　　　　　　　　　　　　-「성내동 옷수선집 유리문 안쪽」 부분

생의 비극과 남루 속에서도 작고 사소하나마 희망은 찾아진다. 그렇게 찾아진 희망은 '시의 시대는 종언을 고했다'는 세간의 흉문에도 불구, 그를 의연하게 만들었다. "시가 읽히지 않고 시집이 팔리지 않는다는 건 부차적인 거예요. 더 중요한 건 시의 정신을 지키려는 시인의 태도죠. 인간은 물질만으로 살 수 없어요. 그래서 정신을 찾는 거고, 그 정신의 정점엔 언제나 시가 위치해 있다고 믿어요. 그런 이유로 나는 문학에 대해선 언제나 낙관주의잡니다."

'젊은 문인들의 시와 소설은 가볍다'는 일방적인 평가도 그는 단호하게 부정한다. 편견이라는 것이다. "일정 정도의 수준을 가진 작품이라면 소재나 표현방식은 그닥 중요한 문제가 아닙니다. 사소하고, 일상적인 문제로의 접근도 거대서사만큼이나 중요하다고 생각해요. 그런 측면에서 작가들이 전시대의 이데올로기적 억압에서 좀 더 자유로워질 필요성이 있다고 봅니다. 가벼운 작품은 없어요. 수준미달의 작품이 있을 뿐이지."

그는 '문학은 곧 인간학'이라는 말을 신뢰한다. "작으나마 인간의 비극적인 삶을 위무하고, 매만지는 시를 쓰고 싶어요. 21세기 자본주의사회에서 모든 인간의 삶은 비극적일 수밖에 없으니까요."

아직도 문학이 사회나 인간을 변혁하는 도구가 될 수 있다고 생각하느냐는 질문에 대해 그는 이렇게 대답한다. "직접적인 무기가 되기는 어렵겠지요. 아무리 부정하려 해도 80년대와 지금은 엄연한 차이가 있으니까요. 하지만 변혁을 추동하는 에너지로는 충분히 작용할 수 있으리라고 믿습니다. 그런 차원에서 보자면 문인들의 대사회적 발언도 문학을 통한 발언만큼 여전히 중요한 것이겠죠. 물론 작가는 작품을 통해 발언하는 것이 가장 바람직하지만, 급박한 정치 · 사회 환경의 변화에 문학이 일일이 따라가는 것에는 한계가 있으니까요. 개별 사안에 대한 작가들의 조직적 연대가 더욱 활성화돼야 한다고 생각합니다. 미국의 아프간 침공 반대 문제이건, 언론개혁 문제이건 민감한 사회문제에 대해선 작가들도 적극적으로 의견개진을 해야지요." 이런 시각이 그의 시를 강력한 사회성으로 작동시킨다.

> 식당 간판에는 배고픔이 걸려 있다 저 암호는 너무 쉬워 신호등이 바뀌자 / 어스름이 내렸다 거리는 환하게 불을 켰다 / 빈 내장처럼 //
> 환하게 불 켜진 여관에서 잠들었다 / 뒷문으로 나오는 저녁 // (중략)
> // 동숭동 벤치에서 가방을 열며 나는 내가 가지지 못한 내과술에 대해
> 생각한다 / 꺼낼 때마다 낡아 있는 노트와 가방의 소화기관에 대해 //
> 불빛의 내벽에서 분비되는 어둠의 위액들 그 속에 웅크리고 앉아 나는
> / 너를 잊었다 너를 잊고 따뜻한 한 무더기 / 다른 이야기가 될 것 같다
> 　　　　　　　　　　　　　　　　　　　　　　　 -「아무 날의 도시」 부분

『아무 날의 도시』는 주변(인)에 대한 시선이 두드러지는 작품이다. 이런 시를 얻게 된 배경은 무엇일까. "문학은 기본적으로 좌파적 속성을 가져야 한다고 생각합니다. 왜냐하면 문학은 인간을 탐구하는 학문이거든요. 인간 속으로 들어가야 해요. 그러려면 인간의 향기가 더 짙게 나는 쪽으로 갈 수밖에 없어요. 고통 받고, 상처입어서 아픈 사람들이 있는 곳으로요. 풀들이 잘렸을 때 더 깊은 향기가 나듯이, 그런 사람들이 인간 냄새를 더 많이 가지고 있거든요. 시 쓰기는 인간의 모습을 확인하려는 작업이에요. 또 그들을 힘들게 하는 가해자와 맞서 싸우는 게 예술인이 해야 할 일이기도 하고요."

'다른 이야기가 될 것 같다'는 구절은 그의 시적 방법론이 좀 더 모던하게 변화하고 있음을 보여준다. 그걸 '우연성에 대한 관심으로의 변이 가능성'이라고 말할 수 있을 것이다. 그는 시적 화자의 진술을 최대한 절제하고 시 내부의 언어적 질서, 즉 미학적 표면에 대한 장력을 늘리고 있는 중이다.

  신용목은 「내가 시인으로 존재하는 순간—우연한 시적 사유」라는 글에서 이렇게 들려준다. "시인은 시를 쓸 때에만 존재합니다. 이 짧은 진실은 그러나 시를 통해 세계와 호흡하는 자의 자세를 이야기할 수 있습니다. 시를 사랑하는 사람이라면 누구나 그렇겠지만, 시를 쓰고자 하는 사람에게 시적 사유에 대한 고민은 운명에 가깝습니다. 무엇을 사유할 것인가, 어떻게 사유할 것인가의 무게 같은 것(여기서 사유는 '쓰다'라는 말로 대체해도 무리가 없을 듯)을 부쩍 느낍니다."

이 재 훈

명상하는 명왕성의 부족

2006년 8월 국제천문연맹(IAU)은 태양계 행성에서 명왕성을 제외하기로 결정했다. 지름이 2,200킬로미터 정도인 명왕성은 목성의 위성인 가니메데나, 토성의 위성인 타이탄보다도 작고 중력이 상대적으로 약해 해당 공전 구역 내에서 지배적인 역할을 하지 못하기 때문이라는 것이다. 이재훈은 명왕성 퇴출에서 도시인의 고독을 읽어낸다.

아무도 모르는 그곳에 가고 싶다면, 지하철 2호선의 문이 닫힐 때 눈을 감으면 된다. 그러면 어둠이 긴 불빛을 뱉어 낸다. 눈 밑이 서늘해졌다 밝아진다. 어딘가 당도할 거처를 찾는 시간. 철컥철컥 계기판도 없이 소리만 있는 시간. 나는 이 도시의 첩자였을까. 아니면 그냥 먼지였을까. 끝도 없고, 새로운 문만 자꾸 열리는 도시의 生.

―「명왕성 되다<plutoed>」 부분

태양계의 아홉 번째 행성이라는 지위를 박탈당하고 '소행성 134340' 으로 다시 명명된 명왕성ᵖˡᵘᵗᵒ의 수동태 동사형 'be plutoed'(명왕성 되다)' 는 '완전히 새 됐어'와 같은 의미로 통용되면서 2006년 미국방언협회에서 선정한 '올해의 방언'으로 선정되기도 했다. 이재훈은 이 말을 캐치해서 끊임없이 도는 서울 순환선 지하철 2호선을 타고 철컥철컥 계기판 없이 흐르는 그 '새 된 시간'을 시로 형상화했다. 궤도를 이탈한 현대인의 고독이 궤도가 불안정하고 크기가 작다는 이유로 태양계 행성에서 퇴출된 명왕성의 고독과 겹쳐진다.

이재훈은 강원도 영월군 만경대산 아래 첫 동네인 하동면 주문리 태생이다. 일명 모운동募雲洞. 구름이 모이는 동네라는 뜻의 탄광촌이었다. 탄광촌 아이들이 대개 그렇듯 그는 초등학교 때까지 횡성, 인제 등 강원도 곳곳을 떠돌며 살았다. 그래서인지 어린 나이에도 불구하고 이별에 대한 두려움이 없었다. 그래도 수줍음이 많아 새로 전학한 학교에 적응하기까지 시간이 걸렸다.

고교 때는 생업 때문에 논산에 안착한 부모와 떨어져 지내야 했다. 고교 1학년 말부터 혼자 연탄불 갈고 밥 해먹는 자취생활을 했다. 사춘기가 늦게 왔던지, 일종의 반항심으로 나름 지역의 명문고 출신이면서도 대학에 들어가고 싶지 않았다. 졸업 후 서울과 대전 등지를 전전하며 방황할 때 집중적으로 책을 붙들었고 문예지도 많이 읽었다.

그는 "여름에는 시원하고 겨울에는 따뜻하고 밥값 저렴한 서울 용산도서관이 내 문학의 성지"라고 말한다. 당시 우동 천 원, 김밥 오백 원이었다. 명상가 기질의 그는 부모의 간곡한 설득으로 충남 논산의 건양대 국문과에 진학했고 방위병으로 병역을 마친 뒤 본격적으로 문학공부를 했다. 2학년 때부터 각종 문예지에 투고를 했고 은사인 평론가 우찬제 교수의 연구실 문틈으로 작품을 밀어 넣기도 했다. 4학년 때 월간 『현대시』로 등단했을 때 교문에 플래카드가 걸렸다.

의욕적으로 넥타이를 매고 미소를 연습한다. 거울 앞의 수많은 표정들. 낯선 얼굴, 낯선 침묵. // 다른 말은 없다. 너를 자위케 하던 기호들.

새, 별, 그리고 꽃과 나무. 아무 생각 없이 잠들 수 있었던 그대, 라는 말을 향해. // 기록하지도 나서지도 않았던 길에 대해. 악마의 다리를 건너는 법에 대해. 꽃의 길이 아닌, 모험의 길목에 대해. 협곡 위 아슬하게 나 있는 다리에 대해. 이 땅과 영원히 이별할 수 있는 길들에 대해.

−「매일 출근하는 폐인」 부분

    도시에서 버려지지 않기 위해, 혹은 구원받기 위해 넥타이를 매고 만원 지하철에 오르는 남자의 하루가 애잔하게 다가온다. 이처럼 도시 생태와 자신의 내면적 생태를 결합해 우리 시대의 쓸쓸한 풍경을 포착하는 그는 욕망으로 가득 찬 도시를 배회하는 명상가이자 '명왕성의 부족'을 자처함으로써 스스로 태양계 밖의 궤도를 꿈꾸고 있다. 그 궤도는 세속을 벗어나 성스러움을 체험하는 특별한 공간이다.

    그 공간은 지하철과 버스, 독서실, 저녁의 거리, 골목 등 일상의 공간들을 탐구하며 자신만의 환상적이고도 동화적인 상상력을 펼쳐내는 곳이기도 하다. 명왕성이 태양계 행성의 지위를 박탈당한 사건에 빗대 사물이나 사람이 갑자기 평가 절하되거나 혹은 소외되는 것에 그는 관심을 기울인다. 또 출퇴근길 2호선 지하철 안을 배경으로 하여 익명과 소외, 기계적 규칙성의 한가운데 놓여있는 인물을 주체로 해 이러한 규칙과 리듬과 체계로부터 스스로를 끊어내려 하고 있다. 「안드로메다 바이러스」, 「동경」, 「말벌들」 등 존재가 처음 시작될 때의 리듬을 환기시키는 시편들도 눈길을 끈다.

    첫 시집 『내 최초의 말이 사는 부족에 관한 보고서』로 주목을 받았던 그는, 두 번째 시집 『명왕성이 되다』를 통해 욕망으로 가득한 도시 속에서 살아남기 위해 도시 그 자체를 성찰한다. 모든 사라져가는 것들을 그리워하는 도시 생활자의 애잔한 삶은 그 가운데 빠뜨릴 수 없는 세목이다. 그 도시 속 '육십억 분의 일일 뿐'인, 그저 '먼지'처럼 '아무것도 아닌' '매일 출근하는 폐인'들의 고단한 삶을 오래도록 응시한 그는 그 속에서 모든 사라지는 것들에 대한 애잔한 그리움과 함께 끊임없이 구원을 꿈꾸고 있는데, 그에게 '구원'은 곧 '근원'이다.

이재훈의 시에서 근원적인 곳은 머나먼 어딘가가 아닌, 세속 도시의 구석구석이다. 그런가 하면 치열한 경쟁 사회에서 아등바등하며 살아가는 수컷의 고충을 토로하기도 한다.

풀잎에 매달려 있다가 / 툭, / 떨어진 애벌레. // 아스팔트 위를 기어간다. / 사람들의 발자국을 피해 몸을 뒤집는다. / 뱃가죽이 아스팔트에 드르륵 끌린다. // 그늘을 찾아 몸을 옮기는 데 / 온 생을 바쳤다.

—「남자의 일생」 부분

살벌한 세상과 사투를 벌이듯 살다 초라하게 생을 마감해야 하는 남자의 숙명이 아스팔트를 건너기 위해 몸을 뒤집는 애벌레와 겹쳐진다. 숨 막힐 듯 끊임없이 옥죄는 사회에서 버티기 위해 젖 먹던 힘까지 쏟아 부어야 하는 수컷의 피로감이 고스란히 전해온다. 그리고 이런 피로감은 한 편의 빛나는 시를 쓰기 위한 창작의 고통과도 맞물린다.

재킷을 입고 시를 쓴다. / 어머니가 없는 공허한 시를 쓴다. / 예술가들은 겨드랑이에 날개를 달고 / 머리에 뿔을 단다. 광대의 옷을 입는다. / 거친 발걸음으로 거리에 나가 거죽을 벗긴 / 날짐승을 전시한다. / 대중은 환호하고, 예술은 진지하다. / 재킷을 입고 시를 쓴다. / (중략) / 사로잡힌

유니콘의 뿔에 대해. / 사랑하는 말발굽 소리에 대해. / 문명인의 실험에 훼손당한 별의 슬픔에 대해. / 스삭스삭 재킷의 말로 쓴다. / 실상 외투는 어머니의 살로 만들어진 것. / 재킷, 재킷! 하면 어머니의 뇌와 심장이 실이 되어 / 올올이 풀려나온다. / 재킷을 입고 추위를 견딘 나는 / 어머니에 대해 쓸 수 없다.

-「재킷을 입은 시인」 부분

'어머니의 뇌와 심장이 실이 되어'라는 구절이 들어 있는 일본 소설가 아베 고보의 짤막한 단편 「시인의 생애」에서 모티브를 얻은 시이다. 스스로 물레에 감긴 실이 되고 마침내 재킷이 된 노파의 이야기가 나오는 아베 고보의 「시인의 생애」는 의미심장한 소설이다. 하지만 이재훈은 이 소설과 전혀 다른 경로의 감각을 시로 불러일으킨다. 풍자와 알레고리가 예리하게 살아있는, 어딘지 허를 찌르는 시이다.

그가 "어머니에 대해 쓸 수 없다"고 한 것은 부재하는 어머니를 상징하는 부재의 재킷을 입었기 때문이다. 재킷은 어머니이고, 어머니를 입어버렸으니 시인이 쓰는 시에는 어머니가 없고, 그러니 공허하고 공허한데 아닌 척 허세를 떠느라 점점 세상은 춥고, 재킷 없이는 추위를 견딜수 없고, 그럴수록 시는 더 공허해지고, '나'는 재킷을 더 꼭 껴입을수밖에 없다. 생명력 있고 진실한 시를 쓰기 위해서는 어머니를 재킷으로부터 해방시켜 드려야 하지만 재킷 없이 시인은 이 거리의 추위를 견딜수 없으니, 이 모순을 어떻게 견딜까.

이것은 비단 시인의 문제만은 아니다. "당신은 어떤 재킷을 입고있나요? 당신의 재킷은 안녕한가요? 당신의 어머니는 무탈하신가요?" 그는 이렇게 묻고 있는 것이다.

조 동 범

속도란 무엇인가

속도, 그리고 자동차에 관해 말한다면 조동범을 빼놓을 수 없을 것이다. 시적으로 말해보자. 자동차는 눈앞에 존재하는 실체인 동시에 존재하지 않는 허상이다. 왜? 자동차를 구성하는 플라스틱과 금속 프레임만으로는 자동차를 설명할 수 없어서다. 자동차라는 하드웨어는 인간의 꿈과 추억 과 욕망이 만들어낸 이미지이기도 하다.

자동차 전문지에 시승기와 고정칼럼을 쓰기도 했던 조동범의 속도 탐닉엔 성장 과정이 개입되어 있다. 수도권 외곽, 안양에서 태어나 성장한 그가 자동차와 인연을 맺은 건 초등학교 1학년 무렵이다. 부모가 목재소 운영을 위해 구입했던 일명 '쩜사'(1.4톤) 트럭과 '복사'(4톤) 트럭은 고단했던 부모의 노동과 함께 그의 기억 속에 남아 있다.

아버지가 초창기 모델인 '각(角) 그랜저'를 산 건 그가 대학에 들어가던 해였다. 20대의 눈에 '각 그랜저'는 선망의 대상이기에 중고차로 팔려갈 때 눈물 글썽이던 청년이 조동범이었다.

입대해서는 운전병이었다. 제대 후 그의 첫 차는 티뷰론. 어린 시절, 아버지의 자동차를 보며 자란 아이는 자신의 자동차를 가지게 되면서 아버지를 넘어서고 그 아이의 아이는 또다시 아버지를 넘어설 준비를 한다. 운전을 생업으로 하는 자동차가 지겹기도 할 것이다. 하지만 대부분 의 사람들에게 자동차란 창을 활짝 열고 한적한 도로를 달리며 바람을 맞는 오랜 욕망의 구조물이자 일종의 성취다.

> 주유원의 장갑이 바닥으로 떨어진다 / 장갑은 바닥을 움켜쥐고 / 앙상
> 하게 잠든 주유원을 바라보고 있다 / 경쾌한 음악 사이로 / 주유원의
> 시선이 툭, 툭 끊어진다 / 속도를 담기 위해 멈추는 곳 / 주유소는 휘발유의
> / 적막한 속도로 가득하다 // (중략) // 휘발유의 경쾌한 출렁임이 / 속도를
> 만드는 곳 / 주유원의 손금 위로 / 빙하기의 죽음이 느리게 지나간다
> ─「주유소」 부분

석유의 주요 매장지층은 공룡의 활동 무대였던 중생대 쥐라기와 백악
기이다. 그래서 휘발유를 가득 담고 출발하는 자동차의 뒷모습에서 조동
범은 공룡을 멸종시킨 빙하기의 죽음을 떠올린다. 달리는 것은 언젠가
멈추기 마련이다.

자동차엔 인간의 삶이 고스란히 담긴다. 담배꽁초와 빛바랜 볼펜과
라이터와 톨게이트 영수증과 누군가의 머리카락과 출생을 위한 초조한
기쁨의 질주와 죽음을 목전에 둔 슬픔의 질주가 자동차 안에 담겨 있다.
게다가 자동차 그 자체가 죽음의 현장이 되기도 한다. 정지. 그것이야말로
내연 기관을 가진 모든 생물체의 죽음과 일치한다.

> 가판 가득 펼쳐진 신문이 바람을 맞는다. 신문은 날을 세워 바람을
> 가르고, 바람은 신문을 들춰 몇 개의 부음을 읽는다. 가판에 세상을
> 펼쳐 놓은, 버스정류장의 고요한 매점. 신문 가득 죽음을 담고, 한낮의
> 지루한 폭염을 견디고 있다. / 길 잃은 고양이가 길을 건너다 납작한
> 무늬가 되는 쓸쓸한 공휴일. 바닥을 향해 한없이 납작해지는 폭염 위로

떠나지 못한 죽음이 서성댄다. 바닥을 향해 한없이 납작해지는 고양이.
어디로 가려는지, 고양이는 다리를 들어 하늘을 움켜쥐고 있다.

-「정류하다」 부분

그가 속도를 명상한다고 할 때 그건 정지에 대한 명상과도 같다.
속도와 정지는 인간의 조건이기도 하다. 고교 1학년 때 안양의 독서모임이
었던 <수리시> 동인에서 시인 기형도(1960~1989)를 만나 시에 눈뜬
그는 '속도의 시인'이 되었다. 하지만 등단 과정은 정반대였다. 서울예대
문예창작과, 한신대 문예창작과, 중앙대 문예창작과를 두루 섭렵한 것은
물론, 열세 번에 걸친 낙방을 딛고 등단한 아주 느린 등단의 '속도'를
경험했기 때문이다.

당신은 하나의 세계만을 위해 명상하기로 한다. 속도는 정점에 다다르
고 당신은 오로지 집중한다. 단 하나의 세계만을 위해 당신은 또 다른
선택이나 예비 따위는 필요 없다고 생각한다. 하나의 세계만을 위해
모든 것은 복무해야 하므로 // 당신은 질주하고 세계는 열광한다. 속도를
가늠하며 당신은 명상을 향해 초연해지기로 한다. 초연할 수 없다면
견딜 수 없다고, 당신은 생각한다. 한순간의 속도를 끝으로 모든 것이
끝날 수도 있음을, 당신은 알고 있다.

-「300km/h」 부분

핸들을 움켜쥐고 달리는 우리들의 주행 방식은 명상의 과정과 같다.
핸들을 잡은 손이 한 치의 오차도 허용해서는 안 되듯 명상 역시 한
치의 흐트러짐도 용납하지 않는다. 주행이나 명상은 오로지 속도를 견딜

뿐이다. 아니, 핸들을 잡는 순간부터 명상은 시작되는지도 모른다.

조동범 자신은 속도를 다루는 전문 드라이버이기도 하다. "취미가 있다면 운전인데, 힘들게 일하고 돌아올 때 새벽에 뻥 뚫린 외곽순환고속도로를 200킬로미터가 넘는 속도로 달리기도 했지요. 스피드광은 아니지만 힘들게 일하고 나면 나도 모르게 무의식적으로 그렇게 달리더라고요. 그러고 나면 내가 정말 죽으려고 환장을 했었구나 하는 생각이 들어 지금은 그렇겐 안 달리지만. 200킬로미터가 넘는 질주는 미친 짓이죠. 사실 운전은 단순한 취미라기보다는 내가 하는 일 가운데 하나지요. 자동차 전문지 『모터트랜드』, 『자동차생활』에 시승기와 신차 분석 같은 글을 쓰기도 했어요. 한 가지 재미있는 일이 있다면 제가 시인이면서 대학 강단에 서고 자동차 칼럼을 쓰니까 <화성인 바이러스>에서 출연 섭외가 들어오더라고요. 맙소사, 그 세 가지를 합하면 이상한 사람 만들 수 있다고 생각했나 봐요."

그는 브랜드 옷을 즐겨 입는 깔끔하고 단정한 이미지다. 연예인처럼 협찬을 받는 것도 아닐 터인데 가방이며 신발이며 소품까지 미국 아이비리그 대학생들이 즐겨 입는 아이비스타일이다. 이런 단정한 인상과는 달리 그의 시에는 자주 죽음이 등장하고 어둡다. 왜 어두운가, 라고 그에게 물었다.

"도시에서의 죽음은 일상 속에서 갑작스럽게 다가오지요. 지금도 레슬러 송성일을 기억하고 있는 사람들이 많을 거예요. 제 고등학교 동기였지요. 그 친구의 죽음은 정말 제게 큰 충격을 주었지요. 1994년 10월 일본에서 열린 아시안 게임 100kg급 그레코로만형 레슬링 시합에서 금메달을 딴 그가 26세의 꽃다운 나이로 '96년 애틀랜타 올림픽'의 꿈을 이루지 못한 채 위암으로 세상을 떠났지요. 그 친구가 텔레비전

프로그램에 나와서 병마와 싸워 이길 거라고 이야기하던 장면이 지금도 선명하게 떠올라요. 죽음은 늘 가까이 있지만 다른 사람들처럼 나도 일상 속에서는 죽음을 잊고 살지요. 다만 시를 쓸 때 그 어느 지점을 의도적으로 바라보려고 하는 거지요. 시 쓸 때 감각에 집중해서 그런 그로테스크한 국면들을 포착하고자 노력합니다. 실제 내 모습하고 시 쓸 때의 모습이 다른 것은 그 때문이지요."

황병승

이해되기 전에 흡수되는 감각의 폭주

황병승은 하나의 현상이다. 2003년 『파라21』에 「주치의 h」 등의 시를 발표하며 문단에 나온 그가 첫 시집 「여장남자 시코쿠」(2005)를 냈을 때 문단은 그에게 '괴물 신인의 괴팍한 출현'이라는 수식어를 안겨주었다.

정체불명의 캐릭터들, 이해되기 이전에 먼저 발산하는 수사들, 비문非文의 근처에서 아슬아슬하게 써진 문장들, 격렬한 분노와 황량한 슬픔이 뒤엉켜 있는 정서들을 쏟아냈기 때문이다. 이른바 '2000년대 시', '미래파', '뉴웨이브' 등으로 불리기 시작한 새로운 출발점에 이 시집은 기념비적으로 위치해 있다.

한글로 씌었으나 전혀 낯설게 다가오는 그의 언어는 독자들이 흔히 시에서 기대하는 소통을 철저하게 거부한다. 양파처럼 벗겨도 알맹이가 뭔지 모르겠는 시. 그런데도 읽고 나면 맵다. 코끝을 자극하고 눈 속을 파고들더니 기어이 재채기를 일으키고 눈물을 부른다. 이런 반응을 불러일으킨다는 것 자체에서 우리가 미처 생각지 못했던 혹은 방심하고 있었던 어떤 부분을 건드렸다는 당위가 성립된다. 그가 건드린 것은 과연 무엇일까.

메리제인 / 우리는 요코하마에 가본 적이 없지 / 누구보다 요코하마를 잘 알기 때문에 // 메리제인. / 가슴은 어딨니 // 우리는 뱃속에서부터 블루스를 배웠고 / 누구보다 빨리 블루스를 익혔지 / 요코하마의 거지들처럼. // (중략) // 우리는 어느 해보다 자주 웃었고 / 누구보다 불행에 관한 한 열성적이었다고 // 메리제인. 말했지 / 빨고 만지고 핥아도 / 우리를 기억하는 건 우리겠니? // 슬픔이 지나간 얼굴로 / 다른 사람들 다른 산책로 // 메리제인. 요코하마.

-「메리제인 요코하마」 부분

그의 시에 등장하는 시적 화자들은 실로 한국 시가 처음 경험하는 주체인 마이너리티였다. 여장남자, 크로스 드레서, 트랜스젠더 등등. 그렇다면 이렇게 생각할 수 있겠다. 우리 문학사에서 마이너리티에 대한 발언이 단 한번이라도 통한 적이 있었던가. 거의 없었을 것이다. 그럼에도 불구, 황병승이 마이너리티의 목소리를 대변하며 등장했다는 것은 무엇을 말하는가. 황병승 시의 진가는 실패를 두려워하지 않는 저돌적인 감각의 유희에 있을 것이다.

그러니 그의 시에 출몰하는 이국의 인명과 지명은 모국어에 대한 불경이 아니다. 노동계급에 조국이 없듯, 그들 마이너리티에겐 국적이 없다. 그래서 '요코하마의 게이들'도 그에겐 동포다.

그의 시들은 일련의 에피소드를 갖고 있지만 그걸 서사적 줄거리로 전달하기보다는 화자話者의 목소리를 극적으로 발화하게 함으로써 그 목소리에 의해 드러난 정념의 노출 순간 자체를 시적인 것으로 바꿔놓고 있다. 가령, 시 「커밍아웃」에는 "나의 또 다른 진짜는 항문이에요"라고 고백하는 게이가 있다. 또 「여장남자 시코쿠」에서 '시코쿠'라는 크로스드레서는 "그대여 나에게도 자궁이 있다 그게 잘못인가"라고 냉소하고,

어느 트랜스젠더는 "눈을 씻고 봐도 죄인이 없으니 나라도 표적이 될래요"라고 쓸쓸히 자조한다.

시적인 것이란 흔히 일상 언어에 내포되어 있는 사고와 감성을 깨고 나오는 지점에서 산출되는 것이라 할 때, 황병승의 이러한 시적 발화 방식은 2000년대 시의 최전선에서 그 영역을 확장해 왔다. 그리고 이러한 시적 고투苦鬪에서 확인할 수 있는 것은 시적 화자들의 단발마적 비명 자체가 이른바 정상적이라고 자처하는 양지 쪽 삶에 대한 불편한 질문이 될 수 있다는 사실이다.

첫 시집 『여장남자 시코쿠』를 쓸 때, 그는 고시원에 틀어박혀 12시간을 내리 시만 썼다고 한다. "나는 즐거운데 육체적으로는 고통이 생겼어요. 너무 심한 두통에 시달렸죠. 뇌졸중을 앓는 줄 알았을 정도였지요. 어느 날 계단을 올라가다 마비증상이 오기도 했어요. 글을 쉬니까 좀 나아지더군요."

그가 본격적으로 시를 쓰기 시작한 것은 20대 중반이다. "고등학교를 중퇴하고 인테리어 디자이너 등 여러 직업을 전전했지만 보람을 느끼지 못했어요. 미래에 대한 막연한 불안 속에서 일기를 쓰기 시작했고 자연스럽게 문학과 가까워졌죠."

두 번째 시집 『트랙과 별들의 밤』(2007)에도 하위문화, 분열된 주체, 퀴어, 잔혹극, 무국적성, 텍스트들의 콜라주 등의 요소들이 여전히 웅성거린다. 212쪽에 달하는 이 시집은 보기에도 여느 시집들에 비해 두께가 상당하다. 그런데 편수는 40편에 지나지 않는다. 그의 시는 대부분 길다. 그런데 더 길어졌다. 그는 시가 길어지는 이유에 대해 "시도 되고 소설도 되는, 시도 안 되고 소설도 안 되는, 시와 소설의 모호한 경계에서의 밀고 당기는 재미 때문"이라고 말한다. 그다운 설명이다. 하여 이것을 시라고 부를 수 있는가, 혹은 어떤 가치가 있는가를 걱정할 필요는 없을 것이다. 그의 시는 작품이기 전에 열린 경험이며, 감각의 사건이므로.

> 스위트 워러, 라는 여성이 있다 // 그녀는 툭 하면 시를 쓴다 멋진 시들을 / 줄 줄 줄 써버린다 // 문친킨 문친킨, 스위트 워러의 말이다 / 언제부턴가 나는 이 말을 자주 중얼거린다 / 배고플 때 / 외롭거나 / 답답할 때 / 잠이 오지 않는 밤 / 머릿속이 온통 뒤죽박죽일 때 / 뒤죽박죽으로 출렁거릴 때 / 담배를 **뻑뻑** 피우며 / 문친킨 문친킨… 하고 말이다 // 무슨 뜻일까, / 무슨 뜻이든 / 그저 문친킨은 문친킨일 뿐이겠지만 / 오늘 같은 날은 한 백 번쯤 중얼거렸고 / 역시 문친킨의 힘이란 / 멍청해진 존재를 / 삽시간에 빨아들이는 / 마력을 가지고 있는 것이다 / 누가 뭐래도 // 문친킨 문친킨, / 그런 세계가 있고 / 언제든 스위트 워러라는 여성이 / 문친킨의 입구에서 악수를 청해오는 것이다. / 커다란 손을 내밀어
>
> -「문친킨-나의 미치^{mich}에게」 부분

'문친킨'은 사전에도 나오지 않는 말이다. 하지만 무슨 뜻인지는 중요하지 않다. 굳이 해석하려고 노력할 필요도 없다. 그것은 그저 스위트 워러라는 여자가 만든 조어이다. '문친킨'의 세계는 기표와 기의, 원관념과 보조관념이라는 규범 문법의 구조를 벗어난 기표의 유희 속에 있다. 좀 더 문법적으로 설명하자면 '나의 미치^{mich}'에서 '미치^{mich}'는 독일어 '나^{ich}'의 목적격이다. 그러므로 이 시는 나에게 속삭이는 '스위트 워러'의 말이다. '문친킨'은 '문자친구(문친)'와 영어 KIN을 오른쪽으로 세워놓았을 때 시각적으로 읽혀지는 '즐'(즐겁게 채팅하세요)이란 뜻의 합성어이

기도 하다. 또한 '문친킨'은 '스위트 워러'라는 여성이 '줄 줄 줄 써'버리는 시구이다.

이처럼 장르의 순결성을 따르지 않는 그의 시엔 두 가지 풍문이 따라다닌다. 그것을 '시'로 볼 수 있는가 하는 것과, '난해하다'는 것이다. 하지만 이런 풍문은 애초부터 미학적 완결성이 아니라, 미학을 초과하는 감각의 폭주를 몰고 온 그의 시 앞에서 퇴색하고 만다.

미래파 논쟁 등 문단 담론의 핵심에 있었던 그는 2013년 제13회 미당문학상 수상자로 결정됐다는 통보를 받은 순간에도 "왜요?"라고 되물었다고 한다. 그 자신이 수상자로 선정되었다는 것 자체를 그가 의아하게 받아들인 건 어쩌면 그동안 야박했던 문단 분위기 탓도 있을 것이다. 사실 이 황병승은 자신의 시에 대해 직접 얘기하기를 싫어하는 까닭에 신비주의로 여겨질 만큼 인터뷰를 꺼려왔다. 그런 그가 미당문학상 수상에 즈음해 한 인터뷰에서 이렇게 말했다. "저는 신비주의와 거리가 먼 사람이에요. 시에 대해 일일이 설명하고 싶지 않고, 개인사를 구구절절이 늘어놓고 싶지 않을 뿐이죠. 습작 시절, 시집을 읽으면서 시에 대한 시인의 설명을 듣고 싶지도, 시인의 개인사를 알고 싶지도 않았어요. 시인에 대해 알고 나면 오히려 시가 제대로 읽히지 않아서요. 시에서 가장 중요한 것이 치열함이라고 생각해요. 저도 그렇게 쓰려고 노력하고, 그런 시를 읽을 때 자극을 받으니까요."

강　정: 1971년 부산 출생. 추계예대 문예창작과 졸업. 1992년『현대시세계』로 등단. 시집
　　　　『처형극장』,『들려주려니 말이라 했지만』,『키스』,『활』,『귀신』 등.

강성은: 1973년 경북 의성 출생. 서울예대 문예창작과 졸업. 2005년『문학동네』로 등단.
　　　　시집『구두를 신고 잠이 들었다』,『단지 조금 이상한』 등.

김　근: 1973년 전북 고창 출생. 중앙대 문예창작과 졸업. 1998년『문학동네』로 등단.
　　　　시집으로『뱀 소년의 외출』,『구름극장에서 만나요』,『당신이 어두운 세수를 할
　　　　때』 등.

김　산: 1976년 충남 논산 출생. 2007년『시인세계』로 등단. 시집『키키』 등.

김경주: 1976년 광주 출생. 서강대 철학과 졸업. 2003년 <대한매일> 신춘문예로 등단.
　　　　시집『나는 이 세상에 없는 계절이다』,『기담』,『시차의 눈을 달랜다』,『고래와
　　　　수증기』 등.

김민정: 1976년 인천 출생. 중앙대 문예창작과 졸업, 동 대학원 석사과정 수료. 1999년
　　　　『문예중앙』으로 등단. 시집『날으는 고슴도치 아가씨』,『그녀가 처음, 느끼기
　　　　시작했다』 등.

김선우: 1970년 강원 강릉 출생. 강원대 국어교육과 졸업. 1996년『창작과비평』으로 등단.
　　　　시집『내 혀가 입 속에 갇혀 있길 거부한다면』,『도화 아래 잠들다』,『내 몸속에
　　　　잠든 이 누구신가』,『나의 무한한 혁명에게』 등.

김성대: 1972년 강원 인제 출생. 한양대 국문과 졸업 및 동 대학원 졸업. 2005년『창작과비평』
　　　　으로 등단. 시집『귀 없는 토끼에 관한 소수 의견』,『사막 식당』 등.

김소연: 1967년 경북 경주 출생. 1993년『현대시사상』으로 등단. 시집『극에 달하다』,
　　　　『빛들의 피곤이 밤을 끌어당긴다』,『눈물이라는 뼈』,『수학자의 아침』 등.

김승일: 1987년 경기 과천 출생. 한예종 극작과 졸업. 중앙대 대학원 문화연구학과 졸업.
　　　　2009년『현대문학』으로 등단. 시집『에듀케이션』 등.

김이듬: 1969년 경남 진주 출생. 부산대 독문과 졸업. 경상대 대학원에서 국어국문학 박사.

2001년 『포에지』로 등단. 시집 『별 모양의 얼룩』, 『명랑하라 팜 파탈』, 『말할 수 없는 애인』, 『베를린, 달렘의 노래』 등.

김중일: 1977년 서울 출생. 2002년 <동아일보> 신춘문예로 등단. 시집 『국경꽃집』, 『아무튼 씨 미안해요』, 『내가 살아갈 사람』 등.

김태형: 1970년 서울 출생. 1992년 『현대시세계』로 등단. 시집 『로큰롤 헤븐』, 『히말라야시다는 저의 괴로움과 마주한다』, 『코끼리 주파수』, 『고백이라는 장르』 등.

김행숙: 1970년 서울 출생. 고려대 국어교육과, 동 대학원 국문과 졸업. 1999년 『현대문학』으로 등단. 시집 『사춘기』, 『이별의 능력』, 『타인의 의미』, 『에코의 초상』 등.

박성준: 1986년 서울 출생. 경희대 국어국문학과 졸업. 동 대학원 박사과정. 2009년 제9회 『문학과사회』로 등단. 2013년 <경향신문> 신춘문예 평론 부문 당선. 시집 『몰아 쓴 일기』 등.

박장호: 1975년 서울 출생. 한양대 국어국문학과 졸업. 2003년 『시와세계』로 등단. 시집으로 『나는 맛있다』, 『포유류의 사랑』 등.

박진성: 1978년 충남 연기 출생. 고려대 서양사학과 졸업. 2001년 『현대시』로 등단. 시집 『목숨』, 『아라리』, 『식물의 밤』 등.

박후기: 1968년 경기 평택 출생. 서울예대 문예창작과 졸업, 2003년 『작가세계』로 등단. 시집 『종이는 나무의 유전자를 갖고 있다』, 『내 귀는 거짓말을 사랑한다』, 『격렬비열도』 등.

서효인: 1981년 광주 출생. 전남대 국문학과 대학원 석사. 2006년 『시인세계』로 등단. 시집 『소년 파르티잔 행동 지침』, 『백 년 동안의 세계대전』 등.

손택수: 1970년 전남 담양 출생. 경남대 국문과 졸업. 1998년 <한국일보> 신춘문예로 등단. 시집 『호랑이 발자국』, 『목련전차』, 『나무의 수사학』, 『떠도는 먼지들이 빛난다』 등.

신동옥: 1977년 전남 고흥 출생. 한양대 국문학과 졸업. 2001년 『시와 반시』로 등단. 시집 『악공, 아나키스트 기타』, 『웃고 춤추고 여름하라』 등.

신영배: 1972년 충남 태안 출생. 2001년 『포에지』로 등단. 시집 『기억이동장치』, 『오후 여섯 시에 나는 가장 길어진다』, 『물속의 피아노』 등.

신용목: 1974년 경남 거창 출생. 서남대, 고려대 대학원 국문과 졸업. 2000년 『작가세계』로

등단. 시집『그 바람을 다 걸어야 한다』, 『바람의 백만번째 어금니』, 『아무 날의 도시』 등.

심보선: 1970년 서울 출생. 서울대 사회학과, 컬럼비아 대학 사회학 박사과정 졸업. 1994년 <조선일보> 신춘문예로 등단. 시집『슬픔이 없는 십오 초』, 『눈앞에 없는 사람』 등.

안현미: 1972년 강원 태백 출생. 2001년『문학동네』로 등단. 시집『곰곰』, 『이별의 재구성』, 『사람은 어느 날 수리된다』 등.

여태천: 1971년 경남 하동 출생. 고려대 국문과, 동 대학원 졸업. 2000년『문학사상』으로 등단. 시집『국외자들』, 『스윙』, 『저렇게 오렌지는 익어 가고』 등.

오 은: 1982년 전북 정읍 출생. 서울대 사회학과 졸업, 카이스트 문화기술대학원 석사과정 졸업. 2002년『현대시』로 등단. 시집『호텔 타셀의 돼지들』, 『우리는 분위기를 사랑해』 등.

유형진: 1974년 서울 출생. 서울산업대 문예창작과 졸업. 2001년『현대문학』으로 등단. 시집『피터래빗 저격사건』, 『가벼운 마음의 소유자들』, 『우유는 슬픔 기쁨은 조각보』 등.

유희경: 1980년 서울 출생. 서울예대 문예창작과, 한예종 극작과 졸업. 2008년 <조선일보> 신춘문예로 등단. 시집『오늘 아침 단어』 등.

이근화: 1976년 서울 출생. 고려대 대학원 국어국문학과 박사과정 졸업. 2004년『현대문학』으로 등단. 시집『칸트의 동물원』, 『우리들의 진화』, 『차가운 잠』 등.

이기인: 1967년 인천 출생. 서울예대 문예창착과 졸업, 성균관대 국문학과 박사과정 졸업. 2000년 <경향신문> 신춘문예로 등단. 시집『알쏭달쏭 소녀백과사전』, 『어깨 위로 떨어지는 편지』 등.

이민하: 1967년 전북 전주 출생. 2000년『현대시』로 등단. 시집『환상수족』, 『음악처럼 스캔들처럼』, 『모조 숲』 등.

이영주: 1974년 서울 출생. 명지대 문예창작과, 동 대학원 졸업. 2000년『문학동네』로 등단. 시집『108번째 사내』, 『언니에게』, 『차가운 사탕들』 등.

이 원: 1968년 경기도 화성 출생. 서울예술대 문예창작과 졸업, 동국대 대학원 문예창작학과 석사과정 졸업. 1992년『세계의문학』으로 등단. 시집『그들이 지구를 지배했을

때』,『야후!의 강물에 천 개의 달이 뜬다』,『세상에서 가장 가벼운 오토바이』,
『불가능한 종이의 역사』 등.

이이체: 1988년 충북 청주 출생. 2008년『현대시』로 등단. 성공회대 신문방송학과 졸업.
시집『죽은 눈을 위한 송가』 등.

이장욱: 1968년 서울 출생. 고려대 노문과, 동 대학원 졸업. 1994년『현대문학』으로 등단.
시집『내 잠 속의 모래산』,『정오의 희망곡』,『생년월일』 등.

이재훈: 1972년 강원 영월 출생. 1998년『현대시』로 등단. 시집『내 최초의 말이 사는
부족에 관한 보고서』,『명왕성 되다』 등.

이제니: 1972년 부산 출생. 2008년 <경향신문> 신춘문예로 등단. 시집『아마도 아프리카』,
『왜냐하면 우리는 우리를 모르고』 등.

장석원: 1969년 충북 청주 출생. 고려대 국어국문학과, 동 대학원 졸업. 2002 <대한매일>
신춘문예로 등단. 시집『아나키스트』,『태양의 연대기』,『역진화의 시작』 등.

장이지: 1976년 전남 고흥 출생, 성균관대 국문과, 동 대학원 박사과정 졸업. 2000년『현대문
학』으로 등단. 시집『안국동 울음 상점』,『연꽃의 입술』,『라플란드 우체국』 등.

정한아: 1975년 경남 울산 출생. 성균관대 철학과 졸업, 연세대 대학원 국문학 박사과정
졸업. 2006년『현대시』로 등단. 시집『어른스런 입맞춤』 등.

조동범: 1970년 경기 안양 출생. 2002년『문학동네』로 등단. 시집『심야 배스킨라빈스
살인사건』,『카니발』 등.

조말선: 1965년 경남 김해 출생. 동아대 불문과 졸업. 1998년 <부산일보> 신춘문예와
『현대시학』으로 등단. 시집『매우 가벼운 담론』,『둥근 발작』,『재스민 향기는
어두운 두 개의 콧구멍을 지나서 탄생했다』 등.

조연호: 1969년 충남 천안 출생. 서울예대 문예창작과 졸업. 1994년 <한국일보> 신춘문예로
등단. 시집『죽음에 이르는 계절』,『저녁의 기원』,『천문』,『농경시』,『암흑향』
등.

진은영: 1970년 대전 출생. 이화여대 철학과 졸업. 2000년 계간『문학과사회』로 등단.
시집『일곱 개의 단어로 된 사전』,『우리는 매일매일』,『훔쳐가는 노래』 등.

최금진: 1970년 충북 제천 출생. 한양대 국문과 박사과정 수료. 2001년『창작과비평』으로
등단. 시집『새들의 역사』,『황금을 찾아서』,『사랑도 없이 개미귀신』 등.

최치언: 1970년 전남 영암 출생. 1999년 <동아일보> 신춘문예로 등단. 2001년 <세계일보> 신춘문예 소설 부문 당선. 시집『설탕은 모든 것을 치료할 수 있다』, 『어떤 선물은 피를 요구한다』 등.

황병승: 1970년 서울 출생. 서울예대 문예창작과, 추계예대 문예창작과, 명지대학교 대학원 문예창작학과 석사과정 졸업. 2003년『파라21』로 등단. 시집『여장남자 시코쿠』, 『트랙과 들판의 별』, 『육체쇼와 전집』 등.

감각의 연금술

초판 1쇄 발행 2016년 4월 28일

지은이 정철훈
펴낸이 조기조
펴낸곳 도서출판 b

등록 2003년 2월 24일 제12-348호
주소 08772 서울시 관악구 난곡로 288 남진빌딩 401호
전화 02-6293-7070(대) 팩시밀리 02-6293-8080
홈페이지 b-book.co.kr 이메일 bbooks@naver.com

ISBN 979-11-87036-06-7 03810
값_15,000원

*잘못된 책은 교환해 드립니다.